桂花鸟

曾凡仲 著

中国出版集团
现代出版社

图书在版编目（CIP）数据

桂花鸟 / 曾凡仲著 . -- 北京 ：现代出版社，2017.4

ISBN 978-7-5143-6005-9

Ⅰ．①桂… Ⅱ．①曾… Ⅲ．①中篇小说－小说集－中国－当代 Ⅳ．①I247.5

中国版本图书馆 CIP 数据核字（2017）第 071979 号

桂花鸟

作　　者	曾凡仲
责任编辑	李　鹏
出版发行	现代出版社
地　　址	北京市安定门外安华里504号
邮政编码	100011
电　　话	010-64267325　010-64245264（兼传真）
网　　址	www.1980xd.com
电子邮箱	xiandai@vip.sina.com
印　　刷	北京一鑫印务有限责任公司
开　　本	710×1000　1/16
印　　张	18
版　　次	2017年7月第1版　2022年7月第2次印刷
书　　号	ISBN 978-7-5143-6005-9
定　　价	45.00元

目 录

桂花鸟

我在此时离开妻子，自己也觉得不该。然而，我却必须离开。因此，之前我有意喝了很多酒，酒精把我烧得全身滚烫滚烫的，有了勇气。我说："有一个朋友现在必须见我。"妻子说："走吧，也没什么，再过几天就出院，没事。"她背对着我，我看不清她的表情。镇里请去伺候她的那个女孩，站在一边，用一对小眼睛不理解地看着我。我说："反正，有人陪，我在这里也是多余。"

我风尘仆仆地赶回学校，酒意已经消失殆尽。叫了一辆摩托车，沿一条乡村公路颠簸而去。暑假，学校除个别老师为找点外快在给学生补课外，大部分老师都没在学校，所以，没人会注意到我要干什么。太阳很大，但摩托车是往高山走的，加上心情不错，感觉很清凉。只是抖得厉害，大腿和屁股有些酸痛。公路几面都是山，山上是大片庄稼或者森林，都在一股劲猛长。偶尔能看见一两户人家，青瓦盖的土墙的房子，藏在树林或者庄稼地里。到了大梁子，公路在森林边上断了头，开车的小黄说："对不起，只能送到这里了。"我付了车费，然后走进森林中的一条小路。虽然是下午两点钟光景，太阳却无法透过树林照射到身上，我感到格外轻松，似乎压了几个世纪的重担一下全卸下来了。

"你终于来了！我想，你是一定要来的！"

森林中窜出一个人来，吓了我一跳，是香桂，一个大姑娘，堵住我的去路，白 T 恤，白短裤，短发，红脸，还有两条细长的白白的腿……她身后是一棵很高很大的桂花树，显得非常苍老，似乎已经走到生命的尽头。她没有如我想象的那样扑过来，只是双手抱头，牙齿咬住下嘴唇。这个动作将她丰满挺拔的胸膛原形毕露地展现在我的视线里，让我有想拥抱她的冲动。

"我等你很长时间了。"

"我没叫你等我呀！"

"我等错了？"

我没说话，简单地摇摇头，然后轻轻地拍拍她的肩膀，朝前边走去。我很奇怪今天能如此平静：我设想过见面时候的许多情形，当然包括凶猛地抱住香桂，以疯狂的姿态将她摁倒在草地上。

"这里没信号，联系你太费力了，我是跑到山那边打的电话。"

"回来很多天了？"

"不是，前天。还以为你在学校的呢，又不晓得你的电话。费力查到你的电话，一打又关机，真气人！你身体好不？"

我不置可否。几年了，就干三件事，一是教书，二是写写画画，三是吃饭和睡觉。

"师母官当大了，是不是也越来越漂亮了？"

"大概是吧。"

"什么叫大概是？是就是，不是就不是！"

"你是长大了，有见识了。外面的世界很精彩吧？"

"当然。只是我一个打工妹，精彩的是别人。——对了，我读过你的诗，只是弄不懂。好多同学说你写了很多东西，还说把我写进去了，真的？"

"你希望是真的还是假的？"

"这就要看你污蔑我没有咯！"

我们就这么说着，走得很慢。路边长着很深很深的茅草，茅草里经常窜出一条小蛇或者壁虎，还有耗子、野兔。偶尔，能看见一只或者几只野鸡噗噗噗地从身边飞过。有很多美丽的蝴蝶，还有山蜂，有五颜六色的蜻蜓。树木很高大，有的比人的身体还要粗，老皮子都已经开裂。有不少桂花树，大的一尺多，挂着一树浓密的叶子。风声很清晰，还能听到蝉脆生生的歌唱……两个小时才走出森林，然后绕过一个小山包，走进一块湿漉漉的坝子，这就是香桂的家。

三年前我来过，现在再来，香桂的父母老了许多，显得有些木讷，打了招呼之后再没有话了。三年的时光，他们似乎多了一个世纪的沧桑。几个女孩赶了过来。她们的长相不怎么样，但穿着还算新鲜，显然都是刚刚从外面回来。其中一个是我的学生，她的家离这里不远，三年前我去过她家。她叫桂香，和香桂的名字相反。我所以记得她，主要还是因为她的长相：胖而且黑。

"你们为什么都这个时候回来？"

"那边实在太热了，而且，过年回家车费太高。"

桂香的回答很老实，她读书时就非常老实。但是，她的话有很大变化，带着点"广味"，不知是已经习惯还是故意，让人感觉很别扭，特别是经常出现的"酱紫"（这样子）或者"表酱紫"（不要这样子）。

一个女孩抢着说："香桂说要回来结婚，我们能不转来吗？"

这是个被大家叫做"岔口"的女孩。

"香桂？她要结婚？谁是她男朋友？"

还是岔口女孩抢着说："当然是远在天边，近在眼前喽！"

我问桂香："她说的什么意思，你清楚吗？"

"她是最疯的，她嘴历来就酱紫，不关风，乱说。其实，她才想结婚呢。才十六七岁，谈了五次恋爱。"

"五次怎么了？正儿八经的耍朋友，只要肚皮头没装娃儿，就是一火车皮都不笑人！"

桂香不再说话，跑进香桂家的屋子里去。我很吃惊，桂香的年龄毕竟不大，但是，她可能已经有过了孩子或者是堕过胎什么的了。那么，香桂呢？她谈过恋爱没有？

我的心情变得有些沉闷起来。

几个女孩逗留到晚上十点钟才离去，相约明天还来。从她们口中，得知她们关系不错，除桂香以外，都在一家外商开办的皮鞋厂里上班，工资最高的是香桂，每个月都几乎能拿到三千上下。那个岔口女孩也不错，一般都在两千五左右。其余两个，技术不如别人，也就两千多。至于桂香，大概收入最多，却没有人提起她做的什么。她的话始终是最少的，甚至很阴郁，似乎是经历过深重灾难一样。

　　高山的夜晚很舒服，凉爽、安静、恬淡。

　　几个女孩离开了，我问香桂："桂香出了什么事情？"

　　香桂说："何必问呢，这种事现在不少，不笑人。"

　　我说："我只想知道，她怎么会这样的？"其实，我还想说，像桂香这种女孩，就想变坏也不容易。

　　"脑筋简单，被骗了，整整跟人家住了一年。后来，就走了这条路。"

　　我说："那你呢？"

　　香桂有些生气，盯着我的脸说："你要我说真话还是假话？"

　　我讪笑道："真话。"

　　"那我对你说，我朝思暮想的就一个人。一直没有谈过恋爱，甚至不知道谈恋爱是什么滋味。我最傻，明知道不可能，却要坚持。三年，你说这三年是怎么一回事？"

　　香桂的话里透着感伤、迷茫和凄惶。

　　房子周围有很多声音，除风声以外，我分辨不出那些声音都是

桂
花
鸟

怎么来的，也许是鸟在叫，也许是毛狗在叫。三年前的那个晚上，我也是听到了这种声音的，但是，那个晚上没有这样平静，只有苦闷和抑郁。

香桂的父母进屋睡了。

天上没有月亮，有十分明朗的星宿。

我握住香桂的手问："为什么不打电话也不写信？"

"那你呢？"

"我敢吗？要是你说，你是什么人，你没有资格！那，我不是要痛苦死么？再说，我也不知道你在什么地方啊！"

"那你现在呢？敢吗？"

"不敢……我，其实，这样最好……我希望你还是不要这样……"

"我想过的，但是，做不到，真的做不到……"

香桂把头埋进我怀里，双手紧紧抱住我的腰。我感觉到了她身体的颤动，感觉到了她身体的气息，一种滚烫的气息。

我激动起来，欲望在燃烧。三年前，也是在这坝子里，有很多人，是香桂的亲戚和地邻，来送别香桂的。其中，有一个叫桂香的女孩。桂香决定和香桂一起出去打工，她不知道我和香桂之间的故事。我孤独地坐在坝子边上，忘记了其他人的存在。我很疲惫，却毫无睡意，满脑子一片空白。直到半夜，桂香来叫我，递给我一双鞋垫，是手工做的，绣着双喜图案，还带有淡淡的香水味。桂香说："香桂已经睡了，她说她家里挤，你到我家里住，不远，翻过岗就到。"我到了桂香家，睁着眼睛过了一个晚上。

那个晚上，香桂家坝子里飘着桂花的香味，甜甜的，似乎也是酸酸的。

三年前，如果有这么一刻，也许什么都变了。三年前，我有一种强烈的欲望，那种欲望只差把我烤成灰烬。香桂走后，我写诗，写小说，写随笔。没想到我写的这些东西会发表，而且为自己赢得很大的声誉。不过，写着写着，我懒散起来，甚至变得越来越封闭，几乎忘了和外界交往。当然，这三年的时间，改变最大的是妻子，她的形象逐渐完美起来，最终光芒四射。

"我知道，师母比我漂亮一百倍，她年轻，又当官，你舍不得她。我是什么啊，打工妹一个，老土，满身柴烟味……我以为，我们是完了。可是，你为什么要来呢？"

我也不知道为什么要来，也许又是我的一次错误，就像十多年前犯下的错误一样。

但是，我感到幸福。在这样一个女孩面前，我找到了青春的感觉，尽管我觉得有些畸形。可是，谁能够抵御这种诱惑？多年来，我到底在寻求什么？是不是就是今晚这种感觉？

我们终于相拥着走进土墙的小屋。香桂要把我推进她房间，我退却了。我感觉到了她浊重的喘息声，我甚至也觉察到了被我拒绝之后她的哽咽。躺在堂屋里那间我曾经多次光顾的木床上，又一次睁着眼睛直到天亮。我能想象到，香桂那边，肯定也是没有睡过去，她所盼望的，也许是被我粉碎了。其实，我也粉碎了自己的梦想，我曾经急切地渴望着的是终于来了，不知是不是没有做好准备，或者还没有忘记别的什么，我居然停止了前行的脚步。

　　妻子是真正的美女，比我小整整十岁。她正牌本科，而我只是一个读过三年师范的人，有个大专的中文学历，还是函授的。同时，她是镇长，是县、市人大和党代表，多次受县、市、省的表彰，可以肯定地说，再有三五年，混上个县级副县级不成问题。我是一个普通教师，长相也实在值得商榷，矮、黑、胖是我最为显著的三大特征。也许就这三大特征，终于成就了我和妻子的一个并不和谐的婚姻。

　　很长时间，我几乎就没有和妻子一起走过路，甚至没有一起吃过几顿饭；最为要紧的，是有半年时间我们没有再同睡一张床。不是妻子嫌弃我，是我不愿意。妻子比我要忙得多，不是下乡就是出差，不是开会就是接待。我们很难坐在一起，即使坐在一起，相互也不说几句话：她总是常常玩弄她那只非常精巧的手机，我则是看书或者玩电脑。偶尔有几个镇上的领导和干部来家里，却无法得到我的欢迎；如果是提着东西来的，要小心被我赶出去。也有特殊时候，便是上边来人。通常，我会表示自己的热情的，不管这种表示有多么违心。之后，我还是会无一例外地走掉，我真的不愿意成为家里的一个配角。至于陪人吃饭，我是绝对不会参加的，因为那是妻子"带上"我，而不是我"带上"妻子。当然，妻子有意见，会说："你见不得人吗？你是哪一点比别人差了？"事实上，如果我在，妻子一定要做介绍，很深情："我老公，没有他，就没有我的今天。"她还要拉着我的手："他是学校骨干教师，他会写东西，算得上作家、诗人吧，还是县政协委员……"她似乎在赞美一个刚刚凯旋的大英雄，有几分骄傲。然而，我能感受到别人的怀疑：有你这样的老婆，还不沾点什么光？

我不知道自己沾了老婆什么光。她多次劝我入党，我说："谢了。"劝我当校长，我说："谢了。"劝我改行当股长所长什么的，我还说："谢了。"我一个"谢了"，不知"谢了"自己多少追求和意志，但我似乎因此找到了几分男人的感觉。可是，谁都会认为我是借着妻子的成功得到了很多别人得不到的东西，也许妻子最初就这么想过。她说，世道变了，不只是男帮女衬，男衬女帮也可以呀！再说，一个家庭，也需要形象，而且，需要一个完美的形象，男盗女娼那种事情是来不得的。

妻子没有出格的地方，衣裳穿得中规中矩，一言一行十分得体。她甚至不会当着我的面和别的男人坐同一条凳子，她解释说，她从来就不习惯和别的男人一起坐。我亲眼看见，一个领导伸手准备同她握手，她装着没看见，转身招呼别的人去了。我相信她不是在表演，一个混迹政坛又非常漂亮的女人应该保持这种风范。可是，我就感觉不是滋味。

当然，喝酒和酒醉好像是妻子天经地义的事情。这一次重病住院，就是因为喝酒。大概是计生检查或者还有别的什么检查吧，从中午开始就一直在喝，据说是把尿都喝出来了。能够喝出尿来，这

桂花鸟

女人是绝对不要命的，至于要不要礼义廉耻，那都很难说了。既然女人能够喝酒，我也可以喝酒，找几个小青年喝，或者小混混也行。当政府办打电话说我妻子病了，需要连夜送走，我的反应是冷淡的："她是政府的人，问我做什么？我也病了，谁管我？"那时我醉眼迷离，还继续喝，我当然不知道妻子的确病得很严重。好像哪个领导在电话里说了句什么，我想一定说我不是个男人。

我和妻子从不吵架，甚至也没有唇舌纷争。每一次，她喝醉了，司机送回来，朦朦胧胧中，她总说："不得已，不得已，这几十万是几十杯换的呀！这镇长真的难当，难当……"我不会祝贺，即使她没有喝酒，即使她清清楚楚，需要我祝贺，我也不会祝贺，我最多"噢"一声。妻子何尝不是这样？我每次发点东西，或者拿到稿费的时候，绝对是需要祝贺的，于是说："这写东西真不容易，这么长一篇小说，就这一两百块。"通常，妻子会"噢"一声；可有时候，连这一声也不会"噢"出来。

香桂是我教过的学生。

我曾经问她，为什么有这么怪的一个名字，她回答不上来。后来到了她家，发现高山地区桂花树很多，到了古历八九月，很多树上都密密麻麻开着细碎的小花，白色的，黄色的，红色的，到处都弥漫着一种浓浓的香味。我想，她的名字一定与这桂花有关。后来知道父母给她取名香桂还有另外的原因，她没有哥哥，也没有弟弟，父母把她当男孩了。初中毕业，父母要她复读初三。可是，我却说："何必呢，青春能吊死在一棵树上吗？"本来，这句话无须考究，只是我随便说的，然而却得到了香桂的回应，她果然表示不再读书了，职校也不读了。那时香桂还小，也就十六岁或者十七岁，发育完全没有成熟，算不上美女。可是，她听了我的话，还邀请我到她家去。她说："我们那里景物才真的漂亮，你去看看吧。"

国庆长假，我去了香桂家，七天不够，额外请了三天假。十天时间，对于认识一个女孩已经足够了，如果是谈上恋爱，十天的高温能够把对方彻底熔化。可是，最初我没有这种冲动，我好像只是为了欣赏桂花香味去的，或者是为了看大梁子的森林去的。此时，大梁子上任何地方都能见到桂花树繁密的小花朵，花香笼住整个天空。香桂陪着我，钻进森林里边，见识了过去从不知道的事物，比如白水孔，那水从洞里流出，都是米汤状的；又比如仙鱼洞，位于一条小河边，洞里总钻出一些小鱼儿，亮晶晶的，红红的，半透明状……我们还采回许多东西，是山菌一类的，煮着吃，别有一番滋味。可是，不幸的是，我手上或者脚上经常钻进一些讨厌的刺，感觉极不舒服。香桂很细心，居然发现了这个令我感到烦恼的秘密，硬是要为我挑刺。她用一根很细的针，或者从身边摘下一颗一寸左右的野柑子的刺，放到嘴里吸一吸后取出来，像绣花一般，在我手上或者小腿上专注地挑着。不痛，痒痒的，感觉特别刺激。香桂穿一件洗得很薄很薄的衬衣，凉风将她的领口掀开，我只一瞥，感觉全身都充满了燥热，双手竟然伸了出去，有一种特别成功的兴奋。可是，我还是很快收住了自己的动作，接下来是道歉，泪水差点就

桂花鸟

滚出了我的眼眶。香桂的脸通红，靠在一棵衰老的桂花树上，背对着我，不说话，只看见她双肩在抖动，我发现了她晶莹剔透的泪水，像泉水汩汩流淌。甜甜的桂花香味，无声地滑过我的双唇。

　　显然，妻子是有所觉察了，她说她需要和我好好谈谈。结婚这么多年，的确没有好好谈过，甚至包括结婚初期，我们一直以一种沉默来对待对方。我们都没有什么话可说，可是，我们却做了夫妻。我们的心中都没有别人，我们循规蹈矩，也尊重对方，可却无法热爱对方。为什么结婚？我问自己。不知道妻子是否这样问过自己。所以，谈谈是有必要的，我也渴望着和妻子好好谈谈。不过，我们那次谈话极不顺利，大家吞吞吐吐，最后也没有说出个所以然来。

　　妻子问："为什么对我这种态度？"

　　我说："和你结婚，很委屈你，离婚吧……"

　　"小幻幻都五岁了……还离婚……"

　　小幻幻是我们的女儿，送县城读书了。我们都爱她，这也是我们婚后找到过的唯一的支点。

　　"那你在外边……反正这样说吧，你是自由的……"

　　"你胡说什么啊？我从没有感觉你有什么缺点……"

　　"可是，你对我……有感情吗？"

　　"婚姻要多少感情？相互尊重不就行了吗？"

　　大家僵住了。孤独地坐着，什么也没得说，嘴巴再也无法张开。直到最后，她说她要睡了，只是，我如果觉得可以的话，可以请个保姆，名义上的保姆就行。她说，她是不赞同离婚的，死也不行。她很看重现在这个家庭，或许，她不需要把它当成避风的港湾，她只需要一个名义，这个名义是她不可或缺的一份包装。

香桂一直待在家里，偶尔跑到什么地方给我打电话。我去过几次她家，照样在她的陪同下去森林里走走。但是，我没有再碰她一下，甚至不和她坐在同一条凳子上。她父母对于我和她的关系似乎已经完全认可，或者背地里还悄悄地表示欣慰。他们一辈子生下四个女儿，老大老二都嫁给了老实巴交的当地人，老三找了个外省人，据说那个人有点痴呆。所以，他们自然希望能有一个像模像样的女婿。在他们看来，教书的也是有地位的，他们不在乎年龄的大小。然而，香桂没有向我暗示什么，我也没有准备要怎么做，我觉得保持这种关系很好。

香桂的三姐催她出去打工，香桂不出去，理由是父母亲年龄大了，需要人照顾。她很勤劳地种庄稼，喂猪，闲暇时候，也上街买点小东西，或者到森林中去，独自跑动。她说，这已经成为她的习惯，如果有一天真的离开了森林，离开了桂花树，她的生活恐怕就失去了意义。我的散文、我的诗歌、我的小说很多是以森林为背景的，而且少不了描述桂花的香味，后来，有的还发表在比较有影响的省级报刊上，但是香桂不知道。我的一首诗歌中，想象在森林中突然出现了一只充满桂花香的鸟儿，天使一般的鸟儿，孤独地飞翔，苦苦地等待情人的到来，从远古一直等到今天……

桂
花
鸟

有一天，桂香告诉我，她要和香桂一起出去了。那时，我和香桂已经中断了将近一年的联系，我几次去大梁子都没有见到她。从她父母的口中，我知道她是在有意躲我。我终于感觉我要保持的那种关系已经不可能再延续下去了，我空前的孤独，被痛苦完全笼罩。桂香给我提供的讯息无疑让我既兴奋又伤感：毕竟，我还能见到香桂，但也会从此天各一方了。

于是，三年前那个特殊的夜晚，我孤独地坐在香桂家飘着花香的坝子中，收到一双鞋垫，香桂千针万线纳成的鞋垫，那也是我收到的怀春少女赠送的唯一礼物。

那个晚上是一个噩梦。香桂没有和我打一声招呼，离我总是很远很远，最后是把我赶到了桂香家。我以为她是准备彻底告别过去，她不想再纠缠一种虚无缥缈的东西，那是畸形的、变态的，是荒唐的。所以，我满脑子都是郁闷：香桂如此绝情！这个花香四溢的夜晚，我品尝的是一种无边的酸痛，历经的是一个世纪的折磨！

但是，那双鞋垫还是给了我一些安慰。可也是因为这双鞋垫，经常使我陷入一种难以解脱的境地：滥酒，懒散，无聊，失眠，恐慌……

第二天早上，大家把她和同伴送出森林，然后由我一路陪伴前行。和人们挥手的时候，我看见了她的泪，我真希望那泪是为我掉的，或者，在我们分手的那一刻，也能看到如此一幕。可是，我错了：长长的路上，她一直拉着桂香的手，悄悄嘀咕着什么，却不和我说一句话；她上车，直到汽车开走，依然没有朝我吐半个字，没有看我一眼，更没有掉下一滴泪水。倒是在汽车离开的瞬间，我的眼睛居然酸胀得十分厉害，黏糊糊的滚下几滴泪来。

我把所有精力都投入到工作或者写作中。妻子常常不在家，我千方百计地宣泄我的孤独。我经常走到学生中，和学生一起跳跃、一起欢腾。我很受欢迎，我的课堂常常掌声雷动。为此，我经常受到表彰。但是，我讨厌表彰，这些表彰似乎隐藏了妻子太多的阴影。有一次，我对妻子吼叫："请你尊重我，我可以接受批评，却不接受那种虚情假意的表彰！"妻子说："这个与我有关吗？我说你这个人是不是心理变态啊！工作干好了就该受表彰，我有那么大的魅力吗？我能够驱使全世界吗？"

妻子的确说得有理，但是，我还是感到有种屈辱难以消除。一旦看见那双鞋垫，我会极度空虚，会和别的人一起喝酒，喝得烂醉如泥。当然要避开学生，我有足够的理智控制自己，绝对不能要学生知道我其实是个酒鬼。我胡乱用钱，工资一发，很快被用个精光，如果不是每个月能挣到几百块稿费，早就欠下一屁股的账了。

我彻底堕落了。我等待着妻子发火，然后找借口闹上一架。但是，妻子很少回来，回来之后也是躺在床上酣睡，家里乱成什么样子她都似乎永远看不见。不过，有时她会笑，说这是男人的魅力所在，一个太严谨的男人是不会有出息的。我不知道这是表扬还是挖苦。

我很难理解妻子，她容忍了不该容忍的一切，我相信这不是因为她爱我，就像我始终相信她嫁给我完全不是因为爱我一样。我是

桂花鸟

希望她什么时候能大发雷霆的，那样我也就找到了离家的借口。但是她不会中我的圈套，她似乎懂得我的目的，每说一句话都小心翼翼。而且，有一次喝醉了，居然温情脉脉地扑进我的怀里，小鸟依人。接着，她对我说起她最近的一些成就："坡改梯"得四十万，人畜饮水工程一百万，退耕还林又有一万亩计划，某某煤矿集团可能要落户卧虎镇，卧虎镇街道规划通过了，等等，等等。

　　我没有表示祝贺，我对她的业绩从来不感兴趣，如同她对我一样。我曾经把发表在一家大报上的一首诗歌推荐给她，她说："不懂你那东西，你那东西当不得饭吃。"我发表了几篇论文，可以使我的职称再进一步，可是，她说："没什么，这年头，赝品很多，只要肯拿银子。"我知道，在她心中，我的斤两是很有限的，毕竟，她的每件事情都能做得惊天动地，我那点微不足道的成绩算个什么！由此，我开始对她的沾沾自喜表示不屑一顾，有一次，她从省城打电话回来，问我看新闻没有，说她发言了，现场直播的。她很兴奋，像是小孩要讨老师的表扬一般。我说，我从来不看地方台，没意思。其实，我是看了的，妻子是省的先进，她发言的风采还真的不错，不到二十分钟，掌声响了八次。我也有过同样的遭遇，某次笔会，有许多著名作家参加，也是现场直播，我发了言，掌声雷动。有人告诉她，说你的那一位还真的有包药。她笑着回答说："旁门左道，不值一提！"要知道，就我的这次发言，很多人至今还津津乐道呢，香桂为没有目睹到这一场景而遗憾呢！

　　所以，妻子无论做出何种表示，在我看来，很苍白，毫无意义。

我不知道，我与妻子的结合是不是从一开头就出了什么问题。

香桂离去之后的一年，我甚至想辞职，直追到天涯海角。我向许多人打听她的下落，可是，任何努力都是白费功夫。我捧着她给我的那双绣着双喜图案的鞋垫学抽烟，学喝酒。如果是节假日，我白天蒙头大睡，晚上通宵达旦地看书和坐在电脑前写写画画。困了，猛抽烟，猛喝酒，然后哭泣或者吼叫。这些当然是直到现在别人都不知道的秘密。我想，应该把这些告诉香桂，可是，又觉得这样做很荒唐：目的是什么啊？

妻子托人带信给我，说她和幻幻都已经回家，一家人也该团聚团聚了。她知道我在香桂家，但她喜欢对别人说："他尽干那种费力不讨好的事情，疯疯癫癫的，就往大梁子跑。"意思是我去大梁子是找素材。她不想让人知道她的丈夫是一个不纯粹的男人，一个不忠实的男人。

本来我是想早些回去的，可是，香桂却病了两天，高烧。她说是伤寒，找人输点液就好。病好了，她又说，这么长时间没在家，回来，应该去看看亲戚，希望我能陪陪她。她告诉我，那些地方很多特色，如果写出来，肯定不错。鬼使神差地，我跟着她走了。

我们穿越香桂家后面那片很原始的森林，走了足足五个小时，绕过几道山梁，到了香桂舅舅家。五户人家，都姓潘。房子是土墙的，盖着茅草，很矮，很小。四面几乎都是山和树林，树林中间有

桂花鸟

少量庄稼，已经是古历七月，包谷才开始挂红须。走进香桂大舅家的坝子，得到了热烈的欢迎：两个五十多岁的男女从山坡上赶回来，后面还跟着四五个小孩。接着，又来了几个男女，头上都顶着白帕子。他们和香桂打招呼，亲热得就像几十年没有见过面。小孩们围着我转，像是看西洋镜。香桂对我说："大舅、大舅娘；二舅、二舅娘；三舅、三舅娘……"之后，对那些人说："他，我老表。"她的话很含混，似乎更要突出我和她不同寻常的关系。大家围着我，问这问那。香桂没有如实讲述我的情况，还隐瞒了我的年龄、我的妻子等等，强调说我是作家，是诗人。他们都不懂什么作家诗人，香桂只好说是写书的，就是写《西游记》那样的人。有人就说写"西游记"好啊，那孙悟空真厉害。有人问我二十几了，香桂说："三十多了，保养得好呢！"有人就说："三十几不大，你，桂桂啊，你都要二十了吧？"

没人在面前时，香桂看着我笑，说她从来不撒谎，今天却说假话。年龄大小真没什么，关键是合得来。她走到我身边，拉着我的手，说："如果你不累，我们去山上。我小时候把这里的每一座山都爬完了——你喜欢爬山吗？"

我的确是爬山长大的，很小时候我就上山砍柴，割猪草，什么都干。我告诉香桂，有一次我摔倒了，滚了好高的一坡，重伤，没钱医病，差一点死了。那天我满九岁。香桂问我后来怎么好的，我告诉香桂，是我妻子的爷爷拿钱医好的。

凉风呼呼地吹着，太阳十分柔和。野鸡、山兔在树林间乱窜，各种叫不出名字的动物旁若无人地在歌唱。我在草地上躺下来，居然迷迷糊糊地睡过去。醒来，香桂正在专心致志地给我拈白头发，说她记得很清楚，有四十八根了。她给我拈白头发的那种感觉十分奇妙，不知不觉中我再次睡去。

第二天我们到了香桂的姑妈家。尽管很累，还有些腰酸背痛，可我还是随着香桂去了一条小河边。小河是从很高的山上流下来的，有许多瀑布，有许多水潭，水潭里有螃蟹和小鱼。香桂跳进水里摸鱼，我也情不自禁地跳进去。我们把捉到的鱼破了肚，在小河边烤着吃，虽然味道并不好，可是却特别惬意。香桂不会水，我教她游泳。她不愿脱衣服，全身水淋淋的，白色 T 恤衫紧紧地贴住胸膛，闪动着熠熠的光。这时，我又有一种强烈的欲望，想把她压在河滩上，然后去探索她身上所有的秘密。可是，当我靠近她的时候，却胆怯了，说："回去吧！"

我和妻子是没有这种感觉的。我不知道自己和妻子之间到底是否真正谈过恋爱，也记不清楚我们之间是否曾经有过什么冲动。我们的婚姻简单到了不能再简单的地步，前前后后，没有说过几句话。香桂自然不知道这些，我也没想过要让她知道这些。她的纯净让我感到害怕。

回去的路上，香桂说她家的亲戚特别贫穷，但是来往密切，而且一直相互照顾。她说，她从来就没有想过要出去打工，但是，亲戚们劝她说，在外边，说不定可以找个好婆家，以后就不用再待在大山中受穷受苦了。他们不知道她心中的秘密，现在，他们感觉到一点什么了，可惜的是，他们肯定错了。香桂流泪了，她说，在外边，其实有很多人喜欢她的，她天生讨人喜欢。而且，还有不少人劝她见好就收，不要标准太高。然而，她老是对那些人没有兴趣。她说，有一个四川的，很多女生追，可他就只喜欢她，见什么都给她买，又发短信又打电话。然而，她就是不要他的东西，也不接他的电话，更不回信息。他不死心，今年过年的时候，他找过来，带来一部很时尚的手机，说是不能成为一家人，交个朋友也行。她依然没有接他的东西。他把手机扔进了河水，从此再没有看见过。有人说，那个人疯了。她还说有一个本地的，叫邓虎，人还算马虎，很有能力，也追了她好几年。

我很平静，或者说，理智让我冷静。我说我年龄不小了，也没有什么值得骄傲的地方，能有一份机缘已经很满足了。我劝她还是要出去，她的白马王子应该在远处。我的眼睛酸胀得厉害，感觉有泪水要钻出来。

香桂说："还是不想出去，我晓得你很苦很孤独，但是，我真的不要求哪样，只是，你能够说出你心里的话，足够了……"

我们在一条小水沟边停下。水沟上面是一个很深的洞，洞口的风很大，让人感觉有些寒冷。我低下头喝了很多水，站起来，把香桂拉进我的怀中。我感觉她的手和脸都滚烫滚烫的，像是刚从蒸笼里取出来。她额头上的汗水正在奋勇奔流。我仰起头，树林遮住天空，阳光一缕一缕地投射下来，直晃眼睛。一滴泪水挂在我的脸上。香桂把我的手推开，径直朝前走去。她的身体有些晃悠，似乎一阵风就能够将她吹倒。

　　香桂把我送出森林。我不要她送，她坚持要送。一路上，我们很少说话，我只说很快就回来。这几天，我过得非常惬意，长时间郁积在心里的不愉快全部烟消云散了。分手的时候，我拉拉她一直滚烫滚烫的手，虽然很简单，但是，我还是心潮澎湃的，都想大叫了。我看到了她眼睛里闪动的泪光，那是我一辈子也无法忘记的泪光。我几次说："回去吧，回去吧，我很快会回来，很快……"

　　一辆山地越野车开过来，停在森林边上。汽车通体黑色，闪动着耀眼的光芒。镇里的车，妻子常坐着或者开着它下乡、出差。是妻子派来的。司机是个二十多岁的小伙子，典型的帅哥。我不上车，我讨厌坐这种车。我告诉小伙子，我本来就是体验生活，不想坐车。小伙子很尴尬，找不到说服我上车的理由，开着车跟在我后面慢慢移动。他也许是在想，我走累了一定会坐他车的。我懊恼地吼叫起来："回去告诉你们镇长，我晕车，不想坐车，我不准别人这样监视我！"

　　越野车一颠一簸地朝山那边开去，带起漫天灰尘，消失在山的尽头。我非常兴奋，我的拒绝使自己感到了一种成功，我捍卫了自尊。我轻快地走着，蓝天底下绿色的山野激起我丰富的想象，一种诗情在心中突然萌发了。这是诞生爱情的地方，这个季节最适宜爱情的成长。尝够生活喧嚣的人，在这种环境收获爱情，是一种怎样的幸福啊！脑海中，一只满身都是桂花香的小鸟在飞翔，郁郁葱葱

桂花鸟

的树林，纯净的天宇，把鸟儿衬托得异常美丽。

不知走了多久，手机音乐突然响起。我掏出手机，屏幕上显现妻子的名字。我不接，任由它叫，最后哑了。但是，它很快又响了，是短暂的提示音，妻子发来短信。打开，短信说："我来接你，求你了，希望不要苦大仇深的样子。"接下来又有一条："亲，难道世界上所有文人都是如此不可理喻吗？"

我的心情突然变得沉闷起来。我没有感觉自己苦大仇深在什么地方，也没有感觉到我在妻子心目中还有多少位置。但是，我还是意识到自己有些过头了。我终于回了两个字："感谢！"其实，我不知道该感谢什么，我需要的是一种散漫的形式，一种无拘无束的生活，或者是一种自尊。

再次看见那辆越野车一路颠簸着开过来，停在我身边。妻子下车来，脸上带着笑容。她的身体已经明显衰弱了许多，眼角上甚至藏着几分憔悴。她没有化妆，衣着极其简单，她知道我不喜欢一个女人矫揉造作。

她轻柔地说："上车吧！"

我爬到车上，点上一支烟，头伸到窗外，凶猛地吸起来。汽车启动了，颠簸起来，像是在疯狂地舞蹈。噪音很大，灰尘比车跑得快，波浪一般朝着车前方滚动，扑打着我的脸，钻进我的嘴巴和鼻孔。我丢掉手中的烟，把头放回到车窗里，关好玻璃窗，然后闭上眼睛，在空调冷飕飕的微风中，刻意找一种困倦的感觉。

"你就不想幻幻？她可能都记不得爸爸是哪个了！"

我没有回答，我也说不清自己心里是怎么想的。幻幻到县城已经整整三年多了，三年，足以磨灭整个世界，何况我对幻幻那点朦胧的爱呢？我已经很麻木，在妻子面前，我丧失了思想。从一开头我就没打算把幻幻送走，可是，妻子坚持要送，理由是要让女儿接受最优质的教育。她的言外之意是清楚的，这里除了条件不好之外，幻幻的父亲是不称职的，是不值得信赖的。我很少见到幻幻，好像是被她妈妈藏起来了。我感到冰凉。

　　"你还记得幻幻这个名字的含义吗？这是你取的名字。"

　　"记得有什么意义？记不得又有什么坏处？"

　　妻子沉默很久，说："其实，我明白你的幻想，我承认你是个有才华的人，你失去太多。你的梦想破灭了，你只剩下幻想，你的希望都在我们女儿的身上。也许，我坚持送走女儿确实伤害了你，我也没有尽到做妻子的责任，所有这些都使你不满，是不是？"

　　"为什么突然要问这些？"

　　"其实，幻幻没有回来。我是提前出院的，我要回来办一件事。——你记不清今天是什么日子了？"

　　"今天？今天不是结婚纪念日吧？"

　　"记不得？那你好好想想。"

　　下午两点到家，我迷迷糊糊走进屋子，在沙发上躺下，闭上眼睛。妻子端了一盆水过来，放在我面前，很温情地用湿毛巾给我擦脸擦手。我感觉到一滴热乎乎的泪水掉到了我的脸上，紧接着又是一滴。我睁开眼睛，坐起来，茫然地看着妻子。

桂花鸟

"今天是你的生日，你真的记不得了？"

我没有什么时候能够真正地记得自己的生日。我从来就没有见过别人对我的生日感兴趣，而且，这个生日对我就是梦魇。我记得很小就必须上山干活，如果违抗，会遭到父亲或者母亲的一顿打。那年的那个生日，我在山坡摔倒了，双手骨折，头上摔开一条三四寸长的口子，骨头都在外边了。要不是妻子的爷爷，我这条命怕是早没有了。后来还有许多意想不到的事情发生，都是在我生日这一天，甚至父母也是在我的生日先后死去。我怕这一天，我更愿意忘记这一天。

我还是被妻子感动了。她给我的礼物是一套西服，一条领带，一双皮鞋。虽然这个季节买这些东西早了一点，但我相信她是费了心思的。同时，她还亲自做了一桌饭菜，整个过程格外认真。我们一起喝酒，喝着喝着，妻子居然哭起来，她说她心里很苦，感觉人生好累。她说，她是个现代女性，可却要固守传统的准则，还要协调方方面面的关系。一个女人，事业要成功，真不容易。是哪首歌说的，有家的感觉真好，这是真理，是真理……

妻子最后睡着了，就趴在饭桌上。她的眼角挂着一滴泪水，晶莹剔透。

十年前，邻居家的一个女孩高考落榜了。当她得知与大学无缘的时候，她疯狂地奔向一条小河。我们把她追回来，千方百计开导她。可是，谁都清楚，她已经没有机会再读书了：先是爷爷奶奶去世，她母亲又在两个月前死去，为了给几个老人看病，家里欠下很多账。父亲曾对女儿说："你要是考上，我就是要饭也让你读；要是考不上，那你就必须出去打工。"

女孩终于只剩下一条路，她不甘心，她不想做一个和母亲一样的女人！

这个女孩后来成为我的妻子。

那时，我父母已经先后去世，两个姐姐也相继出嫁。我过着一人吃饱，全家不饿的生活，长期待在学校。我不喜欢串门，更不喜欢打牌，除读书多一些之外，毫无特长。我的工资很低，但是我不会乱花一分钱，吃穿很节俭，唯一舍得用钱的是买书。我敢保证，那时没有女孩喜欢我，她们心目中的白马王子应该是家庭环境很好又长得人高马大的那一种，像我这种长相、我这种环境，思维正常的女孩是不屑一顾的。我教书很用心，长期担任班主任，上语文，还是语文教研组长。妻子是我的学生，我教了她三年。三年中，她是话最少的一个女孩，也是最瘦弱的一个女孩。不知为什么，她那时似乎长期营养不良，长到十五六岁了，还看不出一点开始发育的征兆，有人说她是一个铁核桃，活脱脱一个丑小鸭。但是，不知是否是因为我的命是她爷爷救回来的，我对她格外关心，经常辅导她。她很勤奋，考取了县内一所高中。可是三年苦读下来，大学的校门却拒绝了她。这个消息是我告诉她的，我还没来得及安慰，她就拼命地冲了出去。

我决心帮助这个落榜的女孩。

我千方百计鼓励她补习，终于让她再次走进高中的校门。我对她说："我相信你能够成功！一年不行，两年；两年不行，三年！"

那一天果然到了，只补习了一年，她考上了省城的一间大学。为给她筹钱，我卖掉了父亲留下的房子。

一个月后，我收到一封来自省城的信，是一封沾满泪水的信。信上说："……我所以接受你的帮助，不仅仅因为我家里贫穷，还因为我深深爱你。请你相信我的真诚，我可以把心全部掏给你看……"这信让我始料不及，我这才想起，在整个暑假里，她和我在一起时候的眼神就很奇怪。她已经是个大姑娘了，与三年前比较完全不一样了，用两个词形容，就是亭亭玉立，楚楚动人。可是，我一直没有这么想过，更没有认真地端详过她。我始终觉得，我帮助她，完全是因为同情。我给她回了一封信，告诉她不应该东想西想的，那种事情不是几句话能够说清楚的，还早。然而，此后，她的信越来越多，语言也越来越热烈，我感觉自己的身体开始有了一种滚烫的气息。

那年暑假，她走进我学校的寝室中。她已经不再是丑小鸭，而是真正的白天鹅了。她的眼睛顾盼生辉，妩媚的身体像一团燃烧着的烈火。我无法抗拒，在她热烈的拥抱和哭泣中，我把她扑倒在床上……

我们终于结婚了。她小了我整整十岁。

我说不清自己对妻子有多少感情。我感到恐慌，我有太多的地方不如妻子，不如别的男人。我不知道妻子选择我是因为感激还是因为真的爱我。所以，当她离开家到单位去的那一刻，我就十分地紧张起来，都想跟踪了。事实上，很多人都在背后议论说这是很不般配的婚姻，他们甚至预言：这婚姻一定是脆弱的，经不起考验的。

我一直没有发现妻子有什么对不住我的地方，甚至没有任何一点风声对我的名声不利。

妻子是个很勤奋的人，人缘也好，特别受欢迎。不知道是不是因为这样，工作的第二年就成为股级干部，没几年又提升为副科级，接下来成为镇长。

这让我恐慌。在这镇上，有能力的不少，本科学历的也有几个，可是，偏偏妻子成为最受重用的人。我听说过许多故事：某某为了当上一个什么股长，花了一年的工资；某某为了进办公室，居然用妻子做交易；而县城里的某某，为了当上副局长，竟然出卖自己的女儿！妻子漂亮，这是她最大的本钱。时下不少当官的男人们如同猎犬，他们的眼睛要么永远盯着女人的身体，要么就永远盯着别人的腰包。在我家出没的男人们，每一次，喝得滥醉之后，什么话都说得出口，甚至当着我的面就往妻子身边挤。他们的眼睛燃烧着欲火，都能够把我烧成灰烬了。

我开始拒绝妻子，包括她所给我的一切。

妻子说："你是不是吃醋啊？你看你老婆是那种人吗？我承认，不少的人要打我的主意，可什么男人能比得上你呢？"

桂花鸟

我感觉妻子的话很造作。起码，在这个世界上，像我这样的男人实在太多，而比我优秀的男人也是多如牛毛。比我优秀，是因为他们有权有势，能翻手为云，覆手为雨，他们可以掌握很多人的命运。

　　妻子开始喝酒。如果仅仅是一次，我可以理解；如果是两次，我可以忍受；但是，三次呢、四次呢？如果是在半夜由别的男人送回来呢？那么，在外边，是不是由什么男人送进宾馆呢？

　　我不需要妻子做出任何解释，妻子也似乎不准备解释什么。偶尔，我家里来了客人，是女性，妻子会说起女人在官场上不容易。当然，在感叹之余，她会强调：还是坚持一点，那就是人格，人格是千金难买啊！显然，她这话是很需要我听到的，否则，说得再多也没有意义。说到喝酒的事，说那真是不得已的。比如到外边要钱吧，人家说，喝一杯一万，为了这方水土，就得豁出命去！男人们把你灌醉了，他们才能疯狂，才有机会占点便宜，可是，女人，你得注意了，因为你是女人，你必须昂起高贵的头颅，对那种狂妄之徒，你必须给他当头一棒，让他们知道真正的女人是怎么回事！

　　妻子这样的解释不多，而且不会直接对我说这些，只是要尽力让我听到，感觉到。然而，我常常要躲开，都是虚无缥缈的，能够说明什么呢？

　　我估计妻子对我的行踪是知道的，但是，她保持了沉默。这对我来说，算不得什么好事。我没有准备背叛自己的婚姻，甚至在维护。然而，我想，如果妻子正式对我的行踪加以指责的话，我肯定会借此机会大闹天宫的。妻子没给我这种机会，或许是因为她觉得我没有过分的地方，或许是在官场的这么多日子，她学会了包容，学会了克制，要不就是在等待。也许她是对的，我和香桂从表面看似乎有些关系暧昧，却没有不轨行为，没有达到危及家庭这一步。最重要的是，香桂后来出去了，一走就是三年，三年就是三个世纪，足以磨灭一个人的所有意志。我想看到妻子的反应，甚至从她的脸上看到幸灾乐祸的表情，看到她把我的痛苦当成一种享受，一种快乐，这样我就找到了她心肠狠毒的证据。可是，她的那张美丽的脸永远充满着疲惫或者憔悴，甚至有一种莫名的惶恐。我无法深入她内心，但是，我不会主动去理解她，我只是默默地怀念已经消失掉的时光。然后，喝酒，幻想。

那年，我去大梁子，是去避暑还是寻找灵感，或者，是否为了寻找香桂而去，我自己也说不清楚。在茫茫的森林里，我才发觉自己格外渺小，有几分恐慌的感觉。手机没有信号，也不容易碰上一个人，甚至看不到路的痕迹。最初我曾感到舒畅，毕竟，这里的空气那样的清新，自然界的各种天籁之声也好像是一首又一首美妙的抒情诗，而且，心里似乎还有某种期待。可是，后来肚皮饿了，接下来口渴了，疲惫了。时间一长，开始紧张，开始恐慌。

我在森林里漫无目的地乱走，直到下午两点，见到一座小山包下有一户人家：土墙，茅草的房顶。我沿着一条时隐时现的小路，穿过一片嫩幽幽的包谷林，走进这户人家的坝子。坝子外边是一些杉树、松树、李子树、梨子树，还有一片苦竹林，苦竹林前边则是几棵长得十分茂盛的桂花树……一个老男人坐在一条灰扑扑的长条板凳上，无精打采地用一条长烟杆吸着叶子烟，云雾笼罩。见了我，战战兢兢地站起来，看了我好一会，才叫坐，同时朝屋子喊叫："桂桂也，有人来了！"立即，屋子里有一声清脆的回应："来啦！"

走出来的居然是香桂，非常滑稽：光着双脚，裤筒也卷起老高。见了我，转身跑进屋子，很快出来，裤筒已然放下，还穿了一双干净的球鞋。她向我笑笑，脸盘通红，牙齿雪白。

"我是来……"

"你是来我们家，其实，我晓得你要来的……"

我没有做好准备，一时间竟然无法回答。

"幺爷，这是胡老师。胡老师，你晓得不？我多次说过的，他就是胡老师……"

"稀客，稀客！"

男人这么叫着，走进屋子，不再出来。香桂似乎意识到什么，解释说："是我爸爸，我们这地方都喊幺爷，是落后……"

"你到底是准备读书呢还是准备出去？"

"不读书也不出去，我就晓得你要来。我立即煮饭……"

就这么简单，我在香桂家里居然住了下来。高山没有蚊子，也没有毒气，那空气就是最好的消毒剂。晚上，倒在床上就可以入眠，没有一点汗水，不做梦就能睡到天亮，第二天格外有精神。香桂陪着我去森林中捡松菌、马桑菌，碰巧还能捡到三瓣菇、野木耳。森林中有山桃子、山柑子、山李子之类的，味道不好，有的还像是永远都不能成熟，据说是很好的药材。我们去白水孔，去仙鱼洞，去猴子山，去月亮岩，去柴狗沟。香桂自然无法将这些名字的来历向我一一做出介绍，但是，每一个地方都有它不同的特点，每一个地方都能够舒舒服服地待上半天。

如此长时间不在家，妻子应该会产生怀疑，并且，我的心中还是有几分不安的。可是，回到家，见到妻子的时候，她仍然是老样子：既不表示不满，也不表示高兴；偶尔说几句话，也没有什么含义。

秋季学期到了，我的主要精力投入到工作中去。但是，工作轻松下来，还是会想起在香桂家的那些日子。没有什么好的东西招待，甚至饭里少不了要兼上一些包谷面，菜里也没有什么油腥，我胃口却特别好。睡的也不怎么样，虽然香桂把家里最好的被盖都用上了，也洗得很干净，但是，和我家里比较起来还是有很大的区别的。躺在堂屋的木床上，没有电灯，要看书很不方便，这时，香桂要给我点上一盏煤油灯，烧一杯蜂蜜茶，坐在我的床对面，专心致志地看着我。我们也说些话，无关紧要，但是很真诚，很舒心。我不知不觉地就睡着了，很幸福，像是小时候躺在母亲的怀抱里一样。现在，我感到孤独而且紧张，真的好想再见到香桂。

不久，妻子把幻幻带回家来，孩子已经忘记了我是谁，见了我就哭，要抱一抱更是不行。我很酸楚，这是一个严重失衡的家庭，

桂花鸟

我的存在没有意义。我烦躁到了极点。好在妻子很快就带着孩子走了，一声不响。我既感到了一种解脱的轻松，也感到空虚。此时，香桂突然来到我家，还带来许多嫩包谷。我差一点就热泪盈眶了，她的到来无疑是雪中送炭，或者说是我的一次久旱逢甘霖。可是，我看到了周围人们奇异的目光，他们也许在背后议论：这个不知好歹的家伙，居然背着老婆干这种事！他老婆可是镇长！卧虎镇的镇长！

我们之间什么事也没发生，就像在香桂家一样。香桂只给我做饭，陪我看书或者看电视，有时候也到山上或者街上走走。虽然免不了要坐得很近，相互都能听到对方的呼吸，但即使十分冲动，最多还只是碰碰她的手。

人总是奇怪的，奇怪得都无法看清自己了。我感觉妻子对我是有感情的，甚至看出了她的烦恼和痛苦，也想安慰她，亲近她，给她以温存，可是，一旦碰面就倍感压抑，不想说话，不想待在家里，甚至没有任何食欲。最难受的是有人来家里的时候，不管这人或者这几个人是她的下属还是上司，我都会以仇恨的眼光直射他们。妻子很尴尬，我隐隐看到了她眼睛里的愤怒，但是，她会说："我老公是非常优秀的，如果能够让他坐在我这个位置，对老百姓的贡献会更大。"她是在为我开脱不恭的罪名，也是在为自己开脱。我会更加愤怒，因为这种开脱使我感觉自己越来越渺小了，微不足道了。

妻子真的应该知道我心里有了秘密，我不相信她对我的所作所为完全没有耳闻。

我很快去了香桂家，是在桂花盛开的季节，整个大梁子的天空都弥漫着桂花香。我告诉妻子，我要去看一个叫香桂的学生，她很尊重我，我们一直保持着非常密切的关系。这明摆着是在告诉妻子，我有了外遇，而且这外遇已经到了很危险的境地。我不知道是不是为了激怒妻子，反正是说了，而且收拾了东西就要出门。她没有阻止，相反，还问我，要不要叫司机送一趟。这是个奇怪的女人。她应该阻止，我也应该有个发泄的借口，可是，她就这样支持了我，就像是在怂恿我去犯罪。

那之前，我和香桂之间，仍然就是那么一种不即不离的关系。不过，这一回，我和香桂的关系却上升了一格：在茫茫森林里边，我抱住了香桂，第一次激动地轻抚地抚摸一个少女正在蓬蓬勃勃成长的身体。那是使人神魂颠倒的一幕，如果再发挥下去，其结果是可想而知的。只需要把她往草地上一放，只需要轻轻地揭开她的外衣，在那个桂花飘香的时节，所有的秘密都不再是秘密了……我没有想到自己当时何以产生一种想占有的强烈欲望，这是一种胆大妄为的冲动，这种冲动的后果到底会是解放呢还是从此给两个人或者三个人套上精神枷锁？

但是，我克制住了冲动，还一个劲道歉。

香桂没有看我，她靠在一棵开始枯萎下去的桂花树上，全身剧烈颤抖。之后，带着泪水跑掉了，三天时间，我再也见不到她的身影。以后一年时间，只要看见我，她就跑去桂香家。她躲我，又想

桂花鸟

见我，最后还是绝望了，于是，在桂花再度飘香的时候，她走了。

就是这一次回家之后，我和妻子终于有了一次很不愉快的谈话，甚至发生了争执，提到了"离婚"两个字眼。妻子最后强调，离婚是不行的，你可以请个保姆，名义上的保姆就行。显然，她的意思是可以容忍我把香桂正式喊到家里来，但不能破坏家庭的形象。我知道，她能做出这种决定，恐怕是她担任镇长以来最艰难的一次。而且，这种决定是隐藏在泪水里的。

后来，我再去香桂家，是送别。我无法挽留，只能眼巴巴地看着她从我眼前消失，消失在笼罩着浓浓桂花香味的大梁子。我没办法从痛苦中走出，我学会了喝酒。我没有尝到喝酒的快乐，但是，却能够找到一种暂时的麻醉或者解脱。事实上，妻子也经常喝酒，似乎是为了响应我，两个人可能同时进入家门，床上倒一个，沙发上倒一个，都以一种近似疯狂的呻吟来代替家庭应该具有的一切。

从香桂家回来之后，差点被妻子感动了，而且，确实也想过应该尽可能地忘记香桂，忘记和她在一起的那些日子。然而，很多东西不是能够想怎么办就能怎么办的。当妻子一走，我又想起香桂，甚至很想立即到她家去。当然，我最终还是克制了这种冲动，待在家里，看电视、看书、写点什么东西。这是我消解时间的最好方式。但是，香桂的电话打乱了我的这种平静。

"你对我到底是什么态度？好几年了，我真的忍受不了了！"

我听出了她电话里的哭声，哭得地动山摇。

"本来，我没想过要你为我做什么，可是，现在不行了，你必须保证！"

香桂的语气十分坚定。

"发生了什么事？你这样没头没脑的，你让我怎么回答？你不知道我对你的感情？"

"可是，有什么用？那是镜子头的，解不了渴，也吃不得。我真傻呀，这么远的跑回家，就是为了会上一面？"

"可是，你想过没有，我们合适吗？"

"是我不合适你吗？我没有工作是不是？我不是镇长？我没有你那个漂亮？"

电话的那一头，香桂有些歇斯底里，大口喘息的声音听得明明白白：我估计她的脸已经完全被泪水包围了。我无话可说，汗水很快把我胸前的衬衣湿透了一大片；我感觉脸上、头上都在冒蒸汽。我任由她在那边哭叫了很长时间，渐渐地，声音小下来，只听得见喘息声了。我还是没有说话，我估计她应该能够告诉我原因了。

"你真的喜欢我是不是？你……爱我……是不是？"

好像是小孩撒娇。

"你在骗我是不是？你是玩弄我……是不是？"

"你不是在说废话嘛！可是，我们保持这种关系不好吗？你平静一点，冷静一点。如果你真的需要我做什么，我会尽力的。你听着，我真的喜欢你！"

"那你说，我现在怎么办？我想到你家里来，你欢迎不？"

"你来啊！我热烈欢迎！"

"那我挂了，啊？"

我不知道发生了什么事，非常茫然。在我印象中，香桂像今天这样哭叫是从来没有过的，而且也不符合她的性格。也许她是受到了什么刺激？我突然想到了妻子：莫非是妻子去找香桂了？我感到了几分不安，也许，该发生的事情立即就会到来了，也许，我和妻子终于要大动干戈了。

果然，晚上接到妻子电话，她幸灾乐祸地大笑，然后大叫："你头脑发昏是不是？那个人又黑又胖，而且肯定不是处女，你也看得上？不管盐菜酸菜，捞到就是一碗？哎哟，我说，怎么这么一个女的就把你搞得神魂颠倒了？"

我感觉是受了污辱，咆哮起来："是，她是不行，可是，我就看得上她，你怎么样？你不感到羞耻？为什么我会盐菜酸菜都要，你没有想过？"

那边突然不笑了："你是怎么了？我没有伤害你啊！好啦，以后再说。"

妻子挂断电话。

我感到模糊了：妻子是去找香桂了，可是，香桂不是她描述的那个样子，难道她是找错人了，或者把桂香误认为是香桂了？但是，香桂又哭什么呢？

我很难受地过了一个晚上，并且准备着迎接即将到来的一切。说是准备迎接，其实是一种车到山前必有路的心态。这个晚上格外

桂花乌

闷热，没有月亮，没有星星，没有一丝风。我身上永远都被汗水裹着，直冒热气。从沙发上睡到床上，又从床上移到房子外边的乒乓球台上，多次改换睡觉的地方。蚊子特别多，嗡嗡地叫个不停，经常落在身上。

好不容易熬到天亮，桂香来了。她说她是代替香桂来的，因为香桂病倒了。

桂香是一身汗水。她穿着一件浅灰色的短袖 T 恤，肩膀上、手杆上、腰上那肉蓬蓬勃勃地隆起，像是大梁子上那些高高的山峰。肤色依旧很黑，一头过分渲染的黄头发下边是一张山梨子一般的脸，油腻得发光。这副尊容也确实叫人不忍卒睹，也许妻子确实是见过她的。

我很客气地把她迎进屋子，给她倒了一杯凉水，然后远远坐下。

"她病了，大病。"桂香很夸张地比画起来，"她头昏，头痛，胸口也痛。"说到胸口的时候，特意揉揉自己宽大的胸膛，像是有意要制造出某种氛围。

我问："你怎么这么早？"

桂香咧开大嘴："昨天晚上来的，住在男朋友家……我有男朋友了，要结婚了，OK！我没有香桂打嘴，反正自己就酱紫，再等几年就没人要了……"

我真的很难坚持把她的话听完，也不想欣赏她的表演，只想早些了解香桂的情况。好容易才明白了：香桂和我分开之后一直在发高烧，现在已经住进一家私人开办的小诊所。昨天她给我打电话，是受了刺激。她现在迫切希望见到我。

我没有问香桂到底受了什么刺激，收拾一下，拿几件换洗衣服装在旅行箱里，催桂香走。桂香似乎没想到我有这么急迫，慢吞吞地站起来，剧烈地摇晃几下身子。

"酱紫忙啊，你不招待我吃点东西吗？"

"要招待，以后。"

听到了喇叭声音，是镇里的那辆越野车发出来的。我心里一跳。我看见妻子已经朝我走过来，手里提着一只很精致的皮包，粉红色的，那粉红色的皮包在快活地来回摆动。她身后停着她的那辆黑色的发光的越野车。

"坏了，你婆娘转来了！"桂香叫道。

"是婆娘，不错，是婆娘！"妻子突然咆哮了，"你呢？你是婆娘还是姑娘？"妻子吼叫着，将手里的皮包猛然朝我扔过来，"你还是个正常男人吗？这种女人你也睡？这不是丢我的脸嘛！"

我愤怒了，没想到妻子也能说出这种话来，就像泼妇一样。

"你说话放尊重一点！"

"嘿，我还要放尊重一点？我原以为是找了个大美人呢，领教，领教！"

"镇长，不要酱紫嘛，你是错了……"

"婊子？你才是婊子呢！还我错了！"

已经有人朝这边走来，妻子发现了，气咻咻走进屋里去。桂香全身抖得厉害，跟进屋里，站在一边，努力地解释："镇长，不是，我，不是……"

妻子走进卧房，躺在床上。我跟进去，我看见她眼角上的泪水朝着耳朵边上滚动。

"你真的搞错了，她不是香桂，她叫桂香，是香桂的朋友……再说，我和香桂也不是你想的那样，我们只是朋友……"

妻子翻过身去，全身一阵剧烈的动荡，像是河水突然起了波浪。我是第一次见妻子这样地哭泣，我似乎突然发现她不是钢铁的女人，同样也是水做的。在水做的女人面前，任何男人是不能有铁石一般的心肠的。我把手放在她肩膀上，以爱抚的姿态轻轻滑动。结婚这么多年来，这个动作以前从未有过。也由于这个动作，我很快被自己感动了，眼睛里酸得难受：一滴泪从我右边眼角上滚下来。

"我还以为你不在乎我呢。"我幽幽地说，"我不是个好男人，可也不是个坏男人……我没有做对不起你的事……桂香是刚刚才来的，她是来告诉我，香桂病了，病得很重……"

"香桂……"妻子翻过身来，"她很漂亮，是不是？"妻子的眼睛里，闪动着一种神秘的光芒。

"我不是看她漂亮不漂亮，只是和她在一起，感到无拘无束，轻松……我们是关系好，但不是你想的那样……"

妻子咬咬嘴唇："不是……"

桂花鸟

桂香敲门："胡老师，我走了……"

我赶忙走出去："对不起……你对香桂说，我很快去看她
……"

妻子已经站在我的身后，突然伸出双手抱住我的腰，我感觉到
了她嘴里呼出的气息。

"你真的不会离开我吗？真的吗？香桂到底是怎样的一个女
孩？"

我没有说话，也无法找到话说。

"你……有白头发了……是我使你感到很失落吧？你说，我到
底该怎么做呢？"

我想起香桂给我拈白头发的情形，那是一生难忘的时刻。

"我希望你理解我。我想去看看香桂，我可以去吗？你不觉得
我是对你不忠吧？"

"有这样的女人吗？看见自己的老公和别的女人来往，达到了
能为这个女人付出一切的境界，老婆居然能忍受——有这样的女人
吗？"

我转过身去，提高声音说："我已经坦白，我们只是朋友！"

"我呢？我是朋友还是老婆？朋友和老婆谁更重要？我病的时
候，你是怎样对待我的？噢，我走了，反正有人照顾你。你想，是
自己老公照顾好还是外人照顾好？香桂要是你的老婆，她病了，住
院了，你会是那样对待？"

"你看，你是怎么回事？刚才不是和你商量吗，不是大家还

……是不是又要……你是故意找麻烦是不是？你到底准备干什么？我……"

"我故意？我故意吗？这么多年了，我故意过吗？我忍受！外边人问我的家庭，我一脸幸福的样子，把我的老公夸上了天。为了保持我的清白，我拒绝了多少男人邀请！他们邀请唱歌，邀请跳舞，邀请打牌，邀请洗脚按摩，我都拒绝了！你以为女人就不可以超点什么原则，女人照样可以找男妓，女人照样可以和别的男人上床！我容忍你多长时间，你知道吗？比较起来，我比你更健康，功能更强，更需要！你想没想过我的感受！……"

没想到，妻子的话一旦突破喉咙，简直是滔滔东流的江水，一发不可收，而且，具有超强的杀伤力。我没有听下去，因为，她今天明显是好像要摊牌了。我不怕她摊牌，也许，摊牌的最终结果是解脱了更多的人。我只是觉得要摊牌也不是这种形式。我朝门外走去。妻子突然一把抓住我，用她那张柔弱的明显疲惫的嘴巴，紧紧地咬在我右手肘子上，我感觉到了骨头脆裂的声音从她掉着鼻涕的鼻孔里钻出来。我没有动，也许，这是她最后的一次发泄，这种发泄需要很大动力来支持。她终于放开我的手，一滴血从我右手指头上滑落下去，我能听到一声清脆的声音。又一滴血，又一声清脆的声音。她闭着眼睛，颓然坐下，然后瘫倒在沙发上。

"够了吗？我走了。现在，你解放了，你可以自由地享受生活了！"我几乎是异常凶恶地叫道。

妻子没有动，也许她再没有动一动的力气了。

香桂躺在病床上，床边挂着一只输液瓶，液体正在一滴一滴地往下坠落。我是在路上追上桂香的，桂香因为受了欺侮而十分懊丧。见了香桂，她居然扑在香桂身上哭起来。香桂坐直身体，她已经瘦了很多，脸上的肉几乎少了一半。而且，汗水正在汹涌澎湃地在她脸上滚动，全身的衣服都已经湿透。她抱住桂香，抿嘴笑一下，像是经历了很多沧桑的一样，极为深沉。

"桂香是一个大憨包！"

这是一句玩笑话，是亲热，也是劝慰。

桂香一听这话就不哭了，反而咧开一张大嘴巴笑起来："你还说，昨天就以为是你，差点被那个母狗吃了。今天，当然认定是你喽，如果没有人，说不定就酱紫被撕成几块了！"

我终于知道，妻子昨天硬是穿越茫茫森林去找香桂了，错把桂香当成了香桂，说了许多难听的话，还威胁："我会把你抓去喂狗！"

香桂给我打电话，就是在这个小诊所里边。她已经病了几天，她不想让我知道，她没有下决心要表明她的态度。但是，既然对方都已经先发制人，她也不能坐以待毙，必须争取，必须反抗。她父母在身边，不置所以，好像香桂的诉说与他们毫不相干，他们唯一的希望是女儿尽快好起来。我猜想，昨天晚上，这个痴情的女孩一定是哭了一个通宵，要不然，她的身体绝对不会这么快就变成这个样子。

我没有话可以说，只是拉着她，偶尔伸手给她的身体做靠背。她的身体像是一炉火，她肩膀上的汗水很快浸透了我的袖子。两个老人没多久就回家了，他们只要求我把香桂尽快送回家去，好像香桂是他们借给我的一样什么东西。桂香也走了，走之前，她还是免不了张开偌大一张嘴巴笑了一回，那笑声有点像森林中的松涛。

医生是个似乎并不懂得多少医术的男人，二十多岁，已经有一个儿子和一个女儿。她的女人长得小巧玲珑，说的是很不准确的普通话，让人很难听明白。他们原来也是香桂的朋友，在一个厂打过工。香桂问我："这个医生如何？"我说："还可以，只是医病怕是不行的。"香桂说："我告诉你啊，他追过我的，我还是学生时候他就追过我。后来，我们又在厂里碰上，他又开始追我，他说他不喜欢这个人。"

所谓的"这个人"，指的是经常出现在我们视野里的小巧玲珑的女人：个子虽然矮小，可是有一张很好看的脸盘，肤色也白净。香桂告诉我，她是湖南人，是背着父母跑来的。这样一个女孩，能够心甘情愿地跟着一个男人外逃，足可以想见这个男人一定是有些魄力的。香桂说这些话的时候，我有些吃醋的感觉，而且暗地里，我还观察香桂和这个男人是不是会有些眉来眼去，或者显得格外亲热。男人叫邓虎，属于高大威猛这一类，说话也是底气十足。我感觉很不是滋味。我主动找他说话，但他似乎不大情愿，懒得搭理的样子。我还是厚着脸皮问他读过几年书。他说是高中毕业，没考上大学，只好出去打工，后来就学了这个手艺。我吃了一惊，这家伙

桂花鸟

原来还是高中毕业。我问他知不知道我，他说："晓得有这个人，听说过，以为很年轻，今天才晓得这么大年龄了。"

我受了污辱一般，心里沉甸甸地难受。就这时，邓虎要给香桂打针，香桂却迟疑着不愿放开皮带。邓虎说："哎哟，还害羞呢，要是早几年我皮厚一点，不晓得给你打了好多针喽！"香桂举起一只瘦骨嶙峋的小拳头，朝着邓虎肩膀砸下去："呸！"

我走出门去，站在邓虎家的土坝子里。我有一种想打人的感觉，这种感觉以前从来没有过。

打完针，香桂慢慢走出来，问我为什么不高兴。我说我没有不高兴，我历来就这个样子。香桂又说，可以回家了，再输一瓶液就可以回家了。她说，她以前就是这样，病过几回了，其他医生说是伤寒，邓虎也说是伤寒，输几瓶液打几针就好了。我感觉她说到邓虎那两个字的时候特别亲切。

再次输液，邓虎让香桂躺下，伸手给香桂拉肚皮上的衣裳，顺手在她的脸上按了一下；接下来，他的眼光在香桂胸口上停留下来，足足有半分钟。那动作，那眼光绝对是猥琐的，是带着邪欲的。我很愤怒，但是，我没有爆发，我也没有理由爆发。此时我突然感觉我和香桂的距离其实是很遥远的，是两代人的距离。这么想着，我的手机响起了音乐，一看，是妻子的。我赶忙走出房门，按了接听键，听到妻子大声喊叫："我想见你，也想见一见你的那个香桂！你听着，我才是你的妻子，是法律认可的！"

我挂断手机，恍惚听到屋子里说话的声音，显得很暧昧：一面是压低了的，一面是轻轻的。我揣好手机，靠在门边，透过门缝偷窥屋子里的两个人。两个人隔得很远，香桂怔怔地看着输液管，眼光里有一种恐惧。电话音乐又连续响了几次，我没有接，我怕听到妻子那种叫人恐怖的声音。手机再次响过之后，我干脆关掉了。

下午，香桂的高烧突然加重了，口皮发白，并有开裂。邓虎说："照理，输了这么多液，早该好了，可为什么反而加重了呢？"我说："你到底搞准病情没有？人命关天，你是懂呢还是装懂！"邓虎说："再观察一下吧，你应该相信，我不会不负责任，我比你还心焦呢！"我说："还是通知她家里人吧，我要把她送到外边去检查！"

香桂迷迷糊糊的，满身都是汗水。醒过来后，拉着我的手，断断续续地说："你不要走，你……不要走……"她的手，烫得像是刚从火中刨出来的一样。

香桂的父母很快来了，我告诉他们，我必须把香桂送走。两个老人说："那……桂桂就靠你了……"

我开了手机，这时，许多新信息出现在屏幕上，点开，全是妻子发来的，都是"我恨死你"、"我不会让你好受"、"我一定能找到你，一定要你说清楚"之类的。我一一的看完，突然想起妻子的汽车，此时此刻，找到汽车确实是最关键的一个环节啊！

我给妻子发了一条短信："帮帮忙吧，香桂病得很重，必须马上送走，能支持一下你的车吗？对你说啊，你可以提出任何条件，我甚至可以认错！"

桂花鸟

屏幕上很快有了反应："做梦吧！现在想起我了！"

我又回了一条："原来你是这样一个女人，见死不救！"

妻子似乎是高兴起来了："想不到，想不到我变态的老公也会求我！"

我喊道："你死吧！"

那边，妻子问："我死了，你的香桂能陪你吗？"妻子的意思，好像是说："我不拿车送，你的香桂死定了！"

我揣好手机，我知道妻子恨香桂，她巴不得香桂立即死掉。可是，手机又响了，是妻子的短信："知道吗？我是父母官，我已经在路上了。我想救的是我的老百姓，不是你的情人！"

我站到路边去，我想听听到底有没有汽车的声音，实际上，我知道妻子如果真的已经出发，也不会立即就到。

在市里一家医院，香桂依然被认定是伤寒。经过一个晚上紧急治疗，香桂的高烧退下去了，也能够吃一些东西了。妻子把我赶出病房，说她必须和香桂谈谈。我感激妻子，并且有过承诺，所以，我退到了外边，只希望两个女人不要发生争吵，最好是能够和解。但是，我后来还是从香桂的日记里边知道了那天发生在病房里的一幕。

妻子说："我不想伤害你，但是，你首先伤害了我。我们谈谈吧。本来，我是想以后谈的，可是，我的工作很忙，我很快要走！"

香桂坐在病床上，低着头，没有说话。香桂在日记里说："也许，我真的应该感谢她，我的命，是她救的。可是，有这条命，却要我放弃自己最珍贵的东西，这比死还可怕！"

妻子说："我老公，比我还长十岁呢，都老气横秋了，你为什么还要缠着他呢？"

香桂还是没有说话。

"这样吧，你如果有什么企图，说吧，我尽力满足你！比如，让你当村委会主任。"妻子的话很重，足以将香桂瘦弱的身体压垮，"我甚至可以通过许多关系给你找一份不错的工作。"到了激动时，她恨恨地说，"至于男朋友，这样说吧，男人，好男人，我给你找十个，如果还少了，给你找一火车皮！"

香桂就是在这种情况下爆发的："那你找了多少？这么多好男人，你为什么不要？"

妻子把手指到了香桂的脸上："你这个臭姑娘，如果不是看你还在病中，不把你撕成几块才怪！"

香桂说："你不要骂人，你的身份是镇长，不是老百姓！你没有权力剥夺我的爱，你没有！你的老公？笑话，她是你的老公吗？如果是，他为什么要离开你？"

妻子咬牙切齿，脸都变形了。

但是，香桂还要说："你救了我，我感谢你，可是，你就可以对我指手画脚了？本来，我和他之间也没什么，没有那种关系，可是，你放心，会有的，一定会有的！你有能力，你就用条绳子拴住他啊，你要是拴不住，他就是我的！你看着，病好了，就让他和你

桂
花
鸟

离婚，我就和他结婚！你信不信？"

香桂大汗淋淋，最后，朝后一仰，倒在床上。妻子赶忙扶住香桂，大声喊叫。她十分张皇，喊来主治医生，说要多少钱都不要紧，就是要彻底检查。她眼睛里居然含着泪水，不知道是为香桂的病情着急还是为自己伤心。她说，她不走了，她必须搞清楚香桂得的是什么病。她打电话找朋友，希望通过他们给医院打招呼，使香桂得到最优质的服务。转过身，对我说："我要挽救的绝对不是你的情人，是一个普通老百姓！"

香桂的病情基本稳定之后，学校已经开学，我离开香桂，回了学校。

我不再滥酒，每天要打几次电话了解香桂的病情。妻子依然是老样子，不是下乡就是开会，或者到什么地方要钱。偶尔，也回家一趟，或许会带回一点什么东西，但是，看不到她再喝酒醉。我不拒绝她了，甚至会主动温存她，躺在一个被窝里。然而，还是缺少激情，我感觉我十分机械，像是计算机一样按照某种指令在运转。其实，妻子也是这样，她对我的需要非常简单，只要我在她身上摇晃几下就可以了，或者，搂着她也行。我会睁着眼睛直到半夜。没有什么话可说。偶尔，能听到她在梦中哭泣，惊恐万状的哭泣。有一次，我听到她喊："不，不，不行，不要……"我发现她在挣扎，虽然那种挣扎显得十分绝望。我想，一定有故事，女人这样喊叫没有故事不可能。但是，我没有准备要追问，我觉得自己已经没有这样的资格。

我开始失眠，因为，我感到恐慌，天旋地转地恐慌。

同时，我发现妻子也有失眠的时候：她每每要起床喝很多水，然后是呕吐，翻肠倒肚。

那天晚上，她突然问："你相信我吗？"

我反问："你这话怎么这么奇怪？"

妻子说："我也不相信自己，我都怕顶不住了。我爱做噩梦，梦见男人，他们要我喝酒，还要做那种事，非常可怕……"她搂着我，我感觉她哆哆嗦嗦的，似乎正在经历一种煎熬。

我说："做梦，有什么可怕的？就是有，也没什么，你真是不开窍啊！"我不知道是逗她，还是吃醋了。

妻子叹气，长长地叹气。之后，把头使劲埋在我的手弯里。

"我看见过那些男人的眼睛。你相信吗？男人们心里想什么，你都可以通过他的眼睛去看。如果你发现他的眼神有问题，你是不能陪他喝酒的，不要和他坐在一起……也有的时候还必须喝……防不胜防啊！你们男人真坏……"

她慢慢地睡过去了，我却格外清醒。后来竟然产生了一种奇怪的想法，于是，在她的身上抚摸起来；接着，爬到她身上，开灯，褪去她的睡衣，偷窥她雪白的身体：那是一副绝对美丽的图画。但是，很快，我索然寡味，关了灯，坐在床上，沉闷地看着窗外。不知过了多长时间，我的手机响了，是香桂的号码。妻子也被吓醒了，翻身起来。

一个老男人的声音："胡老师，桂桂，桂桂，她……不行了

桂花鸟

- 049 -

……"

"怎么回事？白天还是好好的，怎么就不行了？"

"白天就不好啦，可是，她怕你担心……还是高烧……说不出话啦……"

"别紧张……这样，我马上来……别紧张……"

妻子问："她病重了？我早说有问题，可医院就说是伤寒。有这样的伤寒吗？"妻子从后面紧紧抱住我："你也别紧张——你几时脱我睡衣？"

我说："我怎么办？"

妻子说："怎么办？去看啦，我送你。"

"你为什么要这样？你不是怀疑我们的关系吗？"

"心里是有点不服气，但现在好了……都已经五点了，也该起床了……这样，收拾一下东西。"

我去找我写的东西，我想让香桂看着这些东西好起来——我还没有向她推荐过我写的东西呢。这些东西都是为香桂写的，或者说是为了自己的孤独和空虚写的。我描述森林，描述森林中的黑夜：森林充满灵性，但也有苦涩和压抑……森林中有一只美丽的鸟儿，一只思春的鸟儿，一只歌唱爱情的鸟儿，一只桂花幻化过来的鸟儿，她等待，虔诚地等待，已经一千年了……三年多的时间，这是我心灵深处最生动的记忆，我必须把它全部给香桂，希望这些东西是能够唤回她生命的灵丹妙药。

此时，妻子在找。她说，她要找那些平常乱扔乱丢的名片，那些名片现在都是有用的，说不定它们能挽救一条生命。

香桂躺在病床上，整个身体都萎缩下去，已经找不到什么肉。她全身都是汗水，鼻孔、嘴巴枯焦到看不出水分。她不知道我们到了，一只输液瓶吊在她头部上边，透明的液体在无精打采地滴落。她爸爸叫了几次，她才张张嘴巴，已经烧干的眼睛裂开一条缝。

"你们……来了……"

听得出，这几个字虽然不是很清楚，却是从她的牙缝中挤出来的，似乎耗尽了她的所有力气。接下来，听到她喉咙里有响动，很空的，很远的，像什么东西在爆裂。我把她抱到怀里，感觉她滚烫得如一堆火焰在熊熊燃烧。终于，她似乎是感受到了我在她身体之后，在赤诚地拥住她已经干枯的身体，一滴泪从她的眼角滚下，停在她的鼻梁上。

"你想吃什么？你昨天不是还好好的吗？"

我歇斯底里地说，绝望而恐怖。

"你为什么会这样？你……我，我们还没有结束呢，还要争呢！你不要怕，会好的，真的会好的……"

妻子紧紧地搂住香桂的腰，几乎是泣不成声。

"姐……姐……"

香桂的嘴巴动了动，又挤出两个字。

"姐——姐？你叫我姐姐吗？——她叫我姐姐……"

妻子居然兴奋地哭起来。

桂花鸟

不知为什么，我对妻子的哭叫感到格外激动，好像这样的哭叫我已经等待很久很久了。就是在这种感动之下，我把香桂抱得更紧，下巴埋在她凌乱的头发中，任由泪水滑落。

香桂的爸爸说，香桂的腰杆上、肚皮上，还有好多地方都长了肉疙瘩。他把香桂的衣裳掀开，香桂小肚子上果然有几个大小不一样的肉团，并且，顺着长到了腰上。老人说，医生也不知道是怎样一回事，打不起主意。香桂的手朝前吃力地移动过去，再弯过来，拉着衣服下摆，往下一点一点地拉，似乎很怕别人窥见她的秘密一样。我伸手替她拉下去，我知道，她现在心里还明白，只是很难表达出来。

妻子从包里找出许多名片，一个又一个电话打下去。都是医生的电话，从她的口气中我知道他们是一些大医院的权威。她说："不管怎样，我一定要你们想办法，我来接你们，有多远都必须来！"放下电话，她告诉我，这些人一定能够想办法，他们一定能把香桂挽救过来。

妻子开车接来几个医生，手术很顺利地进行了：割掉香桂身上的肉瘤，然后化验、开会。但是，事情的发展超乎我们的预料，一个女医生对我说："怕是不行了，是血瘤，晚期……"

很快要进行化疗，妻子说："照张相吧，你们照张相吧。"她取出数码相机，对着我和香桂就拍摄。香桂蜷缩在我的怀里，我用汤匙喂她酸奶，泪水在我脸上奔流。这是香桂和我留下的唯一合影：我感谢妻子。

病危通知下达了，我说："可以出院了，你没问题了。"香桂很艰难地对我咧开了嘴巴，像是在轻轻地笑，她的牙缝间，只有几丝黏稠的唾液。我把她抱起来，沉重地走出医院的大门，再走向妻子，然后，上车，把她放在我的两腿之间。此时，我就像是第一次抱起了渴求已久的东西，有一种神圣的感觉，很小心，似乎怕这件东西掉到地上摔碎了。香桂很安详，尽管身上的汗水没有停止流动，但她躺在我的怀里，像是小孩在母亲的怀抱里沉沉地睡着了，剩下的是幸福。

三天之后，香桂家的房前屋后正荡漾着一种香味，是桂花浓浓的香味。我像是做梦了，梦见一棵衰老的桂花树下，我撩开香桂薄薄的衣裳——充满桂花香的衣裳，如大梁子泉水一般透明的衣裳。一只鸟儿，在桂花树之间，在无边的森林里，飞来飞去，寻找着什么，等待着什么……我感觉我的怀抱中什么东西动了一下，像是我的心跳。我睁开眼睛，香桂的眼睛却永远闭上了，眼角边还有一滴没有干的泪。无法想象，她从外边回来，居然是迎接死亡，一只桂花幻化的鸟儿，就这样走向了生命的尽头！

我很颓废，决定把我写成的所有东西都在香桂的坟前烧掉，也包括她留给我的一本病中日记，这些东西应该可以成为她冥冥中珍贵的记忆。香桂的坟葬在森林中间，紧挨着一条小路，显得格外清冷。我不知道这是不是香桂生前的意愿，这个地方，我曾经差点疯狂……那棵衰老的桂花树还在，树叶很少，也没有花开，更没有香味。我把那些在极度空虚或者极度孤独时候写下的东西撕成碎片，堆在香桂坟前，又准备撕掉香桂的病中日记。妻子恰好赶到，夺走日记——那本日记上有香桂写给我的一封信，那也是她写给我的唯一的一封信：

"……我不知道我还能不能活过来，但是，即使要死，我还是幸福的，因为，在我生命的最后时刻，我看见了你为我流泪。相反，如果我活过来，我只能接受最大的痛苦。我满以为你家里的那个姐姐是个很凶恶的女人，是个高高在上的女人，是个自以为是的女人，只能讨人厌。桂香说，那个女人不简单，你肯定惹不起。那时，我真的很紧张，但我不甘心，我从来就没有怕过别人。事实上，那次在医院，我真的觉得自己很过分，一个女人，自己的男人要跑了，肯定很难受。现在，我明白了，姐姐是个完美的女人，我和她比较差远了。可是，就是因为她太完美，你才怕是不是？一定是，我猜一定是。其实，你也没有什么缺点，你真的是很强很强的那一种人。如果我活过来，我一定要劝你好好地去爱她，重新；我嘛，会嫁人，对方怎么样已经不重要了。当然，我还是希望看到你写的那些东西，据说都是为我写的，是真的吗？你知道吗？我很幸福，因为，你为我写的那些东西，肯定非常非常漂亮！这些东西是香桂的。感谢你！香桂永远感谢你！

……香桂祝愿你们幸福！

……我现在确认要离开你们了。再次，祝愿你们幸福！"

日记里还写了很多，我不想一一列举出来。所有内容都已经刻在我心里，我相信我永远都不会忘记。我感觉这些日记比我的东西写得更好，我写的那些东西很狭隘，只有苦涩，只有自我。香桂的日记，记载着她感受到的最美丽的人，最美丽的时刻。她要表达的是一种宽容，一种期待，一种满足，一种幸福，一种祝福……

我点燃我的诗文，妻子也蹲下来，深深地做了一个揖。我把妻子拉起来，然后朝前边走，我想去看看森林里那些奇特的东西，比如白水孔的水，仙鱼洞的鱼……妻子顺从地跟着我，默默地，没有说话，手里紧紧地握着那本日记。

我说："这本日记，留给你吧，也是一种纪念……"

随后，我编造了一个故事，一只桂花幻化的鸟儿，透明，纯净，一千年来，一直在森林中飞翔，等待着她的爱人。现在，她飞走了……

苍茫的森林中，我的故事显得极其单薄。妻子拉着我的手，突然哭起来，我看到她的泪水像树上的露珠，一粒一粒的，晶莹剔透。森林里有许多红色的植物，结着红彤彤的果子；也有许多花，藏在最深处，散发出山野的味道，还有一种淡淡的花香。突然，风来了，头顶上哗啦啦的声音响成一片，像是河水泛起波浪，像歌唱。我感觉身上有些寒冷，打起抖来。

这是秋季，桂花开始凋零，接近冬天……

桂花鸟

寒 山

到这里的时候是初秋时节，河谷地带还没有真正脱离夏天，酷热紧紧裹住人们的身体，汗水依然是最流行的关键词。

然而，山泉小学却已是清风徐徐，早晚之间凉意袭人。公路弯弯曲曲的，很毛，铺了一些石块，坑坑洼洼，很多地方都积着水，镇政府那辆四驱的山地越野车喘着气，歪过去跛过来，像一只笨拙的蜗牛，拖着一路黄色的尘灰，从低矮的河谷地带一点一点往上爬，爬了几个小时，总算把总校的两个领导和我送到了目的地。

这里的山很高，几乎就与蓝天连在一起，郁郁葱葱的森林覆盖着远山近岭，山野间拥挤着各种鸟儿、各种动物欢快的叫声。早有几个人等在学校，一个是五十多岁的老头，穿着一件曾经流行于 20 世纪 80 年代的中山装，满头都是白发，并且很凌乱。有一个十六七岁的女孩，穿一件粉红色短袖 T 恤，一条显得很陈旧的牛仔裤，一双深红色的塑料凉鞋，肤色偏黑，眼睛里游离着一种忧郁。还有一个年轻人，约莫三十来岁，很瘦，很高，皮肤很白，白色中却又带些沧桑的成色。另外就是一个近四十岁的男人，白衬衣，浅灰色西装，红底白花领带，一尘不染的黑皮鞋。越野车在学校没有硬化的坝子中停下，几个人都走上前来，一一向两个领导和我打招呼，并且年轻人和女孩将我的行礼从尾箱中提出，往二楼的一间教室搬去。

总校领导向我介绍："年龄最大的是黄老师，民办转正过来的，快到退休年龄了；中年人是村里李主任，对学校很关心；年轻人是樊老师，来自很远的地方，已经在这里工作六年了；女孩叫郑爱爱，去年初中毕业，请来教学前班，是李主任的表侄女。"接着，他们也介绍我的情况，说我是毕业于重点师范大学的，曾经代过课，还是县外宣中心的特约记者，是真正的才女，招考到这里，毫不夸张地说，是给山泉村带来了活力，希望以后能够得到李主任更多的关心，特别是生活上。

下午饭在李主任家吃。距离学校大约有五公里的路程，在森林深处，有一条土公路，几乎不能过车，山地越野车也不能通过，只有摩托车勉强可以通行。李主任打电话叫来几辆摩托车，他自己搭载那个叫郑爱爱的女孩，樊老师拉我，另外的摩托车分别搭载总校两个领导、汽车司机和黄老师。

摩托车走得很慢，很多地方轮胎总是陷在很深的沟中，要发出巨大的声响，轮胎甚至还因为强烈的摩擦产生黑色的烟雾，散发出浓浓的焦臭味。樊老师身体修长，两条长腿常常踏在公路上，将摩托车朝上提；车身颠簸得非常厉害，我的身体很容易前倾，胸脯经

寒
山

常紧紧贴着他的后背。毕竟是女孩，毕竟樊老师目前还是陌生人，我保持着一种矜持，尽力将身体后仰，臀部也尽可能往最后面坐。后来才知道，我这样坐是极为危险的，因为容易使车尾发生摇摆，如果是驾驶人力量不足或者经验不足，随时都可能人仰马翻。樊老师始终不说话，我以为他是不能分散注意力，所以我也没说，依旧保持那个很危险的姿势。好在路程不是很远，并且很长时间没有下雨，路面还比较干爽，一路上又是凉风习习，虽然心里有点紧张，我还是没有表现出任何惊慌来。

李主任的老婆不在家，李主任说已经出去两三年了，找不了多少钱，一年也就寄两万多块回来，不过，她就是喜欢在外面。李主任有两个小孩，都在镇上读初中，家里就一个老妈，六十几岁了，很硬朗，能够做山上的活，能够忙家务事，还能够养猪养牛。郑爱爱的父母已经外出六七年了，郑爱爱和她的一个妹妹、一个弟弟就寄住在李主任家。现在，郑爱爱的妹妹在镇上读初中，弟弟在山泉小学读二年级，不懂事。，郑爱爱初中毕业后不愿意丢下弟弟妹妹，所以就在山泉小学教幼儿班，一个月八百块。说是教幼儿班，其实还是教一年级，因为一年级和幼儿班混在一起也才二十多人，那十多个幼儿班的孩子学的也是一年级的内容。平常放了学，她就为李主任做家务活，或者也上山做农活，还帮助喂猪喂牛，一天到晚没有闲暇的时候。李主任说，真是对不起她，如果她出生在更好一点的家庭，也许她现在正在读高中，将来还能上大学的。不过，他以后会为她负责的，他会让她以后过上幸福的生活。的确，郑爱爱一回去就立即钻到厨房中，帮助老人做饭，很快，嫩海椒炒腊肉、番茄炒鸡蛋、丝瓜肉片汤、凉拌豇豆、辣子鸡、糟海椒炒鸡杂、嫩豆花……都上桌了。老人说，不是她做的，是爱爱做的，这姑娘就是眼巧。

总校领导和李主任不断劝我喝酒，他们的热情让我难以推却，我喝了一些，感觉有些醉了，不管他们怎么劝，我再也不喝，我有自己的底线。不过，那个时候，如果是樊老师来劝酒，情形也许会变，毕竟，他是这里和我年龄最接近的一个男人。然而，直到宴席结束，他始终只是自己一个人在喝，似乎对于身边的人，他没有一个感兴趣，或者说，他的世界里只有他一个人存在。

寒
山

回到学校已经很晚，总校的两个领导坐着越野车走了，黄老师是本地人，也回了家，李主任和郑爱爱没有来，所以，当几辆摩托车离去之后，山泉小学就只剩下我和樊老师两个人。他告诉我，寝室是用教室隔开的，他和我每个人一间。厨房是用一间办公室改的，所以，如果是分开做饭，或者是烧水什么的，他可以迟一点，当然，也可以一起做，只是他吃饭很简单，做的菜味道肯定不行，希望不要见怪。又说，水要到很远的地方去挑，他可以全部承担，不过，用水必须节约。之后，又带我去集体办公室，里面有一台电视，说是远程教育配的，已经非常古旧，却还能够选择将近 30 个台，只是电压不稳，常常会中断。还有一台电脑，也是远程教育配的，配置很低，零部件大多已经老化，很难正常使用。

山泉小学海拔位置很高，除了莽莽苍苍的森林以外，很远都没有人家，风很大，"呜呜呜呜"地叫个不停，尖利而凄惶，令人毛骨悚然。更可怕的是动物或者禽鸟的叫声，像是野牛在呻吟，又像是猫在呼号，或者是小孩在哭闹，很嘈杂，有几分恐怖。真想和樊老师说说话，可是，他早就睡了。我看了一阵电视，掏出手机，想胡乱打几个电话，借以度过这个可怕的夜晚。可是，手机没有信号，显示屏上只有"可拨打紧急电话"几个字，我才想起来，都到山泉村这么长时间了，一个电话都没有的原因。

我大着胆子走出办公室，轻轻推开改成寝室的教室的门，然后又推开自己的房门。有几只"琵琶虫"不知几时钻进了我的寝室，在昏黄的电灯光芒中满屋子乱飞，其臭难闻，还发出"呜呜呜"的声音，令我格外心烦。我用书拍打它们，但是怎么也打不到，倒是促使它们的飞蹿显得更加张狂。关了灯，它们停歇一会，又开始飞蹿，后来有一只落在我的颈子边上，最后还爬到我的脸上，伸手一抓，"呜"一声又飞了，手上留下叫人恶心的臭味。看来，这几只小东西是不会让我安宁了，我真想哭，没想到，这鬼地方竟然是这个样子，我以后还要在这里工作，在这里生活，这日子怎么过啊？

郁闷至极，我开始弄出各种声响，包括用双脚踢打床铺，用手拍打"墙壁"。我所拍打的"墙壁"，其实不是真正的墙壁，只是用几根松木和很多松板临时架成的一道"墙"，目的就是把教室分成两个部分，两个男女各睡一边，算是"男女有别"了。由于松板不均匀，缝隙很大，完全可以看清楚隔壁的情形，因此又用报纸糊了一层，如果不是有意，隔壁的秘密就不会被发现。这样，我拍打

"墙壁"，那声音小不了，我感觉糊在"墙壁"上的那一层报纸都已经完全碎裂了。可是，隔壁依然没有动静，似乎根本没有人。这样不行，我又掏出手机放音乐，并且把声音尽可能调到最大，连外面那些恐怖的声音似乎都被完全压制了下去。可是，依然是没有用。我干脆起床来，开门，走到樊老师的门口，大声呼叫："开门，快点开门！"开头没有反应，我又再喊几声，然后用脚踹，终于，那房门被我踢开了。我开了灯，看到樊老师有些惊慌失措地用被盖裹紧身体，眼睛瞪得很大，问："你干什么啊？"

我喊道："你这个人没意思！我告诉你，你必须陪我摆龙门阵！"

他说："我摆不来……"

我叫道："那你去给我端水，我口渴死了！"

他说："你不能自己去找？我没有理由给你端水啊！"

我喊道："我对你说，你到底是起不起来？如果你不起来，我就把你的被盖揭开！"

他说："揭开就揭开！你不怕羞，我还怕不成？"

我说："是你说的哈！"

我坐到他床上去，蹬掉鞋子，直往他被盖里钻。他本能地拉着被盖，说："那你先出去一下，我要穿衣裳啊！"

我心里暗暗发笑，因为我战胜了面前的这个男人。后来我经常想起这件事，我都有点佩服自己了，当时要没有这一招，怎么才能度过那么一个晚上？这一招是需要勇气的，我不知道当时是不是因为自己完全真的被逼上梁山了。

不过，樊老师却没有更多的语言，给我端来一碗冷水之后，似乎怕我侵犯他一般，就坐在床的一面，垂着头，随时警惕着我靠近他。我问他多少岁，他说比我大得多；问他老家是什么地方，他说很远很远；问他家里有什么人，他说父母都还在；问他读的什么大学，他说是一所不好的学校；问他结婚没有，他说没人看得上；问他以后有什么打算，他说没打算……我说，你真是一个怪人。他说，世界上怪人很多。

我终于很疲倦了，于是回了自己的房间，用被盖蒙住全身，包括头和脸，尽力强迫自己睡去。估计是要天亮的时候，我才迷迷糊糊进了梦乡，然后居然就梦见了那个我不想再见到的人，他在千方百计寻找我，并且终于找到了这片森林中，对我说：没有我，他的生活将毫无色彩，他的生命将完全没有意义。这样的话，以前他经常说，想不到，这一回竟然说到了我梦里。我推他，打他，甚至还端了一盆冷水泼到他身上。他转身离去，默默地，孤独地，绝望地离去。我哭了，很伤心，最后是哭醒过来，一看时间，已经是早上九点。

早饭是樊老师做的，只有一个炒洋芋片，他说，这个地方洋芋很多，只要说一声，学生就会主动送来。当然，别的菜学生也会送，可是他就是做不来其他什么菜，也特别麻烦，所以，通常他就这样一个菜，如果不行的话，自己做吧。我不能再有什么要求，即使是简单了一点，我也只有感激。

吃完饭，有几个学生来报名，并且一来就都吊在樊老师身上，就好像樊老师是他们的大哥哥一样。除了两个大一点的女孩外，其余的都是七八岁的，身上糊得很脏，有的嘴上还长着"胡子"。樊老师似乎没有看见，从身上掏出一袋糖果，一一分发给他们，然后走进办公室。几个小孩依然紧紧跟着，有的在叫，有的在笑，像一群鸡娃，叽叽喳喳的，紧紧围绕着鸡妈妈。

不久，黄老师和郑爱爱也来了。黄老师是这里的负责人，脸红红的，隔得近了，还能闻到一股酒气。郑爱爱悄悄对我说："他上了酒瘾的，早上要喝，上两节课之后要喝，中午要喝，下午要喝，晚上还要喝，一天也许要喝上十回，所以脸总是红红的。"郑爱爱又说："黄老师就这样一个习惯不好，其余就说不上什么缺点，对人还是特别好的。"看见我，他走过来，问我昨天晚上睡好没有，我点头说："睡好了。"他说："你说假话，好多人才来到这里的时候，都睡不好，说总是听见鬼叫。对了，你怕鬼吗？晚上，那种'嘎嘎嘎'的声音，大家都说是鬼在叫。"我听得有些惊悚了，我想起昨天晚上的风声和各种叫声，感觉小腿都在打抖了。也许是看见我的神态不对，他笑起来，说："其实没有鬼的，只要你心中不怕，鬼就没有了。那种声音是毛狗（狐狸）的声音，有时候还是茅草的声音。"我感觉很奇怪：茅草会有那种声音？他马上解释说："据说是茅草中了邪，两张茅草的叶子风一吹就合在一起，然后又分开，又合在一起，这一分一合，那种'嘎''嘎'的声音就出来了。"也许我的脸色已经吓得惨白了，或者我的双唇都在颤动，他才又发觉他刚才讲错了什么，赶忙转移话题，说："进办公室去吧，开个会？"

说是开会，其实也不算是什么会，没个什么主题，没有会议记录，就几句话："今天开始报名，报名后大家下乡，报名就小樊负责，小周和爱爱去布置教室吧，喊几个学生一起搞。对了，还有安全，安全重于泰山。"我和郑爱爱走进一间教室，几个十一二岁的女孩来帮忙，都用很胆怯的目光打量我。我告诉她们，我是新来的，姓周，以后大家可以喊我小周老师，喊周姐姐也行，几个女孩咯咯咯地笑。我问她们笑什么。有一个大胆的女孩说："我们樊老师还没有结婚，你是不是来和他结婚的啊？"我有点尴尬，不过还是很快反应了过来，问："你们怎么会这么想呢？是不是樊老师对你们特别好啊？"有一个女孩说："不好才怪呢，他的钱差不多都是大家用的。"我有些惊讶："大家用的？"一个女孩说："是啊，他给我们交本子费，交保险费，还给我们买书包、衣裳、鞋袜，你说好不好？"我又问："是对你们几个还是所有学生？"郑爱爱抢着说："是对所有学生，我以前在这里读书的时候，他也经常这样帮我。"我说："看来，他真是个怪人。"

报名的学生走了，李主任骑着摩托车来了，衣着依旧非常光鲜，只是原本擦得很亮的皮鞋上沾了少量泥浆。郑爱爱端了一盆水走过去，让他脱掉鞋子，她用毛巾给他擦掉那些泥浆，再给他穿到脚上。之后，他走到我身边，说："山泉村有了两个外来的好老师，算是有希望了。"我说："爱爱真像是你的亲生女儿。"

桂花鸟

他没有立即回答，就像是没有听到一般，过了有那么两分钟，才说："是，是的，像女儿。"我没有再继续这个话题，只是问起山泉村的相关情况来。他告诉我："山泉村人口也就一千多人，可地域面积将近一百平方公里，处于高寒地带，几乎都是森林，孩子们来上学，最远的来回要走五六个小时，并且都是从树林中穿过，好在这年头除了有几条蛇以外，没有老虎豹子什么的，否则就很危险了。"他又说："山泉村由于交通条件差，很穷，所以大部分劳力都已经外出，家里剩下的就一些老人和孩子。如果是冬天，孩子们读书就特别麻烦，有时候学校还要关门，老师要下乡到学生家里教孩子们。"我心里很沉，没想到，这个地方竟然会是这个样子。

郑爱爱没有下乡，因为她是临时人员，工资很低，李主任家也少不了她的活路。她上了李主任的摩托车，并且紧紧抱着李主任的腰，显得极为亲近。以后的很多时间，我都发现李主任经常骑车把她送到学校，又骑车把她接回去。李主任很爱干净，所以，每一次，她都要把李主任裤脚上和鞋子上的泥巴擦干净，做得非常细致。郑爱爱走了之后，我和黄老师、樊老师三人就下乡了，黄老师还提醒我，最好穿胶鞋。我没有胶鞋，只能穿一双平底的皮鞋走路。路边都是很深的树林，还有很深的杂草，路几乎就覆盖在杂草中，根本不像是路。弯弯曲曲的，不是上就是下，走起来很吃力，裤子还经常扎进各种乔木的刺，那些刺甚至会扎着小腿上的肌肉。山耗子很多，还有蛇，有马蜂，有兔子，有野鸡……它们在树林间乱窜，我常常被吓得不由自主地惊叫。黄老师走在我前面，说：

寒
山

"你不要怕，以后会慢慢习惯的。"走在后边的樊老师像是一截木头，始终没有吭声，就好像前边的两个人他都不认识一般。

好不容易到了一个叫水井湾的地方。这里有两三户人家，房子都是木材的，瓦片似乎都是碎裂了的，有一家的半头房子还居然盖的是茅草。房屋四周都是树林，树林之间有一些包谷林，还有几块田，包谷正在出红须，田里的稻秧正在杨花。我们走进一家人的土坝子，两条大黑狗从牛栏边凶恶地朝我们扑过来，龇牙咧嘴，像是见着仇人一般，前后两个男人赶忙用手里的竹竿胡乱驱赶。但是两条狗的叫声很大，一张一合的大嘴显得非常狰狞。我心惊胆战，干脆死死抓住黄老师的衣裳，并且发出很惊恐的叫声。好在一个老头很快从屋子里面出来了，口里喊着"老虎唷的"，手里挥舞着长烟杆，狗终于被赶到了牛栏的一个角落里，躺下，张着血红的嘴巴喘粗气，还流出长长的涎水。

我很长时间才平静下来，并开始观察这家人的情况。各种劳动工具、谷草等等什么的，这里摆一堆那里摆一堆，很杂乱。板凳、桌子一类都很黑，上面似乎还有一层尘土。走进屋子，黑漆漆的，有一种馊臭的味道。老头用一只铝制的茶盅端了茶，用土碗给客人倒茶，茶盅很黑，茶也很黑，茶的边沿上还有一层白白的漂浮物。黄老师和樊老师都喝了，我没有喝，端着，走出屋子，站在坝子中，大脑一片空白。

两个人同老人说话，我没有听，我突然有一种想离开这里的渴望。长这么大了，还从来没有见过这样恶劣的环境，我不敢想象，今后的日子该有多少艰难。又走了几家，在家的都是老人，几乎所有的人都黑黑的，都有一种柴烟的味道。在我们面前他们毕恭毕敬，甚至不知道该怎么招呼我们，看我的眼神还非常怪异。有几个小孩玩泥巴，有一个稍大一点的女孩还从山上背回尖尖的一背篼猪草，然后屋里屋外地忙。老人们几乎都说，孩子们读书太远了，他们爹妈都在外边，家里也没钱，看来也就只能读一点庄稼书，认得几个字就行了。又说，屋里头活路也多忙不过来，所以孩子们经常要耽误。他们留我们住一晚上，樊老师和黄老师有留下来的意思，可我坚决要回学校，也不愿意在这里吃饭，两个人只好随了我。只是，没走多远，黄老师就从另外一条小路回家了，就剩我和樊老师两个人往回赶，一路上，我们居然没有说一句话。

回到学校我已经非常疲惫，尽管肚子还饿着，却也不想动。樊老师独自走进厨房去，我就躺在床上看书，后来迷迷糊糊睡着了。然后就梦见电话了。是一个男人给我打的，说："找了你这么长时间，总算是找到你了。你要晓得我找你找得好辛苦啊，你回来吧，我保证，你的所有要求我都答应。"我说："你个骗子，你骗了我多少回了，我再也不相信你了。"电话里激烈争吵，到后来惊醒过来，发现樊老师在敲我的门，说是饭好了。

"你好像做梦了，都叫出来了。"吃饭的时候，他说。

"我都叫什么了？"我有点紧张。

他没有立即说，表情淡淡的，像是饱经沧桑的一般，显得城府很深。

"我喜欢说梦话。"我说，"不晓得我梦中都说了什么。"

"好像是和你男朋友吵架。你好像很纠结……"他埋着头吃饭，语气仍然是淡淡的。

"你听出来了？看来，你也有类似的经历吧？你失过恋吗？"我问。

他又不说话了。吃完饭，他要洗碗，这一回我拦着了他，说："你也休息一下吧。"他没有说什么，走出厨房。天已经黑下来，整个山泉小学又笼罩在一层灰暗中，各种怪异的声音也开始多起来，渐渐的此起彼伏了。

这一个晚上又是孤独的，恐怖的，不过，我还是努力给自己壮胆，没有惊动隔壁的人。我的脚有血泡，我身上的肌肉也开始酸痛起来，尽管非常疲倦，却还是难以入睡。高山的风在晚上更大，吹打在窗玻璃上，"噗噗噗"响个不停，非常凄厉，让人倍加感伤和茫然。

学生报名结束了，开始上课。七八十个学生，一二三四五六，年级全齐，还有学前班，差不多都是混编，一般都要分成两步上课。郑爱爱上学前班和一年级的混编班，实际教的还是一年级的内容。差不多每天都是李主任用摩托车送来，然后又用摩托车拉回去：她抱着李主任的腰，李主任怀里还抱着她弟弟。如果是下雨天，公路无法通行，李主任照例还会来，是走路来的，背了郑爱爱的弟弟前边走，郑爱爱跟在后边赶。

山泉小学的几个人似乎都不爱说话，上课了，抱着书和本子进教室；下课了，就在自己的办公桌前批改作业，或者写教案。我发现黄老师经常拿出一只矿泉水瓶子，埋着头悄悄喝了一会，然后，收好瓶子，头朝天，闭着眼睛，像是在静静享受什么。时间长了，我才知道，他已经有四十多年"酒龄"了，并且在十多岁的时候就已经有了酒瘾。每天他都要背一瓶自家酿制的包谷酒到学校，每上两节课后就要喝上几口，然后满脸通红。以前他是这里的负责人，几天前，镇里通知，负责这里工作的是樊老师，我协助管理业务和财务。实际上，这里每个人都可以是校长，也可以是业务人员，没有什么复杂的，所不同的是镇里通知开会是樊老师去，结账是我去。结账一般都选择星期天，这样不影响上课，更重要的是，每一次都需要樊老师用摩托车拉着我去，否则我是寸步难行。不过，这家伙依然还是以前那个样子，话还是很少，偶尔说一两句，也是简单不过，更不带任何感情色彩。有一次，我用"木头"来称呼他，我发现用这个称呼很符合他的特点，此后就用了这个称呼。其实，我是希望他生气的，可是他就是不生气，并且后来还能够很爽快地答应了。

　　山泉小学的白天有学生，显得比较热闹，学生走散之后，学校就变得格外冷清起来。最难忍受的就是木头经常下乡，几个小孩叽叽喳喳拉着他，他就左手抱一个，右手拉一个，和那些小孩消失在学校边上的树林中了，走的时候往往气都不吭一声。即使是没有学生拉他，他也会下乡，只要没有什么特别的情况。而且，他一走，就要等到第二天早上才回来，并且不是抱着这个小孩就是背着那个小孩，往往满身都是泥浆。手机通常没有信号，必须选择地点。电视是唯一可以作为消遣时光的工具，除外就只有看书。可是，有一个晚上风声实在太恐怖，呜呜呜的，鬼哭狼嚎一般，我感觉全身都在收缩，我只好开着灯，用被子裹了身体，蜷成一团，战战兢兢地过了一个晚上。第二天早上，当我看见他刚刚在教室门口放下怀里抱着的孩子时候，我一盆冷水劈头盖脸地泼了下去，头也不回进了自己的寝室，我相信他一定被淋得像一只落汤鸡一般，所以心中的那份怨恨慢慢消失了。

现在，我也学着下乡了。不过，像我这样一个从小就被父母娇惯的女孩，下乡可不是一件容易的事。前一次到水井湾，回到学校后大腿疼痛了几天，下楼都非常吃力。不过，与其在深山中被孤独和恐怖折磨，还不如下乡。乡下的条件极为艰苦，不如意的地方太多。只是，不管在哪一家，总要给你做腊肉，给你煮鸡蛋，甚至还专门为你制作豆花。他们的热情往往让人非常感动，有时候觉得下乡其实是一件很美的事。所以，我渐渐能够和孩子们交流了，并且能够教他们做题，给他们讲故事，还可以教他们做游戏。

可是，更多的时间要在学校度过。木头下乡，我总要问他，今晚回不回来。一般来说，他会点头或者摇头，除非是对我有特别意见的时候，他不会有任何反应。如果他不回来，我就要到郑爱爱家去，或者要郑爱爱留下来陪我。到郑爱爱家去很不便，让郑爱爱留下来却也让她为难，所以，即便她要陪我，也是天黑之前赶过来，然后第二天早上很早还要赶回去。和我熟悉了，郑爱爱的话也多起来，甚至还会主动和我说起木头来。她说："樊老师真是一个怪人，这么大年龄了还没有女朋友，看不出他有点心慌的样子。"我问："你喜不喜欢樊老师？"她满脸通红，说："不可能的，绝对不可能的。"我说："你觉得他不行？"她摇摇头："不是这个意思，是我有了。"我很惊讶，说："你才多大，就有了？"她别过脸去，说："真有了。"我追问是谁，她不说。我说："肯定是一个大帅哥，还在读大学？或者是在什么地方工作？要不，就是打工，很有钱？"她不再回答我，千方百计找话题岔开。她对我说："去年，好像是冬天吧，这里来了一个女孩，大约十八九岁，一来就没有走的意思。大家都以为是樊老师的女朋友，可是樊老师却千方百计躲她，每天都下乡，搞得那个女孩哭哭啼啼地离开。"我说："他是不是喜欢你，才这样？"她说："屁话，他才看不起我呢，况且他还是我的老师呢！"

快到中秋的时候，我提议，到中秋这一天，下乡的不要下乡，回家的不要回家，买只鸡杀了，都在学校吃饭，晚上搞篝火晚会。黄老师说："中秋有什么意思啊，我们这里的老百姓从来不会过中秋。"我说："中秋是思亲的节日，大家在一起看月亮，吃月饼，讲故事，还可以唱歌、跳舞，那是很美的事。"我还说："其实，年龄也不是问题，主要还是心态，大家放开一点，就一定会非常快乐。"黄老师终于表示同意，但是郑爱爱却始终不说话，后来问我："可不可以多一个人？"我说："多一个人没关系，反正，只要快乐就行。"

寒山

中秋很快到了。下午，木头从镇里买来月饼发给大家，并和黄老师一起杀鸡，郑爱爱做菜，我站在边上，偶尔端一端盆子之类的。快摆饭的时候，李主任来了，还是西装革履的，显得极为精神。除了郑爱爱以外，都喝了不少酒，每个人都显得有些晕乎乎的。特别是李主任，把郑爱爱拉到身边，还准备抱她的腰，她红着脸躲开了。李主任说："怕什么啊，今晚上就小周老师陪樊老师，你陪我，黄老师老了，没人陪也没关系。"说完，又把郑爱爱拉过去。我虽然已经醉眼迷离，但是我还是吃了一惊，我没想到李主任会是这样一个粗鲁的人。后来的情形更加让我吃惊，李主任一边喝酒，一边将喷着浓浓酒味的嘴巴努力朝郑爱爱的脸或者颈项压过去。开始，郑爱爱会挣扎一下，后来干脆埋下头，只有他的嘴巴接触到她的脸或者颈项的时候，她才本能地颤动一下。

篝火晚会没有搞，我说我醉得不行，不能坚持。聚会散得有些尴尬，黄老师是悄悄走了，李主任说还要喝酒，说我不够意思，叫嚷了一阵，郑爱爱扶着他，消失在茫茫的暮色中。我走回寝室，木头居然给我送来一碗水，说："我晓得你想什么。"他也是有些醉了，有点口吃，但是，看得出来，他很想向我说什么。我让他坐到床上，说："你给我讲一讲山泉村吧，我不会吃了你。"他迟疑了一下，坐过来，我顺势将头靠在他肩上，说："有个男人依靠，真舒服。"他的肩头颤动了一下，最终还是稳定下来，并伸出他瘦削的右手，轻轻拍打在我的腰上。

"你有过男朋友吗？"他问，声音颤颤的。

"你觉得呢？"我反问。

他说："我觉得你有过很多，像你这样漂亮的女生，在初中或者高中就应该有很多个……"

"什么？"我把头从他肩膀上移开，有点吃惊地看着他，"你把我想成什么人了？你以为我是那种特别开放的女孩？"

他又结巴起来："我想，也许，是……普遍规律……也许……"

"看样子，你也不是一个好人！"我愤愤地说。

他也开始愤然了："是好人又怎样？不是好人又怎样？你认为李主任是好人还是坏人？"

他的这种情绪让我的酒意减轻了七分，我简直都感觉自己变得很清醒了。我摇摇头表示不知道。他说："其实，谁不晓得啊？山泉村都晓得，他老婆也晓得，两三年前就晓得的，晓得又怎样？还不是要经常挨打，实在受不了，走了，这一走就再不回来。你说，这世界到底怎么了？"我看出，他眼睛里有一种火焰，一种在猛烈燃烧的火焰。我有些兴奋，他的爆发让我闻出了他身上的男人气息。不知不觉间，我居然伸出双手抱着了他的腰，鼓励他继续说下去。

大约是夜里一点的时候，他回了自己的寝室，我听到他的床总在响，那是辗转难眠发出的声响。我也是睡不着。外面的风依然在吹，依然非常尖利，依然带着几分恐怖。不过，我对风似乎并不怎么惧怕了，我总是不断想起过去，想起这么长时间了，那个坏家伙居然短信都没有一条！看来，我真的是被彻底抛弃了。这些男人们，难道真的都是狼？那个狼爱上羊的故事只是一个骗人的陷阱？我想得太多，感觉很累，听到隔壁翻来覆去的吱吱呀呀的声音，我就用手敲打墙板，说："喂，你还没睡？在想什么呢？想以前的女朋友吗？"隔壁说："你呢？你也是在想男朋友吗？"我说："我才不想他呢，他是个骗子，是个大骗子，我恨死他了！"他说："说不定哪一天他就找到这里来了，那个时候，你跟他走吗？"我说："我已经下决心待在这深山中了，我宁可嫁给这里的一个农民，实在不行，嫁一个傻子都可以，就是不会再跟他。"他说："我不信，你们女生，说的和做的都不一样。"我说："对了，你喜欢过郑爱爱吗？"他说："你不要乱说，我教过她，我只是关心她，父母不在家的孩子真的需要关心，可惜啊，她太单纯了。"我说："你心里一定很难受吧？"他说："我难受什么啊？那是她愿意，只是不知道她今后会是什么样子？"我说："是啊，她今后会是什么样子呢？"

那个晚上我们差不多聊到了天亮，然后居然都迷迷糊糊睡着了。醒来，手机显示九点多了。走出房门，看见漫山遍野都是白茫茫的，学校周围的树林都完全看不见了。这是一场大雾，我从来没有见过这么大的雾。我感觉我的脸上、身上都像是飘着细雨一般，针扎一般的冰冷。我敲打木头的门，他出来了，我说："好在今天不上课，如果是上课的时候，学生来得了吗？教室里看得见吗？"木头说："这是很常见的，一年中，这里有八九个月都是在大雾中的。"我感觉全身肌肉突然一紧，没想到，山泉小学会是这样的。他说："这个还好，到了冬天你才能真正知道什么是艰难了。"

山泉的冬天似乎来得很快。中秋过后不久，天气变得非常冰凉了，必须穿上厚厚的衣裳，有时候，脚底还非常僵冷，必须烤火，或者是必须用电炉来烘。我和木头之间有过那一次酒醉之后的交流，开始比较融洽了，并且在一起的时间更多了一些，只是谈工作的时间多一点，要不就是一起看电视。他比较随便，衣裳脏得快，我又特别爱干净，所以经常洗了自己的衣裳又帮他洗，只是每一次都要用很多水，他就开玩笑说，看来要在山泉修一个大水库才行。我说："谁叫你这么脏啊？"他说："我外表脏一点，内心却很美，你要是嫁给我，一辈子都有享不完的福。"我说："你想得美，我就是嫁错人了也不会嫁给你。"这样的玩笑只是偶尔的，更多的时候，他还是沉默。

寒
山

那个双休天，我去镇里结账，木头骑车送我。路实在太烂，车走得很慢，并且还拖着一道高高的烟尘。快到镇上的时候，不知怎么搞的，他的车居然倒了，我和他都从一块坡地上滚了下去。记忆中，我是被他紧紧抱着的，以至于他身上多处受伤，流了很多血，我却只是几个地方擦破了皮。把他送到医院，医生给他检查完毕，说必须住院治疗。但是，他不，说如果他住院，学校就没办法上课了，再重的伤他也必须回到学校。医生有些生气，总校来的领导也劝不住，我就说："你回去吧，我不去，我要住院，我身上还有伤呢！"最后，他说，他就在医院住一个周，之后他必须回去，并且说有一个条件我必须答应他，就是我不能留在医院，必须回学校去。我点头答应了，眼睛酸酸的，居然掉下一滴泪来。

回到学校，整整一周我感到了特别的孤独。闲暇的时候，我跑到高处，找到有信号的地方，打电话给木头，说："你好些了吗？你身上还痛不痛啊？哦，对了，很多学生都问你的情况，我告诉了他们，他们说要去镇上看你呢！另外，那些小孩好可爱啊，天气这么冷，雾罩这么大，路又是这么滑，可是他们一个都不迟到，一个都不耽误。这些学生啊，这一段时间很讲究卫生，也特别有礼貌，他们说，长大后一定要报答你。看来，他们是特别想你回来了。不过，你不能回来，你看，学校完全是正常的，虽然辛苦一点，我们还是想办法把你的课上了，作业批改也没少一次。这山上好冷啊，看来是要下雪了，以后这些学生该怎么办呢？今天上午，李主任去镇上开会，说要去看你的，去了吗？……"虽然信号经常中断，我还是打了至少一个小时的电话，不知道为什么，泪水竟然布满了我的脸膛。如果不是没有电了，我想我还会继续打下去的，我感觉心中有太多的话要倾诉。

一个六年级的女生在学校陪了我三个晚上，她叫萱萱，是一个很懂事的女孩。她的爸爸在外面打工，竟然失踪了，将近十年，一点音信都没有。她的母亲五年前跟着一个河南人跑了，直到现在连联系方式都不知道。她还有一个姐姐，有一个哥哥，姐姐嫁了人，哥哥在外面打群架伤了人，被关进了班房。她就跟着她幺叔过。幺叔还好，就是幺娘对她不好，经常骂她，甚至打她。虽然爷爷还在，只是也是吃的受气饭，不管幺娘怎么虐待她，爷爷连气都不敢吭一声。好在不久前，幺娘外出打工了。不过，幺叔家连续超生，经常被罚款，孩子一多，日子就显得非常艰难。幺叔经常跑到镇上去做临时工，很少回家，家里的许多活路必须由她去做。她几乎就不想再读书了，不过，这几年，樊老师一直在照顾她，包括她需要交的本子费、保险费什么的都是樊老师出的，并且，樊老师还经常给她一些钱，她用这些钱买洗衣粉或者是买一两件便宜的衣裳。她说，如果她不好好读书，她对不起樊老师。我对她说："只要你好好读书，以后上初中我可以帮你一些；如果能够考上高中，我再联系其他人帮助你。"泪水从萱萱的眼角溢出，我差一点也掉下泪来。

我独自过了一晚上。那一个晚上，我在学校那台已经快要报废的电脑上玩扑克游戏，后来，嚓一声黑了屏，再也无法启动，我只好回到宿舍，躺在被窝里看书。虽然风声依然很恐怖，我却反复暗示自己，毕竟是风，没什么，不用怕。这样的暗示很有用，我竟然睡着了。

郑爱爱陪了我一个晚上，她说，李主任去镇里开会了，不回来，所以，她不用回去。那一天下午，雾罩依然很厚，学生散去之后，我们先做饭吃，然后去松林中捡回一些枯树丫，放在回风炉里烧起来，两个人围在火炉边看电视。郑爱爱是一个很秀气的女孩，虽然不是特别美，却也让人觉得很可爱。我说："你和李主任好像关系有点特别，你是不是和他有那种关系啊？"如果是以前，这种话是不能随便问的，只是现在都已经非常熟悉，而且那天李主任的举动也似乎能够说明一切，所以我不再有什么顾虑。她沉吟了很久，还是点了点头。我说："据说你们都有几年关系了，真的吗？"她抬起头看了我一眼，又点了点头。她显得很平静，居然没有一点羞涩。我说："你爱他吗？"她说："反正是离不开。"我说："那个时候你还小吧？"她说："好像是十三岁吧。"我说："那时你是幼女啊，他是犯罪啊！"她张大一双眼睛，很张皇地看着我，似乎她面前的我是一只恶狼一般。我说："你是真的不懂还是假的不懂？"她责问我说："大家你情我愿的，犯哪起罪？"我说："这是法律规定的，看来你真的是不懂。"我又说："你今年多大？十六还是十七？"她没有再说，把头朝向窗外，似乎在观看什么。

这一天晚上，我对她讲起我的一些事，特别是提到了那个骗人的家伙。我是去年大学毕业的，毕业之后没有考取工作，被介绍到一所私立学校教初中语文。我各方面的素质还不错，所以，很快得到了学生的欢迎。有一次开家长会，班上一个女生对我说，家里没有人来，可不可以请她表哥来开会。我说可以。开家长会那天，一个三十来岁的年轻人走进我的办公室，大声喊"报告老师，某某某学生家长到"。我看他嬉皮笑脸的样子，不想搭理他，他却径直走进来，在我办公桌前另一条凳子上坐下，说："鄙人某某某，男，汉族，80版，未婚，在宣传部工作，现为某日报记者。"办公室里的老师都睁大眼睛盯着他，显然是被他这突如其来的自我介绍吸引了。我故作矜持，说："对不起，鄙人，暂时没时间陪你，请在二楼会议室等候。"有一个老师笑起来，我也差一点笑了。但是，他没有离开，说："看来我们是志同道合的，说不定能够走到一块。"我说："谁和你志同道合了，一个神经病，还和你走到一块？"他似乎没有因为我的语言受到刺激，反而是来了兴趣，干脆将凳子朝我身边移，说："我是粘上你了，你要知道我这个人别的能力没有，就是脸皮厚。"我站起来，直接走向教室，我不想和他再多说什么。我告诉郑爱爱，后来的发展令我自己都想不到，他经常去我学校，有时候是去采访，有时候干脆是找个借口接近我，我没有叫他名字，始终叫他"鄙人"。初高中我是一心读书，到大学我的确有不少追求者，但是我居然都能够一一回绝，现在，碰上这样一个比我大好几岁的"鄙人"，渐渐地，好感占了很大一部分，或者说有了一种特别的期待。然而，之后的两三个月时间，居然没有他的一点影子，连电话也打不通，先是停机，后是空号。当他再次出现在学校的时候，我激动得差不多要哭了。后来的情况你应该知道是怎样的了，我和他越走越近，那一天，当他给我送来一本特约记者证的时候，我竟然倒在他的怀抱中，最后，我们住在一起了。有一天，他突然问我，如果他已经是有家庭的人，我会怎样对他。我吓了一大跳，我瞪大了眼睛，问他刚才的话是什么意思。他没有说是什么意思，紧紧将我抱住，用他有些夸张的嘴巴在我身上一阵狂吻。

说到这里我没有再说。我相信，郑爱爱一定知道后来发生了什

寒山

么。果然，她说："他肯定是有家庭的，说不定还有孩子了。"我说："我接受不了这样一个事实，于是天天都要和他吵架，最后是把他的东西全部扔出了我的寝室。"郑爱爱问我："他没有准备离婚吗？"我回答说："他当然不会离婚，他想把我作为他的情人养着，他说他会找很多钱让我过得很幸福。这是对我的一种羞辱，所以，我决心离开他，远远的，永远也不要再见他。所以，招考教师的时候，我报了名，并特意选择了这间远离县城的学校。"郑爱爱说："你这样走了，他是不是反而很高兴呢？"我说："不知道，也许真的是让他得到解脱了。"

我平静地讲述完一个故事，我要郑爱爱讲她和李主任之间那些事。她说："有什么啊，他关心我，我就特别依赖他，后来有一天他喝醉了，进了我的屋，说什么都不走，还脱我的衣裳，说男女之间只要大家你情我愿，就不要去想很多，反正时代都变了，外边都这样。我说我是学生，还是小孩，不能做这种事，做了，以后就没法读书了；再说，辈行也不合，我喊你表叔呢！他说你怕什么啊，山泉村还不是我说了算，谁敢说哪样；再说，就一次，别人怎么会晓得？"她接着说："那天晚上他的女人在家的，但是他说他不怕，那个婆娘要是敢说一个字，把骨头都给她抖散。"她说那天晚上的感觉很奇特，她还哭了，她说不是因为害怕而哭，是激动，他的爱抚让她激动。她说从那以后她就离不开他了，甚至读初中的时候也是经常逃学，为的就是和他在一起。她说，他对她的确很好，他经常给她买衣裳鞋袜，对她的弟弟和妹妹也很好，甚至比对他自己的孩子还要好。我说："你真的错了，他可能就是一个好色之徒，你太小了，你真的不懂，像这种人最好送他进监狱。"郑爱爱说："你不能够这样做，他是真心的，我愿意这样，你如果再说什么，我就和你不再是朋友。"

我沉默了，我知道多说什么都是多余的，而且我自己的过去也让我非常烦闷。我不知道自己还是不是真的爱着那个鄙人，或者说，心里是真正的恨着那个鄙人。我甚至在想，郑爱爱的单纯可能更是一种幸福，也许，这个小女孩，一辈子都不会走出这茫茫森林，她的精神寄托就只有这么一个男人。我不能说她错了，或者，站在另外一个角度想，她还真是对的，我并不比她聪明，我或许才真正是彻头彻尾的愚笨。

寒
山

第二天是星期六，放假，我决定去镇上看木头。郑爱爱说，可以喊她那个来送我去。我说："你的那个如果是色狼，也许马上会变的，你不怕？"郑爱爱说："不怕，他不会的。"

公路实在太烂。深秋时节，天上下着蒙蒙细雨，我披着李主任给的一件专门的雨衣，坐在李主任摩托车后座上，一路颠簸着朝河谷地带走，速度比蚂蚁快不了多少，倒是我的双腿肌肉因为剧烈震动和摇摆而特别疼痛。听别人开玩笑说，如果摩托车后面拉着女孩，骑摩托车的男人会经常急刹车，这样女孩就会因为惯性原因身体前倾，富有弹性的胸脯自然会贴到男人的背上。所以，"踩刹车"也成为男人口中极不庄重的一个流行词语。就因为这样，我尽力身体后仰，双手撑着后座，以保证在男人"踩刹车"的时候不会贴上去。时间长了，李主任说："你真不会坐车，尾巴摇摆太厉害了，我要是镇不住，摩托车会随时歪倒的。"我笑着说："肯定不如你那个爱爱。"他没有吭声，之后很长时间都没有说话。不过，我还是找机会打破沉默，问他："你以后怎么对郑爱爱负责？"我说："她那么小，你想过后果没有？"他不愿意做出回答，我步步紧逼，他把摩托车停下来，回过头瞪了我一眼，说："我会养着她的，你不要狗咬耗子！"我说："我才不会管闲事呢，只是我同情爱爱，我怕你害了她！"他气冲冲地说："我不要你教我，以后你只管教好你的书，别人的事你最好少过问！"

森林，悬崖，山梁，河沟，田畴……一路走来，公路上的泥浆不断翻飞，然后紧紧粘连在身上。雨一直在下，冷风扑打着我的脸，感觉身上有一种特别的寒冷。两个人都没有说话，他似乎在非常吃力地开车，我则是要更加吃力地坐车。进入河谷地带，居然有阳光穿破云层，射到身上，我感到一种少有的暖意。

到医院见到木头的一刹那，我的眼睛居然酸胀得很厉害，就好像是两个分别太久的恋人突然相聚，我直想哭。但是木头似乎很淡然，甚至都没有和我打招呼，倒只是说李主任你这么爱干净的，现在身上这么多泥浆，该找个地方洗一洗了。李主任看着他身上的那些纱布胶布之类的，说："也该拆线了吧？你什么时候可以出院？"木头说："早想出院了，医生就是不肯，这个住院的滋味太难受了。"过了好一阵，才终于转向我，问："这几天还正常吧？"接着差不多是自言自语地说："我就是担心那些学生，不晓得他们怎么样？"我没有做出回答，对他的冷漠，我有些伤心，想不到，我费了那么多力来到镇上，得到的就是这样一种回报。

电话响了，一看，居然是鄙人。本来还生着气，而且，对这个人，我已经几乎是彻底绝望的，真不想理他。可是，不知为什么，我却按了接听键，那一边立即传来一声响响的"吻"。我喊道："流氓，骗子，你滚！"那一边说："你是我的老婆，我为什么要滚？一直在打你的电话，就是打不通，你到底要我怎么样才行？"我提高了分贝："要你死，死得越惨越好！"那一边说："你真是不可理喻！"说罢，挂断电话。我真想把电话扔得远远的，我的整个身体都在燃烧。我走出医院的大门，空虚和茫然完全包围了我，我只有一种想大声哭泣的感觉。

寒
山

不知几时，李主任站在了我身后，有点幸灾乐祸地说："呵呵，我们的周老师看来也有伤心的时候，我是不是应该反过来帮帮你啊？"

我不知道我的怒火怎么那么烈，居然朝着山泉村至高无上的李主任叫开了："你也是个流氓，也是个骗子，你们男人没一个好东西！"

李主任想说什么，却最终没能说出来，悻悻地走开了。过一阵，我终于平静下来，走进木头的病房，他不在。与他同病房的一个中年男人说："他好像是办出院手续去了，他说他必须出院。"我看见他床前的小桌子上整整齐齐放着他的洗漱用品和几本书，显然，他是做好了出院的准备。我跑到医院办公室，那里，木头正在向几个医生和护士解释着或者是要求着什么。医生和护士已经失去了耐心，有一个女的提高了声音说："好，让他出院，只是，先要把话说清楚，如果以后有什么不良后果，与我们无关！"

　　我回到他的病房，等他办完手续来到病房的时候，我也表现出一种前所未有的冷漠。他说："该走了。"他想趁着这两天放假时间，去看几个学生。我说："你走不走，去看谁与我无关，下个周我请假了！"随手递给他一张假条。他说："你开什么玩笑，你请假了，那学生怎么办？"我提高了声音："什么怎么办，那是你的事，你耽误了一个周，就不允许我也耽误一个周？"他说："你是诡辩！"我说："管是什么辩，反正我是请定假了，你不批，我去找总校长；总校长不批，我就去找局长！"他有点歇斯底里地叫道："行，你有本事，你找去，我走了！"说罢，他拿起桌子上的东西径直走出门去，也没有看我一眼，似乎怒气已经堵住了喉咙。我多少有点快意，因为我就想让他生气，他生气，我的心里就要好受很多。

　　他走没多久我也走了出去。我想远远跟着他，又不让他发现，可是，出了医院大门，却找不到他的影子，我想，他一定是找摩托车去了。我给李主任打了一个电话，问他还在不在，是不是要回去。那一边，他有点不高兴地说："看来，我这个骗子，这个流氓还是有点用的！"我挂了电话，此时我不愿意触怒他，毕竟，我还需要他送回去。很快，他骑着车来了，又是一身干干净净的衣服，原来他是去干洗店洗的。我说："你不怕这一身衣裳又搞脏了？"

他说："有什么办法？反正是流氓，是骗子，不脏也是脏。"我没有再说什么，上了车。

河谷地带有一段柏油路，虽然是上坡，还是很直，所以，摩托车差不多是风驰电掣，我感觉都有点坐不稳了。他警告我，如果不抱紧他，什么时候掉下去摔伤了不关他的事。我说："你慢一点行不行？"他说："你说得简单，慢了要多烧好多油啊，你又不会开钱给我！"我说："你要多少钱我开你就是！"他说："来回一千，你开吗？"我说："敲竹杠也没有你这样的敲法！"他说："你不抱紧我，我就这么开，反正要流氓我就流氓到底！"他干脆加大了油门，摩托车简直像是在飞，我感觉自己的身体在不断摇摆，不由自主地，双手抱着了他的腰，他一阵哈哈哈的大笑，速度慢下来。他说："我得出一个结论，女人永远都不是男人的对手。"我说："是的，耍流氓你们男人真是厉害！"

寒
山

一路上都没有发现木头的影子，问公路边一些在干活的人，也说没有看见有摩托车经过。难道他还在镇上？我让李主任停车，找了一个有信号的地方打电话，电话里只有"对不起，您拨打的电话暂时无法接通"一句话在不断重复。显然，他没有在镇上，他是应该进入到山泉村的某个地方了。我心想，这个木头，比木头还木头，他居然没有猜透我心里在想什么！

回到学校已经是下午。李主任和我打过招呼之后走了。不知道是不是因为寂寞或者空虚，我很想把他留下来，让他陪我说说话。但是，直到他走了很远之后，我都没有吭声，甚至连一声感谢的话都没有。雾罩越来越大，学校显得非常阴暗，室内外都笼罩着一层格外的清冷。尽管已经饿了大半天，我还是没有食欲，但还是煮了一碗面条，强迫自己吃下。想到一天来的许多事，真想大哭一场。我感觉自己的生活是越来越糟，现实距离自己的想法是越来越远，真不知道，自己还能在这里坚持多久。

木头是星期一早上回来的，和几个小孩一起，由于身上有伤，这一回，他没有背也没有抱任何一个小孩。显然，看见我的第一眼他有点激动，也许，他是没有想到我还是回来上课了。他嘴巴动了一动，想对我说什么，我却扭头走开了。这一天我们都没有说话，甚至下午他做好饭让我去吃，我也没有吭一声，并且没有正眼看他一次。他没有再下乡，我不知道他是不是想留下来陪我，或者是要向我解释什么。不过，我是很冷淡的，他在什么地方，我就不在那里；他不在那里，也许那里就有我的存在。我感觉，我就像是和鄙人赌气一样，现在正在和木头赌气，虽然两个人的性格完全是两个样子，可我却在用同一种方法来对付他们。

深秋，山泉村的气温已经接近零度，许多孩子都是紧紧地裹着一身厚厚的衣服，嘴巴往往呼出一口长长的浓浓的白气。不过，还是有几个孩子穿得非常单薄，不管是上课还是课间休息，他们往往都是战战兢兢的，身体几乎就要蜷缩成一团。有一天，一辆摩托车拉了厚厚的一口袋东西到学校，木头很兴奋，付了对方一百块钱，然后把棉被打开，原来是很多小孩的衣服和鞋袜之类的。他说，是他在网上订购的，比镇上要便宜很多，那十多个孩子，勉强能够抵挡一下寒冷了。很快，十多个孩子来到办公室，他按照顺序发给他们，叮嘱说，回去之后一定要将身上洗干净再穿。我一直在静静地旁观，我不知道是不是被他感动了，真想对那几个小孩说，你们以后可要好好学习啊！

我发现郑爱爱的肚子似乎有点臃肿了，最初，我以为是她穿得过厚了一点，可是，观察几天之后，感觉有点不对，所以，有一天我把她拉到我的寝室里，问她是不是怀上了。她说是怀上了，只是感觉自己年龄还小，想不要，又不敢对那个人说。我说："也许，你真的是不该要，要了，你今后怎么办？如果有一天你离开了他，或者是有一天他不要你了，你说你该怎么办？"她说，他们是分不开的，他是那样爱她，她也是那样离不开他，她不担心以后怎么办，只是怕年龄太小了，父母亲不会接受这个事实。我说："你真是一个大憨包啊，有很多事不是你想的那么简单，你让我为你纠结啊！"

山泉小学突然停电。郑爱爱说，听她那个说，整个山泉村线路都要检修，所以大概要停半个月的电。停电，除了意味着晚上将在黑暗中度过外，更重要的，是吃饭只能烧柴，烤火只能烧柴；电视没有，似乎山泉村与外界将完全隔绝，空虚、寂寞、无聊将是这里最沉重的主题。为了减少停电带来的不便，木头说，每天下午，必须得去山上捡柴。我想，经常都在下雨，雾也很大，手僵脚冻的，这个柴怎么捡呢？但是，不管我怎么想，一放学，木头就上山了，还背着一个很大的背篓，据说，那个背篓已经在山泉小学存在好几

寒
山

年了。我也跟了去，我看见他钻进树林中，用一把砍柴刀砍开荆棘林，然后乒乒乓乓砍一些干了的柴或者是一些小的杂木。我无法帮上忙，他也没有要我去帮忙，却也没有让我回去。后来，我感觉实在空虚，回学校煮饭去了，第二天不再跟着。

几天时间，他就在学校房子后面堆起了两堆柴，其中一堆是在山上就干了的，有一堆则是那种小杂木，含有大量水分。烧柴煮饭实在是非常难，有时候，柴点不燃，有时候，点燃了很快又熄灭了，最令人难受的是，柴的烟雾很大，熏得人睁不开眼睛，而且，那柴的灰也是四面八方乱飞，菜板上、锅上……常常都有厚厚的一层。再加上我烧柴毫无经验，有时候，饭还没有煮好，那火就熄灭了，怎么也不燃，除了烟雾和灰尘外，再看不到一点火光。直到木头走进厨房中，接过我手中的活，我才能够松一口气。

我的心情就好像这里的山一样，几乎都是被茫茫大雾笼罩。很多天了，我很少和木头在一起，也很少和他说话，我想，这也算是对他的冷漠的一种回应吧。然而，越是这样，我们之间似乎距离越远，除了偶尔在工作上必须有什么交代外，他也不会主动和我说话。天气越来越冷，没有电的山泉小学没有一点生气，白天，我更多待在教室里，夜里，很早就蜷缩的被窝里。风声依旧非常尖利非常凄惶，并且还带着浓浓的寒意。蜡烛的光芒很暗淡，从墙缝中钻进来的冷风常常将烛光吹灭。也许各种动物都进入了冬眠，很少听到它们的叫声，这使得山泉小学显得更加寂寥、更加空洞了。每挨过一个晚上，我都感觉是在经历一场苦难，我眼里永远是酸酸的，泪水总在不知不觉间流下来。

那一天早上起来，发现学校周围白茫茫一片，连那些树林，也被大量的白色覆盖。这是今年的第一场雪，而且就像有一首歌唱的一样，或许比往年来得更早了一些。我知道，冬天已经来了，山泉这个地方，也许将长期被冰雪覆盖，也许长期都会浸泡在难以想象的冰冷之中。学生们陆陆续续来到学校，虽然几乎都裹得严严实实的，却还是瑟瑟缩缩的，脸上也是被冷风吹得紫红紫红的。木头又已经烧好水了。多天来，他都要烧水，然后将烧开的水放在办公室中，让那些刚刚走到学校的学生都喝上一杯滚烫的水，才让他们进教室去。郑爱爱告诉我，好几年了，樊老师就一直是这样做的。我走进教室，检查每一间教室门窗是否关好，是不是有什么可以吹进冷风来的缝隙。事实上，这也是木头每天要做的功课，如果哪里出现了什么缝隙，他会千方百计堵上，有的地方用的是纸，有的地方用的是木块，个别的地方用水泥砂浆。教室里是不能烧火的，我在想，如果能够找到杠炭就好了，每天都可以烘一烘教室，孩子们在教室里读书就不会感觉僵冷了。我走到木头身边，问他："这山泉村有没有杠炭卖？"他说："你真是异想天开，这个地方烧杠炭卖给谁？"我对他的回答极为不高兴，所以，我喊道："什么叫异想天开？这里没有，镇上都没有吗？镇上没有，别的地方也没有？河中无鱼世上有！"他突然转过身来，眼睛里放出一种欣喜的光芒，说："对呀，我可以到镇上看看，如果没有，托人在县城带。"

事实上，这个愿望很难实现，镇上确实没有；托人到县城买，

寒
山

几乎没有人愿意帮忙，况且，要从镇上拉到这高山来，也是一件非常不容易的事。他开始用炉火里烧红的炭火去烘烤教室，但是，这需要烧很多很多的柴，而且由于炭火的量太少，差不多是无济于事。有一天，他对我说，可以专门腾出一间教室来，再买几个回风炉，孩子们下课就能够烤到火了。我说，学校拿不出钱来了，他说，没关系，他去镇上赊。那一个双休天，他果然去了镇里，并请了几个农民，他和那几个农民一起，背了很多钢板、钢管一类的东西到学校。那时，他的伤还没有完全愈合，我不敢想象，这一路上，他是怎么走来的。他没有休息，和几个农民一起，把回风炉很快装上了，他说，他相信这个冬天，孩子们要好过多了。

我和木头之间又逐步走近了，有时候，我还会开他玩笑，甚至搞一些恶作剧，比如，我会趁他在做饭或者干别的活的时候，用一块小木炭在他脸上画一条黑色的线；或者从外面掰来一块冰，趁他没注意的时候，放进他的脖颈；有时候，将剩余的许多饭菜全部装进他的碗中，强行要他吃掉。但是，他还是像一块木头，除了对我笑一笑，几乎就没有别的表情或者语言。

郑爱爱的肚子明显大了。有一天我把这个话题摆了出来，我说："你觉得郑爱爱到底是不是一个好女孩？"他没有回答，只是叹了一口气，显得很有些城府的样子。我说："如果她不是被那么一个人霸占着，你会不会喜欢上她？"他看了我一眼，说："你很怪，这样的问题你都想得出来？"我说："其实有很多事都完全是可能的，比如，我就没有想到会在这里遇上你这样一个木头。不过，我得告诉你，我可没有爱上你，至少现在是这样。"他好像非常难为情的样子，再次看了我一眼，赶忙把脸别开，大半天才说："我可没有这样想……我配不上……"我走过去，顺手给他一拳，然后从背后搂住他，说："你真是可爱，谁说你配不上？"他掰开我的手，有点张皇地退到一边，说："你不要开这种玩笑好不好？"我哈哈哈地笑起来，说："你还真是木头，你比木头还木头！"

有一天，山上来了一个不速之客，是镇里派车送来的。他穿着一件黑色的风衣，整个头部差不多都用围巾紧紧包裹住，只留下一对眼睛，远远地盯着我。当他走进办公室，取下围巾的时候，我才看清楚，是鄙人。他向我扑过来，我赶忙躲开，我竟然没有一点激动，甚至还只有怒气。司机从车上拿下来很多东西，包括吃的穿的，最后，居然还有一本笔记本电脑。我说："你拿走，你必须拿走，你以为本姑娘这样容易被感动？"他不说话，也没有要走的意思，反而是一步步逼近我，突然将我紧紧搂住，将一只巨大的嘴巴向我脸上压下来。我躲开他的嘴巴，拼命挣扎，但是，我很难动弹，他巨大的双手让我感觉快要窒息了。我没有再动，任由他在我脸上、脖颈上乱啃一番。他终于放开了我，我转身寻找木头，他早不见了。鄙人对司机说，你可以走了，过几天，你来接我。

我坐在一边，气咻咻的，我不想再置理他。当他再次逼近我的时候，我顺手捞起桌上的木质三角板，喊道："你要是敢对我做什么，我和你拼命！"

寒山

他没有再动，说："难道你已经变心？我找你找得很辛苦。我原来就说过的，你就是跑到了天边，我也一定把你找到！"

我恨恨地说："我变心？你问一问自己的良心，你到底准备对我怎么样？你当初是怎么说的？你说你是未婚，后来你说你一定离婚，你离了吗？告诉我，你离了吗？"

他说："好，我告诉你，我真的离了，真的……"他掏出一个小本本递过来，"你看看，真是离了……"

我瞠目结舌。他走到我身边，把我抱起来，放到他的双膝上，然后，不断抚摸我，吻我，我感到了他一波又一波的热浪在席卷着我，我有一种眩晕的感觉。后来，我终于安静下来，做了饭，摆好，让他过来吃饭。他拿出一瓶红酒，说："今晚上要喝一个醉。"我说："要喝就喝白酒，红酒有什么意思啊？"我想起了木头，上楼去敲他的门，没有应声，我估计他已经下乡了。我突然有一种惶恐和失落的感觉，我甚至有一种伤害了他的感觉。

我喝了很多白酒，是当地老百姓制作来自己饮用的包谷酒，一个家长送给木头的。我有些醉了，我心里的许多委屈与心酸也开始抬头。我看着鄙人，突然说："迟了，你真的迟了！你以为本姑娘找不到男人，告诉你，世界上好男人多的是！这几个月你做什么去了，你一点音信都没有，我对你说，现在你一点机会都没有了，我已经有男朋友了，有一个真心爱护我的男朋友了！我已经全部都属于他了，全部，一点都不剩，全部！"

突然的变故显然让他猝不及防。他看着我，脸已经扭曲。后来，他说："刚才那个人吗？和你一起工作的？"

我说："对，是他，就是他！我们已经共同生活了几个月，我们心心相印，我们都已经发誓，不管是谁，都别想破坏我们，包括你！"

他终于有点歇斯底里了，说："不，不，你不要骗我……你看，我不是离婚了吗？我一直在找你啊……你说，这怎么可能呢？"

我说："怎么不可能呢？你不过是一个流氓，一个骗子，我劝你理智一点！如果你敢纠缠我，我会公开你的本来面目，让你被更多的人唾骂！"

他用几乎是哀哀的声音说："没想到……真的，没想到……难道没有一点回旋余地？难道这都是真的？"

我说："还有假吗？我不是在编小说，我是在真真切切地告诉你，一切都已经过去，我，已经不再是那个容易上当的女孩，我，很快就会走进婚姻的殿堂，我，将有最好的归宿！"

他站起来："那好吧，我祝贺你……"

他一步一步朝着外面走去，高大的身躯此时显得极为柔弱，似乎一阵风就可以将他吹倒。我不想挽留他，我甚至都有点为自己的决绝感到骄傲了。门外在吹冷风，呼呼呼呼的，带着几分凄厉。他走进了操场中，开始循着那条坑坑洼洼的公路朝前走，我看出了他的孤独与落寞。

我喊道："你回来吧，明天再走！"

寒
山

他站住了，似乎有点不相信是我在喊他，当他确信我的喊话是真实的之后，他突然又朝我奔过来，又紧紧地把我搂在怀中，居然哽咽起来。

他说："我怎么这么笨，我知道你是骗我的，你是想考验我，对不对？"

我努力把他推开，告诉他："我的话是真的，我希望尽快结束过去的一切，我希望从今以后我们只是朋友。"他说："好吧，让我好好想想，也许，我真的是伤害你太多，也许，是我真的对不住你。"他走进办公室，用一只玻璃杯倒了满满的一杯酒，说："真冷，我还要喝一点酒，你不反对吧？"我说："要喝你就喝吧，我知道你不痛快，不过，借酒消愁也不是解决问题的办法，只是我不能安慰你，你随便吧。"我看到一滴泪水从他眼角掉下，我的心差一点软下来。

天完全黑下来，他还在自斟自酌，没有说话，没有看我，也没有动桌子上的菜。他以前能够喝很多酒，我想，也许醉不了的，相反，他需要这种醉。我没有再陪他，并且告诉他，今晚可以住在一起，因为没有别的床铺，不过，男女之间的那种事就不要去想。我说："反正，门是开着的，你什么时候想进去就进去吧。我不会脱衣服。"

事实上，他一直没有进我的房门。半夜了，我走进办公室，看见他头靠在一张办公桌前，显然是睡着了。他在说梦话，他说没有想到，他说原来爱是那样虚假，爱原来是那么痛苦……我不想惊动他，默默坐在他对面，一动不动地看着他。我其实也很茫然，但是，我想起了过去流下的那许多泪水，想起了那一个又一个悲伤的夜晚。我找了一张毛毯盖在他身上，他还是没有动，我想，他是酒喝得太多了。我回到寝室，再也没有睡着，就着昏暗的灯光看一会书，又闭一会眼睛。我的心绪很乱，我感觉整个世界都在旋转，一种毫无由头的旋转。

天亮了，我下了楼，进了办公室，他不在了，只留下一种纸条："我走了，虽然我在这里没有获得我想要的东西，但是，我还是要祝福你，希望你永远幸福……"泪水居然从我的眼角掉下来，是没有商量地掉下来的。我擦掉泪水，走到操场中，朝着那条坑坑洼洼的公路往前走，走了很远，却没有能够看到他的一点影子。现在，我感到特别落寞，我在公路边的一块冰冷的石头上坐下，扑簌簌地，两行泪水猛然从我脸颊上滚落。木头站在我面前，我不知道他是几时走到我身边的，我闻到他身上有一股浓浓的酒味。

我站起来，看了他一眼，说："这么早，你喝酒了？"

他说："没有……"

我说："你骗不了我，你身上的酒味很浓。"

他没有再说话，把头别过去，眼睛朝着学校的方向。

我问："昨晚你去什么地方了？"

他说："没去什么地方，一直在寝室里的……"

我说："我敲门喊你吃饭，你没有听见？"

他说："听见了，我不想打扰你们……"

寒山

我非常惊异，我万万想不到，他居然是一个人待在寝室中，也许，这十多个小时里，他也是靠喝酒度过的。他究竟在想什么呢？

　　我的情绪低落到了极点，我赶走了那个人。他曾经信誓旦旦说要和我结婚，但是，很长时间，却始终没有动静。那个时候，我是在希望与失望中等待，一种特别的困惑总是在困扰着我，可是，今天，当他真的来了，并且真的准备向我求婚的时候，我又赶走了他。我现在到底需要什么呢？我现在，该怎么办呢？

　　我被我的情绪煎熬着，我感觉我一天比一天柔弱。

　　几乎每天都有一场雪，凝冻也来了。天气真冷，很多小孩已经不愿再来学校了。原有的七八十个学生，每天都在减少，只有近处的学生还在坚持。学生少了，我的情绪更加低落起来，我感觉在这里教书的意义好像在一天天丧失。黄老师大病了一场，大概是因为被这恶劣的天气冻感冒了。好在一点他还是坚持到学校，只是那几天破天荒地没有喝酒了。郑爱爱的肚子在迅速突起，但是，却看不出她有一点点的兴奋，更多的时间是脸上写满了忧郁。木头还是那样话少，他每天早上都要很早出去，然后背上背着一个小孩，怀里抱着一个小孩，跟在几个小孩后面赶到学校，之后又去接别的小孩。下午，他也要送那些小孩回家，有时候连吃饭都顾不上了。郑爱爱说，好几年了，他都这样，因为路上结冰了，很多小孩上学会遇上很多困难，有些路段甚至还非常危险。有时候，我觉得他很了不起，但是，有时候，我又觉得他是没事找事，特别是在我做好饭，老等他也不回来的时候。

那一天李主任照例来接郑爱爱和她弟弟。路上结冰，他的摩托车轮胎上需要套上铁链子，我想得到他一个来回要遇上多少困难，所以，有时候，我还真为郑爱爱感到高兴，毕竟有这样一个人在爱着她，在呵护着她。不过，这一次，郑爱爱突然说不回去了，她要住在学校，无论李主任怎么求她，她都不会松口。从他们的对话中，我感觉到他们这一段时间好像一直在闹不愉快，而且，郑爱爱也是第一次对这个男人说不。我不知道他们之间到底发生了什么，我站在边上不知道该怎么办。木头更是没有说什么，带着几个小孩离开了学校。李主任老半天劝不动郑爱爱，竟然看我一眼，对郑爱爱说："你是不是听了一些不三不四的语言？你个人要有立场，几年了，我对你如何，你不晓得？你这半年怎么变化这么快？"

我感觉李主任话中有话，问他说的是什么意思。他说没什么意思，只是他和郑爱爱的事不希望别人插手。我说："很明显你是认为我在挑拨你和郑爱爱的关系，我告诉你李主任我周某某没有这么多闲工夫管你们的事，还有，我周某某不是那种没有修养的人！"他问我是不是说他没有修养，我说："你有没有修养你自己知道，最好不要以小人之心度君子之腹。"我这一次变得非常强硬，就好像我有很多委屈需要通过一次大吵大闹散发掉一般，面前这个山泉村不可一世的男人居然对我说："好好好，我说不赢你，我给你道歉，好吗？"他这么说着，怀里抱着郑爱爱的弟弟，骑着他套了铁链的车，怏怏不快地离去了。

男人一走，郑爱爱就倒在我身上哭起来，说她现在想死。我问

寒
山

她到底发生了什么事，她说，她没有想到他那么无聊，他竟然说她肚子里的是野种，不是他的，肯定是樊老师的，所以，他要送她去医院打掉。我说："他怀疑你和木头有关系？可是，我看你和木头之间没有什么关系啊！"她说："是啊，是没有啊，他肯定是故意找借口。"郑爱爱说，她还小，如果他不要她了，她不晓得该怎么做。她说，整个山泉村都晓得这个事，所以，她现在每天晚上都要哭，做梦都哭。我说："他要是敢对不起你，我就去告他，让他蹲几年监狱。"她说："你不能这样做，即使是我死了，我也不会恨他，也绝不会让别人告他。"我只能摇头，我不知道该说什么，她的那种态度让我感动又让我感觉失望。

有一天早上李主任送郑爱爱弟弟来的时候，把我、黄老师、樊老师和郑爱爱都叫到办公室集中，说要开一个会。他先讲了安全的事，说鉴于小孩子们读书来回路上有很多风险，他希望学校要组织接送。之后，又说，山泉村连大学生都没有出一个，他要求大家从现在起，必须认真抓教学质量，如果教学成绩在全镇不能走在前边的话，明年他就要求总校换人。他说这两个事的时候，态度很强硬，几乎就是凌驾于所有人头上。我想顶几句，但是最终是克制了下来。不过，我终究还是和他吵了起来，因为，他突然话锋一转，说到了师德问题，他说："山泉小学教师不多，师德却存在问题，特别是在男女关系上问题严重。"他要大家注意形象，否则他不会客气。我突然站起来，问他什么是师德？问他什么是男女关系？问他什么叫问题严重？他结结巴巴一阵，突然提高声音，说有问题就是有问题，用不着解释，谁要是敢在山泉村不规矩，他一定要采取措施！我说："好啊，我就怕你不把我撵出山泉，撵出这鬼地方！"木头示意我克制，我没有听他的，反而是一步步逼近对方，说："你要怎么样，我今天陪你！"显然，我的锋芒更为突出，对方脸红筋胀，说不出半句话，气咻咻转过身，砰一声推开办公室的门，冲出办公室，很快消失在树林中。郑爱爱开会时头一直埋着，身体一直在颤抖。现在，我抱着她，说："没事了，你应该坚强一点，你不要太软弱了。"我转过身，对木头说："你也是太软弱，学校的事，还轮不到他在这里指手画脚。"木头说："我说你也是太小心眼了，说几句气话又有什么用？"我说："我总感觉你身上缺少一点男人的味道！"我知道，这句话一定会让他很受伤，但是，我没有办法不说。他没有回答，只是默默走开了，之后，一直在尽力地回避我，我感到，他特别怕我，这又使我无所适从，我不想是这样的情形，我怕他这样对我。

寒山

郑爱爱一连几天都住在学校，我将我多余的棉絮和毛毯给她，利用办公室的沙发，她专门铺了一间"床"，每天早上她起得很早，把这些东西收了，然后去厨房里做饭。李主任也许的确是生气了，一直不再露面，郑爱爱的弟弟只能和别的小孩一起来学校，有时候，是木头去路上接，下午送一段路。郑爱爱要弟弟留在学校，他不干，说是表叔说好的，他要打人。有一天早上，一进办公室，他就哭了，说是表叔打他了，问他为什么被打，他说只要姐姐不回家，表叔就要打他。我感到特别愤怒，我对郑爱爱说，看来，你心目中那个了不起的人，并不是你想象的那样，你必须有一个决断了。郑爱爱只哭，放学后，她拉着弟弟回去了，无论我怎么说，她都坚决不留下，挺着越来越大的肚子，走上那条冰冻的公路。

那天晚上，我怎么也睡不着，几次敲打木头的门，说有很多话要对他说。他说没什么说的，因为他根本没有一点男人的味道。显然，他是被我那句话伤得太深，他肯定还在难受。我提高声音说："我不会道歉的，而且到现在也还是这么想的，你看，郑爱爱也曾经是你的学生，她现在受到那么大的伤害，你却置若罔闻；那个人不仅仅伤害郑爱爱，而且根本就没有把你我放在眼里，甚至在欺辱我们，你都能承受，你说，我的想法还有错？"他说："你是让我和他打架吗？你说，我要怎样做才行？"

我们的话不能说到一起，任凭我弄出什么样的动静，他就是不为所动。我没办法，只好躺在床上安安静静想问题。这个晚上的风特别大，而且声音特别凄厉，让人只有无边的伤感。我没有睡好，天快亮的时候，终于沉沉睡去，后来听到一片杂乱的脚步声，我醒了过来，穿好衣服下楼去，看见有一个戴着斗笠披着蓑衣的人站在操场中，瑟瑟缩缩的。木头这里一趟那里一趟地跑，显得格外张皇。问他发生什么事了，他不说，后来是那个站在操场中的人告诉我，他是总校领导叫来通知樊老师的，樊老师的母亲昨天去世了，樊老师家里的人希望樊老师立即赶回去。

樊老师的家离这里很远很远，要赶回去需要很长时间。我看着他惶惶无助的样子，走过去对他说："不能够过于伤悲，现在要紧的是怎么尽快赶回去。"他不回答我的话。我又对他说："你可以放心离去，学校的事我会尽力安排好的，有困难，总校也会帮忙想一些办法。"他终于回过头来，眼睛里闪动着泪光，嘴唇颤动了一会，终于说，他不走了，因为，如果现在走了，今年就肯定无法再回来。我说："没关系，还是赶回去见老人一面为好。"他说："还是算了，生的时候没有见到，现在见一面也没有什么用。"几滴泪水从他脸上滚下来，我鼻子一酸，居然哽咽起来。

　　他没有走，说："工资发了，要给父亲寄一点钱回去，都已经想不起来是什么时候给家里寄过钱了。"下午放学后，送走了最后几个孩子，说要找个有信号的地方给父亲打个电话，然后离开了。不知为什么，我竟然悄悄跟了去，看见他在高处的一棵松树下立定，举起了手机。我不知道他都说了什么，我只看见他身体战战兢兢的，几次差点歪倒下去，但最终还是靠着松树的支撑，坚定地站立着，电话一直就贴在耳朵边，一只手不停地擦拭眼睛，头和肩膀在不停抖动。过了很长时间，他放下了电话，双膝一弯，居然跪了下去，朝着北方，不停地磕头。我听到了他的哭声，控制不住的哭声，那是一种撕心裂肺的哭。我走了过去，他没有发现。我没有惊动他，站在他身边，泪水不断从我眼睛里涌出。终于，他没有再哭，身体匍匐在地面上，偶尔才耸动一下身体。我从后面突然抱住了他，尽力把他从地面上抱起，脸贴在他背上，抽泣起来。他转过身，伸出双手，紧紧将我的腰揽住，号啕起来。

　　好长时间里，我说话很小心，怕伤了他。而且，还尽力争抢着

寒
山

煮饭，殷勤地给他洗衣裳，有事无事的，都要尽力说一些让他开心的话。

深冬的一天，一辆轮胎上套着铁链子的山地越野车开进学校操场，车上走下几个人：一个是总校的领导，一个居然是鄙人，还有一个扛着摄像机，一个举着相机；另外一个女孩，手里握着一支话筒，对着远山说："各位观众，现在，我们所处的位置是县域内海拔最高的一个山村，这里冰天雪地，闭塞，荒凉，寂寞，茫茫森林间，很难见到一户人家，很难见到几个人影。然而，就是在这里，却有着几个不同寻常的人，有许多不同寻常的故事……"摄像机转向学校，转向我和郑爱爱、黄老师、樊老师，相机也是对准我们啪啪啪闪着白色光芒。我感到非常突然，一时间不知道该怎么做。走进办公室之后，总校领导才说，县外宣中心、县电视台听说樊老师和我的事迹之后很受感动，所以决定来做一个专题片。接着，他向我们一一介绍几个记者，当介绍到那个被我一直叫做鄙人的人时，我突然有一种复杂的情绪产生，我发觉自己的眼睛里有泪水在蠕动。

采访整整持续了两天，几个人还下了乡。鄙人尽力在接近我，他的眼神里充满了抑郁和忧伤。我隐隐感到，来这里作专题只是他此行的次要目的之一，更重要的是，他要通过这种形式来修复我和他的关系。我这一回对他的态度发生了很大变化，有时候，眼光显得非常温柔，话里还带着几分关切。我自己都搞不清楚自己是否还爱着他，我不知道自己该怎么做才行。不过，他除了很想接近我以外，似乎对我已经不再有什么奢望，他一直把木头当成我的男朋友，并且几次祝福我和木头白头到老，永远幸福。这使我尴尬，也使我郁闷，他的祝福让我感到一种深深的刺痛。

专题片是几时播出的我们都不知道，但是没多久就有一件意想不到的事情发生了：一个很漂亮的女孩，居然扛着被盖卷来到了山泉小学，她说她要在这里支教，她说，如果可以的话，她还希望成为木头的女朋友。她叫田春雪，一个很有诗意的名字，与她的美丽融在一起，让人感到她无与伦比的纯净与可爱。她毕业于一所很有名气的师范大学，手里拿着县教育局和团县委的介绍信，还是镇里专门派人送来的。她的到来让我激动了一阵，然而，很快，又让我的情绪低落到了极点，她的真正目标似乎不是山泉小学，而是木头，这让我有一种说不清道不明的不满与愤懑。

事实上，田春雪真是一个很热情很勇敢的女孩，这里的寒冷与艰苦对她来说似乎还是她心目中的一道风景。备课非常认真，上课神采飞扬，下课之后就和所有孩子们在一起。我发现，很短时间里，她已经取代了我在孩子们心目中的位置甚至木头的位置，她俨然成了所有学生最敬爱的人。她和木头一起接送孩子，还和木头一起下乡，每一天都乐呵呵的，充满了青春的活力。我感到，自从她来到山泉小学之后，木头的脸上很快有了笑容，甚至偶尔还会开几句玩笑。最令人吃惊的是只要不下乡，她经常待在木头的房间里，木头也喜欢去她的寝室——除了聊天，很难想象，他们之间都发生了什么！

我彻底郁闷下来。山泉村是一片白色，树枝上挂满了白色的冰条，有很多树因为承受不起冰雪的重压，啪啪啪一片脆响，拦腰折断一大片。冷风依旧在吹，雪依然在下，公路上已经没有任何车辆可以通行，学校边上的几条照明线路最初只有小拇指粗细，现在变得有茶杯大小了，终于在一天晚上掉在地上，断成了若干截。学校停电了，后来是山泉村全部停电了，再后来传出消息，整个卧虎镇都停电了，蜡烛一时间成为抢手货，由开始的两三毛一支卖到了五块钱一支，最后干脆是买不到了。

山泉小学的夜晚一片黑暗，一片散不掉的冰凉，还有被寒风掀动的恐怖。

田春雪哭了一个晚上，她终于感到了恐怖，她说她如果在这里继续待下去，她一定会精神分裂。于是，木头请了两个老农民将她送下了山。镇里通知下来，说为了安全起见，最好是不要上课了。那几天，我发现木头没有了任何一点笑容，脸上的阴郁更加突出，颧骨高高耸在脸上，像两座尖削的山峰。不过，他还是强打精神，开会商量要不要放假的事。我提议，低年级的学生还是放了为好，快到寒假了，高年级的最好坚持上课。

因为一二三年级的学生和学前班的孩子都放了，郑爱爱不再来学校，黄老师只有高年级少量几节课，我和木头让他不要再来。四五六年级虽然没有放假，但是对远一些的，我们还是动员他们在家里自学，有时间我们去他们家里辅导。学校没有电，必须烧柴，木头每天都要抽出时间上山去，刨开冰雪，砍来一些柴堆着，做长期没有电的准备。只有不到三十个学生在上课，木头每天照例要接送他们，加上上课、砍柴，几乎忙得不亦乐乎，差不多都是早出晚归。我主动承担煮饭、给学生烧水、烘教室等任务，也是很忙。有一天，木头破天荒观察我老半天，说我好像是有病的样子，有点黑，有点苍老，太瘦。我说："你也是一样，生活在这个地方，看来应该是这个样子。"

快期末考试的时候，发生了一件大事，木头背着一个十一二岁的女孩准备从一条很窄小的小路上经过，脚下一滑，他和小女孩都从一根高坎子上滚了下去，又滚了十来米的一条坡，最后被一棵巨大的松树挡住，没有继续往下滚。当木头用尽全力抱着女孩站起来之后，女孩已经血肉模糊，没气了。他瘫在地上，后来昏迷过去。我赶到现场，也差一点晕厥过去，因为那个女孩是和我一起住过的萱萱，一个特别懂事又让人怜爱的女孩。

寒山

山泉村沸腾了。四面八方的人踏着冰雪来到山泉小学，有几个壮实的年轻人把小女孩的尸体搬到学校，停在了学校操场上。木头受了重伤，本应该送到医院救治，可是那些人把他包围起来，说："要医可以，把医生请到山泉小学来，既然死了人，那就要说个清楚，搞个明白，不管是真伤还是假伤，都应该先把问题搞清楚。"我说："你们这些人也应该有点同情心，樊老师这些年为山泉牺牲得太多了，他为孩子们付出太多了，你们怎么这么没有良心？这一回他也是好心，谁知道会出这个意外，他没有错！你们不是见死不救，你们现在是要谋杀一个有恩于你们的人，你们良心何在！我告诉你们，如果樊老师性命不保，我一定要控告你们！"我差不多是用尽了全力在嘶叫，可是，很多人都在咆哮，我的呐喊毫无用处。还好，郑爱爱赶来了，她求大家一定要救这个受伤的人，并且跪了下去。她一下跪，很多小孩也都一起跪了下去，并且一片悲惨的哭声。

送走木头，我成了大家攻击的目标，他们说不可能人死了就这么简单埋了了事，一定要有一个说法。人们把办公室完全堵住了，我没有办法走出去。我解释没有用，人们的吼叫声把山泉小学都快震垮了。郑爱爱在向人们求情，随后赶来的黄老师也在向人们求情，可是，什么用也不起。有人在操场外面燃起一堆火，许多人围着柴火，大声议论，大声吼叫。有人在操场边挖起一个灶，抬来大铁锅、大甑子，翻箱倒柜找粮食，找肉和菜，说要煮饭吃。看来，他们是做好了要长时间赖在山泉小学的准备。天越来越黑，人越来越多，雪也是越下越大。郑爱爱紧紧靠在我的身边，我感觉得到她的害怕，她的恐惧。我也是很紧张，不过，还尽力强迫自己冷静一些，尽可能保持平静，想办法平息事态。我要郑爱爱去找李主任，郑爱爱说她去没有用，她说，她很怀疑这件事有没有他在背后作怪。

派出所三个民警，脚上拴着谷草绳，打着手电，握着竹竿，蹒跚着走进山泉小学。和他们一道来的还有总校领导和镇政府领导，也是同样的装束。他们一到就被包围了，人们要求派出所立即进行调查，首先要查清楚是不是谋杀，然后还死去的小女孩一个公道。

政府领导、总校领导和派出所民警要求大家冷静，说他们会调查清楚的，希望大家要相信政府，相信派出所，现在是法治社会，绝不冤枉一个好人，也不会放过一个坏人。经过很长时间劝说，人们总算是平静下来了。

山泉小学彻夜不眠。我整个一个晚上都处在极度的紧张之中。我不知道木头现在怎么样了，我更不知道这里将怎么收场，我郁闷，纠结，彷徨。根据现场很多小孩证实，派出所初步认定事件完全是意外。很多人不服，有人说："就算是意外，这人死了，总要在经济上给予死者家庭补偿吧！"政府领导、总校领导和派出所民警要求大家冷静，请死者方派出代表进行商谈，绝不容许任何人制造事端。政府领导警告说："谁要是无理取闹，那就要承担法律责任。"有人说："你们如果想官官相护，那干不成，你们即使杀了我，我照样要闹。"这人一喊叫，附和的人又是一片声的呼喊，场面一度很乱。

寒山

看热闹的人逐步散去，留下的基本上都是死去小女孩的亲戚或者地邻。其实，谁都知道事情的真相，谁都知道木头很冤，可是，这些年来的一个普遍的规律是，凡有人意外死亡，能够闹的必须闹，能够赖的必须赖，能够拿的必须拿。闹是赖的基础，拿是赖的目的。我没有参与到纠纷的协调中，但是我却没有闲着，我烧水，倒茶，还要陪着几个又哭又闹的女人。郑爱爱始终不离我左右，她挺着肚子，来来去去的，显得极为吃力。我要她多休息一下，她帮不上什么忙，却又不能偷懒。她说："这个事真是太冤枉了，怎么就好心没有好报呢？"她很担心木头，她说："但愿樊老师没有什么危险，也不要留下什么残疾。"我很感动，搂住她，差一点哭起来。

　　整整谈了一个晚上，蜡烛点完了，只好借着柴火的光亮继续谈。经常都有剧烈的争吵声，还有女人的哭声，甚至还有女人躺在地上呼天抢地。李主任参与到了其中，但是很难看清楚他的立场，他劝对方家属尽力冷静，事情要靠谈来解决，吵闹、哭叫不会有任何结果。他的话软软的，似乎毫无精神，而且经常被哭闹打断，完全看不出他平常不可一世的那种霸气。总校领导、政府领导、民警是为着学校的，他们认为学校没有责任，老师也没有责任，出现这种事是谁也想不到的，希望得到理解。可是，对方说，如果不是这个樊老师粗心大意，那个女孩是不会死的；如果学校按照上面的要求放假，这件事也是可以避免的。有人干脆说，学生上学，没让你老师去接；你去接也可以，没叫你背，要清楚那是一个女孩，你老师到底安的什么心，我甚至怀疑你老师当时有什么不良的动作，因为你没有结婚。他举例子说，现在，很多地方都有禽兽老师侵犯小女生的事发生，所以，他总觉得事情没有那么简单。他的话立即引起几个女人的哭叫，一个女人甚至开口辱骂，说那个什么樊老师肯定不是人，是畜生。有个民警发表态度了，说："你们这样无理取闹，你们是要负法律责任的，请你们理智一些！"有人拍桌子了，也有人摔门而出，还有人指着民警的脸说："我不是吓长大的，要抓你就抓，我不会怕你！你今天抓了我，明天就有人跑到省城，跑到北京，我不相信这天底下没有王法！"场面又是特别混乱，很长时间才安静下来。之后，又开始谈，谈一阵，再次闹开。

一个晚上过去，没有什么结果。都很疲倦了，沙发上、桌子旁，很多人都在打瞌睡。我把寝室门开了，镇里来的领导一下就进去三个，衣服未脱就横着躺了上去，脚就吊在床的外面。没有米，也没有面条什么的，甚至菜也是昨天晚上被"搜刮"了一个精光。我和黄老师商量，请他想办法就地买一点大米和蔬菜之类的，这么多人在这里，总要吃东西啊！黄老师说他亲自下乡去，他说有多大的困难他都一定想办法解决。

郑爱爱找到李主任，她要他无论如何帮助平息这个事端。但是，他不说话，后来说他也打不起主意，而且，他还说，据他观察，事情还会继续恶化，特别是等到女孩的哥哥姐姐回来之后。郑爱爱给他下跪了，说："这个山泉村是你说了就可以算的，你说了，哪个还敢多说一句？"李主任站起来，说："我什么时候说了算过？我清楚你对他好，他对你也很重要，那好，你现在去管啦，去谈啦！"郑爱爱说："没想到你是这种人，你怎么想都可以，你想怎么做也可以，只是以后你少拿他来说话，我也不会再求你做哪样了！"

郑爱爱一边陪我做事，一边哭泣，最后是饭都没有吃。我也是吃不下去，没有胃口。我跑到很高的地方，对着寒风打电话，尽力了解木头现在的伤情。终于有人告诉我，送往市里之前，一直昏迷着，现在应该苏醒过来了。我不知道这个"应该苏醒"是什么意思，我更加紧张，只要一有机会我就要打电话，后来电话没电了，郑爱爱把她的电话给我，然后把我的拿去找摩托车充电。

中午之后继续座谈，吵闹，哭叫仍然是最重要的内容，座谈经常被迫终止。又来了一些人，他们大喊大叫说钱不是紧要的，紧要的就是要讨个说法，小女孩死得太冤枉，必须尽快有个结论。山泉小学再起波澜，有几个人闹着要上访，并迅速离开学校。派出所民警立即报县公安局，政府领导立即联系县应急办，上面回话说，一定要稳住，不能让事态扩大。几个民警又去劝解，镇里也增派人手，晚上的时候，综治、司法、法庭、学校等单位又有十多人来到学校，他们都握着竹竿，脚上都套着谷草的绳子，显得有些疲惫。

又是一个不眠之夜，又是没有任何结果。疲倦、困顿、惶惑、茫然、寒冷笼罩着山泉小学，也笼罩着我。郑爱爱总哭，我不知道她都哭过多少回了，我隐隐感到她对木头的担忧是没有尽头的，也隐隐感到了她对那个山泉村主任的极端愤懑。逐步的，我以前的想法有了动摇：难道她和木头之间真有什么特别的关系？

第三天早上，我终于打听到，木头已经脱离危险，正常情况下，春节前可以出院。郑爱爱又掉下一串泪水，我也忍不住哽咽起来。

这一天，谈判情况也似乎有了一些改善的迹象，镇里来的领导阴郁的脸上开始有了一点笑容，小女孩家属那一边，态度终于有了很大的缓解。双方都在妥协，谈判进入到不是谈责任而是谈补偿这一点上了。但是，对方的要价很高，六十万。六十万，对于任何个人都是天文数字，对学校，也是遥不可及的。出面调停的有法庭，有综治办，有司法所，还有一个老支部书记，他是山泉村的长者。谈判漫长而艰难，双方你争我辩，最终达成协议，学校拿出八万，这八万，包括所有丧葬补助等等。学校没有钱，总校想办法解决大部分，并且达成协议之后立即兑现，尸体也迅速搬离学校。

事情并没有完全解决，因为上面要追责。我被叫到镇上接受调查，我说："如果在没有提前放假这件事情上面有什么问题的话，责任属于我的，是我坚持高年级近处的学生不放假；至于接送学生，这不是责任不责任的问题，相反，应该予以表彰；如果说要怀疑樊老师的品德问题，那是对樊老师的一种侮辱。"我说："请你们再看看不久前电视台的那个专题片，那是没有一句假话的，樊老师这些年付出太多，牺牲太多，他甚至牺牲了自己的婚姻，他没有对父母尽到一点点孝心，他曾泪如泉涌，他曾仰天长啸，他愧疚，他自责……天底下还有什么人能够比他更为不幸？还有谁，能够有他如此的品德？"我说："如果要处分，你们处分我；如果要批评，你们批评我；如果要坐牢，我替他坐去！"我大哭大叫，像是一个不懂事的小孩，拼命撒泼，对我进行询问的几个人一直是沉默的，最后都只能摇头，我看出了他们复杂的情绪。

这个冬天我一直待在山泉小学，我没有回家过年。上面没有处分我们，相反，还给我们送来了一些物品，包括一台柴油发电机和一桶柴油。我感动得哭了大半天，我曾经动摇的信念又坚定起来。学校虽然极度寒冷，也极度空寂，但是，我还是愿意在这里等待。

寒山

我知道，木头的身体在逐步恢复，我给他发短信，说我要在学校等他，我希望陪他度过一个由两个人共同构成的春节。明年春天，我要和他手挽手走进森林，要和他在茫茫森林中来一次生存实验。每天晚上都有泪水从我的梦中涌出，每天晚上我都会在梦中呼唤。

腊月末的一天，我刚刚起床，郑爱爱就扛着一个大包走来了，她没有了坚挺的肚子，脸上瘦得看不出有一点肉，眼眶也深陷下去。她说，她要来学校陪我一起等待木头的归来，她说，她想告诉他，她的确曾经喜欢过他。她说，只要冰雪一融化，她就要走向远方了，也许再不会回到山泉。她说，她知道我爱着木头，她知道木头也暗暗喜欢着我，她希望我们能够成为天底下最幸福的伴侣……

我拥着郑爱爱哭了，我感到我的泪水里有一种淡淡的甜蜜。

再后来，我听说李主任被上级撤职查办了，因为他和郑爱爱的事被举报到纪委了。

潘家场纪事

（一）

我二十五岁的时候没有结婚，到了三十岁也没有对象，四十岁了，还是孤身一人。在父亲看来，我是朽木不可雕了。母亲每每要哭鼻子，说一个独儿，怎么就这么不听话呢？是祖坟有问题吧？父亲说，真是头发长见识短，关祖坟屁事，要我说，是你这块土地不好！母亲说，还怪我，其实就是种子不行！

父亲和母亲同年生，今年整八十。母亲已经老态龙钟，父亲也是满脸皱纹。母亲走路战战兢兢的，腰以上部分已经开始弯曲，一双干瘪的眼睛长期盯着地面，然而，哪怕是一只巨大的耗子从她脚上滑过，她也看不到。父亲则不然，可谓站如松行如风，到赶潘家场的日子，他无一例外都要上街去，还会到三县湖边的一家小赌馆里赌一会。最让人不可思议的是，有人看见他好几次慌慌张张从潘家场吴寡妇的后门溜出来，所以开我玩笑：你父亲也吃豆花饭了！

吴寡妇是乌梢蛇的前妻，独居多年，就靠四面八方的男人们养着。这些男人，每一次从吴寡妇家出来，都有人背后哂笑：某某吃豆花饭了。我不完全明白"豆花饭"的含义，我猜想，大概是比较便宜的意思。

吴寡妇无儿无女，被乌梢蛇抛弃之后，不知为什么，都将近二十年了，总不改嫁。当年的吴寡妇也是潘家场的一朵花，乌梢蛇之所以要离她，大概主要是因为不能生育。现在，她在潘家场开了一间小茶馆，进出小茶馆的，多是一些很不安分的中老年男人。吴寡妇每天都要用很长时间化妆，眉毛画得浓浓的，还要像年轻女孩一样把睫毛弄得像两堵墙，脸上覆盖厚厚的一层白粉，那口唇和指甲上，都涂上桃红色的油膏，嘴巴里，经常衔一支黑褐色的香烟，云遮雾绕。

比较起来，乌梢蛇显得萎靡了许多。也才五十多岁，头全开顶了，只有边缘上，还剩几根黄黄的毛发，像冬天山上的茅草，又干又乱。他眼睛是红红的，脸也是红红的，还有点浮肿的样子。他的身体在迅速萎缩，在逐渐弯曲。有时从我身边走过，往往要看我几眼，那眼睛是挤呀挤的，似乎燃着一团火。浓浓的酒味从他身上的每个毛孔里射出来，让人感觉是遇上了瘴气。

"单身几十年了哈！"

这是他喜欢对我说的一句话，多年来一直不多一个字也不少一个字，连语态都完全是一样的，言外之意是：你终究是我的情场败将！

"你就是人渣！"

我对他也只是一句话，从来不多一个字，也不少一个字，连语态都不会有半点变化，意思也很简单：你活着就是这世界的一种羞辱！

一段时期，乌梢蛇总厚着脸皮去找吴寡妇，每一次都被吴寡妇用一把扫把赶出门来，然后爆发出一阵尖利的叫声。

"去死！死在山上喂狗！"

吴寡妇也想乌梢蛇早点死去，而且她骂得更刻毒。

乌梢蛇是我和吴寡妇共同的敌人，虽然我和吴寡妇之间没有任何来往，但是，在希望乌梢蛇早点死去这一点上是惊人的吻合。当然，在我不娶媳妇、吴寡妇不嫁人这一点上，我们也是惊人的相似。不知是谁编了一支歌谣这样唱：

潘家场上两大怪：

一怪四十不娶妻，

单和酒鬼论成败；

二怪到老不嫁人，

开间茶馆悄悄卖。

乌梢蛇没死，倒是群芳先走了。

群芳走的前三天，我们还在一起，她为我买来了蛋糕，为我动情地唱《生日歌》，然后，和所有人一样疯狂，把蛋糕涂在我身上，我也把蛋糕往她脸上抹。从那一刻起，两三天时间里，我都处在高度的亢奋状态，我以为自己是天底下最幸福的男人。

群芳是乌梢蛇的第二任妻子。

吴寡妇逢人便说："这个妖精，我巴不得她被车压死，被水淹死，被火烧死，被人掐死！"

在这一点上，我和吴寡妇正好相反，我是希望群芳好好活着，幸福地活着。然而，群芳却被吴寡妇不幸言中，她最后是轻轻一纵身，沉入了三县湖。

群芳的死让我痛苦了很长时间，直到今天，我还是夜夜噩梦。

父亲说："群芳去了，你也跟她去吧！"

我知道父亲对我的那份怨愤是难以化解的，除非我立即娶妻生子。我也挣扎过，甚至也强迫自己顺从了他的心意，可是，每到关键时刻，我又回到了原来的那一点上。我无法欺骗自己。

（二）

我有过一段甜蜜的时光，如果说那算是恋爱的话。

当然，这要先说到坎上幺嫂。说坎上幺嫂之前，自然还要说到三发三哥。

三发三哥那一年大概三十岁。他有两个哥哥，都已经另居。他大哥的大儿子当过兵，个头和他差不多，经常穿一套黄军装，不熟悉的人碰上，会以为是他。三哥的大哥还有三个儿子，老二也和他差不多一样高了。只有他二哥结婚迟，三个孩子都是女儿，最大的

- 116 -

也才十一岁。

三发三哥和母亲一起过，大哥二哥不会管，他偏偏是一个懒人，所以日子过得紧巴巴的，到了年关，别人家都有年猪杀，就他家没有，他母亲把平常凑下来的钱交给他，让他去潘家场买一点肉，还买一点别的东西。据母亲回忆，从他十多岁开始，他母亲就找人四面八方提亲，最终都被女方家无情回绝了，后来连个媒人都找不到。当然，这种事在我们这里不少见，连他那个当兵的侄儿都一次又一次被人拒之门外。所以，在人们的心目中，总觉得他又将成为一条永久的光棍。

可是，那一年，三发三哥外出几个月，带回来一个白生生、水灵灵的媳妇，据说还是县城的人。我是在他婚礼上见到他媳妇的，真的，太美了，那眼睛，那鼻子，那脸庞，那胸脯，那腰，那屁股，没人能比得上。而且，看起来，也许比我还小。

我们称三发三哥的媳妇是幺嫂，由于住在我们坎上，我又叫她坎上幺嫂。

那天晚上客人不多，散得也快，只有一些小孩去要东西，也有几个品班品辈的中年男人去三发三哥新房中闹了一阵。我没闹，只在新房外面站了大概十分钟，随便笑了一笑。没想到，就是这一笑，幺嫂就记得我了，她后来说，我笑起来特别迷人，是那种让人看了就再也忘不掉的笑，是那种让人总要做梦总想抓住不放的笑。

我在潘家场教书，二十出头，没有和任何女孩亲近过。那一段时间，我只要一回到家，幺嫂准是第一个到我们家的人，不是来借东西就是来找我母亲教做针线。后来，我发现她似乎不光为了这些。她总是对我笑，一口白牙灿烂得像是一朵花。而且，她总要坐到我身边，甚至将身体贴紧我，我能感觉她身上有一种无边的热力。我看书的时候，她趴在我背后，手搭在我肩上，居然能流畅地读书上那些文章，很少有错误。如果我是看着简谱唱歌，她也会在我背后哼，声音很动听，节奏把握得很准。不知道为什么，我居然对她产生了一种强烈的依恋，每天一放学就会匆匆忙忙往家里赶。

不过，事情很快有了变化，每一次她到我家，三发三哥总是如影随形地跟着，即便她上厕所，他也一定站在不远处看着，眼睛是一眨不眨。显然，有这样的监控，她是很难靠近我的。见不到她，我会空落落的，坐也不是，站也不是，吃东西没有味，上床又总是睡不着。

后来，我干脆住校，尽力少回家。十多个老师，都是本地人，中老年居多，有七八个是民办或代课，所以不住校，也不在学校吃饭。学校偶尔办一顿生活，都让一个叫群芳的女孩做，她在学校代课。我住校要吃饭，校长找到群芳，希望她能够给我煮饭，学校给她适当加一点工资，她答应了。

群芳是一个非常腼腆、非常文静的女孩。自她第一天走进学校开始，我就发现她始终穿着一件粉红色的衬衣，一条浅灰色的健美裤，一双红色塑料凉鞋。她总是来去匆匆，很少和老师们交谈什么，即便是开会，也只坐在最后面。有时候，学校集体办生活，她做好了，摆出来，老师们都开始吃了，她才自己连饭带菜舀一碗，躲到老师们很难看到的地方吃。现在，她给我单独做饭，我有机会近距离观察她了，猛然发现，她的长相和坎上幺嫂比起来丝毫不逊色，而且是一种静态的美。

我的注意力渐渐转移到群芳身上。但是，她总是远远地躲开我，也不和我多说话，做好饭，中规中矩地摆到饭桌上，说，古老师，吃饭。她的声音很轻，也只是刚刚能够听到。我开始吃了，她便走开，直到我吃完，她又悄悄地来了，给我倒一杯开水，然后收拾碗筷，末了，将装满开水的一个红色温瓶递给我，点点头，关上厨房门，消失在操场边上或者教室里。她的一系列动作似乎就没有发出过一点点声音，她的整个身形显得非常轻盈。特别是她披在背后那条长长的黑黑的辫子，似乎永远是那样安静。

群芳每天固定给我做两顿饭，早上是十点钟吃，吃完正好上第一节课。下午三点放学，群芳要回家去耽误一些时间，然后再回学校给我做下午饭，一般是五点吃。她不吃。她不问我喜欢吃什么，但每一顿菜都有变化，很符合我的口味。最让我感动的是饭菜的价格，便宜得不可思议。后来我才知道，蔬菜多是她从家里拿来的，或者是动员学生拿来的，不算钱。

我对群芳的好感越来越多。有一天吃了下午饭，她刚刚消失在操场那一面，我赶快跑过去，远远看见她顺着一条小路往下走，极其轻快，不久，隐没在潘家场的两排木房子之间了。鬼使神差，我也顺着那条小路走去，到了小街，却没有她的影子，便向几个小孩打听群芳家房子的所在。

潘家场纪事

群芳家在街道东面，是土墙房子，墙体开裂了，有一条拳头大的缝隙。门上了锁，一条很瘦的狗卧在门口，昂着头，伸着红红的舌头，用一双细长的眼睛盯着我。我没敢停留，径直走向街边的几户人家，那里有几个在我班上读书的学生，如果他们家里有人，我正好可以顺便搞一次家访，当然还要侧面了解一下群芳家的情况。

群芳大概刚满十八岁，初中毕业才两年。她下面还有两个弟弟两个妹妹，家里负担很重。她爹是石匠，长期在外面帮人，家里的很多活路只能由她和她母亲承担。弟弟妹妹们也做一些力所能及的事，都还算听话。不过，由于她父母连续超生，要交大量罚款，经济上非常拮据。她成绩不错，中考却落榜了，如果复读，应该能够考上中师或者中专的，但她放弃了，她是家里的老大，她必须为父母分忧。

我对群芳的了解多了，对她的好感也迅速升温，总想去她家里看一看，可却没办法开口，因为她很少和我接触，即便是偶尔隔得很近，我要张口的一瞬间，她会立即转身离去。

渐渐地，我一门心思都放在了群芳身上，对坎上幺嫂的记忆淡了下来。

那一天早上，群芳给我摆好饭，我正要吃，坎上幺嫂突然闯进来，一口一声"老弟"，那尖尖的脆脆的声音像是从一只顽皮的鸟儿的嘴巴里掉落下来的。群芳迅速走开了，她就在我右手坐下，贴着我耳朵，问我，是不是和这个女孩好上了。我说这女孩太优秀了，我高攀不起。她拍了我几下，说没事，包在她身上。我问她来潘家场做什么。她说三发三哥太气人，就像是防强盗一样防她，好了，前几天大腿摔了一条口，缝了七针，走不动了，也只有她来给他买药了。她一边说一边笑，身体的热力不断扑向我，我感觉都快窒息了。

我要上课，坎上幺嫂终于不得不离开。临走，她信心满满地说，那个叫群芳的，保证给你搞定。我不敢看她，我怕她眼睛里荡着的波光。

之后的一段时间，坎上幺嫂每隔三两天又来一次学校，每次来都要向我借一本书，不管是什么书，她说只要是书就行。最后一次，她在还我的书里夹了一双鞋垫，鞋垫上绣着一对鸟儿，感觉那就是鸳鸯。我虽然不反对她来学校，却越来越承受不了她强烈的热浪，所以向她说起了群芳，请她帮忙。她迟疑一阵，点了点头，说不上半个月，保证让群芳成为你菜板上的菜。

（三）

那一天我吃完下午饭，群芳收拾完毕，走到厨房门口，没有立即要走的意思，脸红红的，似乎是有什么话要说。我向她走过去，大概有三米的距离，站住了。

她迅速将头对准我，轻轻扫了我一眼，说："去我家……耍……"

我正准备说什么，她转过身去，快步走了，仍然是轻盈的悄无声息的。我看着她背后那条长长的辫子，感觉全身都在发热。

那天晚上，我在街上转悠了很长时间，天快黑了，终于看见群芳和她母亲领着弟弟妹妹们回来了，都背着草或者扛着锄头。她发现了我，咬一咬嘴唇，轻轻笑了一下，然后向我点点头。我走过去。一家人都进了屋，她站在门口等我。那条瘦狗站在她前面，仰着头，摇着尾巴。我怕狗，她拍拍狗头，那狗就站到一边。我绕过狗，有点害怕地走进屋子，在一条木凳子上坐下。

群芳的母亲不到四十岁，看起来却似乎有五十岁，叫一声"古老师"，然后忙自己的去了。群芳的弟弟妹妹们也叫我"古老师"，把我围在中间，像是看稀奇。群芳的大弟弟叫群鳌，在我班上读书，个子很高，还这样看我，让我觉得有点难为情。一个四五岁的小女孩，穿一件白色小背芯，一条粉红色小短裤，站得最近，几次要拉我，可还没碰到我，小手又缩了回去。我拍拍她的脸，轻轻拉一拉她，她居然很顺从地朝我靠过来。我把她抱起来，放到我膝头上，握住她的小手，然后不断摇动膝头。

群芳大概在忙着做饭，进进出出的，很轻快，又毫无声息。看到我抱小女孩，向我咬了咬嘴唇，笑一笑。

我问小女孩叫什么名字，多少岁。小女孩很爽朗地说，叫群欢，五岁了。她的声音很甜，充满了童真。接下来，她开始盘问我很多问题，比如问我是不是老师，是不是以后要叫我哥哥。她每问一个问题，边上比她大的一个男孩和一个女孩都咕咕笑，只有群鳌不出声。我虽然看似和小女孩说话，眼睛却始终在关注群芳。我喜欢她向我咬嘴唇，喜欢她向我轻轻笑，喜欢她向我点头。

吃饭是九点左右。群芳站在我后面，没吃，我碗里的饭只要稍微少了一点，她马上给我加上。有时候，也给我夹菜，似乎我是她家里最尊贵的客人。那个叫群欢的小女孩也给我夹，比她大的那个男孩和女孩总要咕咕咕地笑。群芳的母亲看来是很累了，端着饭，几乎就没动筷子，大概是没有胃口，却总提醒我多吃点，又说，年轻人，饿得快，晚上要是饿了，就来家里，让群芳做。

吃完饭，我准备走。群芳说，她迟一会送我，让我等一下。她把碗筷都收进小屋子里，很快清洗完毕，走出来，拿着一支手电筒，对她母亲说，她把我送到操场就回来。她母亲说，少耽误，不要让别人说闲话。群欢说，她也要送哥哥，引得另外两个孩子又笑出声来。我说可以，我抱。小女孩向我举起双手，做出要我抱的动作。我把她举起来，让她骑到我肩头上，向其他人打了招呼，走出门外。群芳跟在我后面，将手电筒的光芒努力射到我的前面。

潘家场纪事

我们慢慢朝学校走去。本来似乎是有很多话想说的，可是，一路上，偏偏说不出来，静得都能听到对方的喘息声了。群芳也没说话，倒是骑在我肩上的群欢，一路上都在喋喋不休地问这样那样一些很童真也很难回答的问题。群芳要她小声点，她就问姐姐是不是怕猫猫。群芳说，是啊，你再大声说，有猫猫要咬小孩。她又说，有哥哥在，猫猫不敢咬群欢。

不知不觉就到了操场，群芳说要回去了，伸手抱群欢。群欢说，她不回去，要陪哥哥。她双手抱紧我的头，就是不下来。群芳说，不听话要打屁股。小女孩终于很不情愿地将身体倒向了群芳。

我准备送她们回去，群芳笑笑，说那是野猫送路。她略站了站，说她明天早上早点来学校，问我想吃什么。我说，吃什么都行，只要是你做的。她说，你心头肯定不是这样想的。我说我每个字都是真的。她没有再说，抱着群欢，顺着操场边上的小路慢慢下去了。我一直站在操场边上，看着她的电筒光消失在小街的两排房子之间了，我还是那样呆呆地站着，至少有二十分钟。

那天晚上，我沉浸在一种格外的兴奋中，或许，那就是幸福。许多年后，我仍然记得那天晚上无法入睡的情形。

第二天早上，尽管睡眼惺忪，我依然起得很早，简单洗漱了一下就走到操场那一面。其实，我也知道，群芳家里活多，每天早上她都必须很早就起来忙，忙得差不多了才来学校。可是，就在我做出这种判断的时候，我分明看见她已经从街背后那条弯弯的小路上迅捷地走上来了，背上的一只小背篓里似乎装了很多东西。她看见了我，停下来，将身体扭向街道那一面。我不动，她也不动。我懂了，她是怕别人看见我和她在一起。于是，我走回厨房。果然，没多久，她推门进来了，眼睛红红的，我猜想应该是严重睡眠不足。我朝她走过去，想替她取下身上的背篓，还想试着拉一下她的手。可是，我还没有走近，她的脸已经变得通红。

"你不要过来……"她说，似乎是怕我侵犯她一样。

"你没睡好。"我说。

"你也没睡好。"她向我粲然一笑。

我再找不到话说，有点拘谨地站着，一时间竟然不知道该怎么做。

"你回去，饭好了我喊你……"她又向我笑一笑。

"我想陪你……"我鼓足勇气说。

"不行，我们不要走得太近……"这一回她没有笑，但脸上明显有那么几分羞涩。

我正准备离开，她放下背篼，朝我走过来，拉起我的手，将一张纸条塞进我手里，说："现在不准看。"

我有些激动，真想把她拥到怀里。没想到，她竟然朝门外推我，坚决地说："我不来喊你，你不准进来。"

我脸红心跳地走回寝室，展开纸条，上面有几行非常工整的字："心头明白就行，人多嘴杂，不要让人说闲话。你去我们家，别让人看见。在学校，我们要像以前那样……"

凭直觉，我知道，群芳已经深深喜欢上我了，就像我深深喜欢上她一样。可是，两个人不能近距离接触，还不能说话，真是煎熬。

我铺开信纸，用了很短时间，写了一封至少有一千字的信。那一刻，我感觉心潮澎湃，我全身的血液都在翻滚。

芳妹，我可以这样叫你吗？如果你同意，以后我就这样叫你，而且，我好希望这一辈子，我都能这样叫你。感谢你给了我了解你、接近你的机会。实实在在说，我从来没有和任何女孩有过这样的感情，我甚至和任何女孩一起都特别不自在。可是，见到你之后，我就被你深深倾倒了，我感觉在我的生命历程里，你是最重要的一个人，甚至比我的父母还重要。我发现我对你的感情是那么强烈，昨天夜里，因为激动，我一直没有睡好，我相信你也是这样。我发誓，我要把我的一切都给你，我要和你比翼双飞，我要和你一起去追求幸福。我相信，只要我们在一起，整个世界就都是我们的，我们一定是天底下最幸福的人，我们一定会拥有我们最美好的未来。我希望你也是这样想的，此刻，我真的好想听到你向我说出你的真心话。我好想和你在一起，把我想了很长时间却又没有说出来的话都向你说了……

　　我是从来写不好文章的，没想到，这封信居然写了这么长，而且还是在极短的时间内写成的。我把信折叠成方块形状，紧紧握在手里，下决心在她来喊我吃饭的时候塞给她。我感觉时间过得好慢，哪怕只有十分钟也像是一个漫长的世纪。我拿起书看，力图转移注意力，可是什么也看不进去，满脑子都是她的影子。我不得不走出门去，朝厨房看。隔得不远，我希望她能够走出厨房，向我点一点头，或者是向我笑一笑。可是，她没有走出厨房。我便从木楼的楼梯走下去，再轻轻朝厨房方向走，有点鬼鬼祟祟的样子。隔着老远，我嗅到了诱人的香味，是已经烹制好的鸡肉和新鲜猪肉的香味。

　　我在厨房外蹑手蹑脚地走了几分钟，没有走进去，我怕贸然进去会让群芳不高兴。几个背着蓝布小书包的小孩到了学校，身上有很多污物，他们远远地看我，怯生生的。我围着操场转了一圈，又来了几个初中生，其中一个抱着一个塑料篮球，隔着老远就朝篮筐投了过去，好家伙，居然进了，另外几个学生都尖叫起来。他们没有看我，只管拼抢篮球，把篮球朝着有些破烂的木篮架一次又一次抛投，欢叫声一直没有停止。他们的动作很利落，很轻盈，看起来就是训练有素的样子。

我的注意力终于被他们暂时吸引了过去，但很快，又回到了刚才的那种激动里。我朝厨房张望，迫切希望群芳就站在厨房门口向我点头或者向我微笑。

这一天早上太阳起得早，操场里铺满了阳光，我感觉全身都充满了暖意。

群芳终于走出厨房，在看我，白白的上牙咬着红红的下嘴唇。我有点忐忑地朝她走过去，她朝我抿嘴笑一下，又点了点头。我走近她，她一闪身进了厨房，我也跟进去。小木桌上摆了好多菜，辣椒炒新鲜猪肉，油炸鸡蛋，水豆花，还有一盆炖鸡肉，另配了一些素菜。这简直就是过年。她让我坐下，然后舀了一碗饭递给我，之后站在我侧面，很专注地看着我。

我问："你不吃啊？"

她说："我吃了的，你多吃点，都吃不完的下午吃……"

我说："你熬夜做的？"

她说："你管这么多做什么？——快点吃，老师们要来了……"

我手里握着那封信，想交给她，又不敢。我想，吃完饭，我就将信压在饭碗下面。然而，手里握着信，我难以动筷子。见我迟疑着没有吃，她走开了，她大概觉得我是有点难为情。

我吃完饭，几次把纸条放到空碗下面，可还是取了回来，我不知道她看到这封信会产生什么结果。正犹豫，她进了厨房，要我快走，说老师和学生看见了不好。往常，她是不会追我的，如果我一时间没有离开，她就在厨房外或者是在里间等着。现在，她追我走，我心里反而非常甜，特别是她那种语气，让我不能自已。

我走出厨房，那封信还揣在我的裤兜里。

（四）

尽管群芳不让我靠她太近，但我们之间的关系却渐入佳境，相互牵挂着，相互依恋着。

那一天回家，我把这件事告诉了母亲。母亲很激动地说，那个女孩她看见过，很不错，文静，勤快，长得也好看。她从一口木柜子里翻出一瓶包装很好看的酒和几把自制的面条，让我去请坎上幺嫂当媒人。在她看来，我都已经二十出头了，也该是成家立业的时候了。

我禁不住母亲的催促，去了三发三哥家。只有三哥一人在。我放下东西，有点紧张地说明了来意，三哥脸上有了笑容，说你的确是该成家了，群芳不错，是潘家场最漂亮的。我问幺嫂到什么地方去了，他说下河洗衣裳去了，她回来后他告诉她。看他的神态，听他的口气，他是不太愿意我留下来。

我回了家，父亲、母亲都不在，我又想起群芳，好想立即见到她，告诉她我已经请坎上幺嫂当媒人了。这些天来，我感觉每时每刻心里都想着她，似乎没有她，我的日子就无法过下去了。

我们家东头有一棵大黄桷树，伫立在桐梓河边，直径一米多，树叶非常浓密，夏天总要吸引很多男男女女到树下乘凉。我走到黄桷树下，站了一会，干脆爬上去，坐在一处视线好的树桠上朝潘家场看，想象着群芳在做什么。

是啊，群芳在做什么呢？也在想我吗？如果她知道我已经请了媒人，是不是也特别激动呢？

还在胡思乱想，我看见坎上幺嫂已经站在我家坝子里，正在东张西望，手里还提着一只很古旧的长方体的竹篮。我赶忙下了树，朝家里走去，心想幺嫂也真有意思，我拿东西是请她帮忙，她为什么还要拿东西来呢？

隔着老远我就向她打招呼，可她脸上木木的，就好像是谁惹她生气了一样，扫了我一眼，没和我说话。我开了门，让她进屋。我请她坐，她说不必，马上要走。我说喝口茶吧，找茶盅给她倒茶。她说茶也不喝，还了东西就走。她从竹篮里取出一瓶酒和几把面，放在木桌子上，那是我刚才送到她家里的。她说这个媒人她当不了，让我另请高明。我感觉奇怪，问她为什么。她不回答。我又追问了几次。突然，她扑向我，紧紧抱住我的腰，哭起来。我挣开她，有点张皇，不知道发生了什么事。她转过身去，哆嗦着，好一阵才平静下来，提着空竹篮，走了出去。

那个星期天下午，我早早地到了学校，好想早点看到群芳。但是，我几次去街上，群芳家的房门都紧锁着，还是那条狗卧在门脚下，每一次见我，居然都摇摇尾巴，还要叫两声，分明是向我打招呼。显然，这狗是认可我了。

好不容易等到天黑，我又去了，那狗叫两声，站起来，跟着我进了门。

群芳家土墙的小客房里高高地挂着一盏电灯，钨丝红红的，发出一种血色光芒。吃饭用的小木桌上点着一盏煤油灯，闪着昏黄的光。一张竹椅上坐着一个黑黑的瘦瘦的男人，看起来像是五十多岁了，正用一根长烟杆抽叶子烟。群欢和比群欢大的两个孩子站在男人两侧，似乎正在接受训斥，神情非常沮丧，见了我都没有吭声。

正在疑惑，男人突然站起来，用长长的烟杆指着我，凶神恶煞地叫道："你就是那个古……古哪样……是不是？"

他的声音很奇特，像是从陶制的那种空酒缸里发出来的，有点恐怖。

"是……您是表叔吧？"

我有种被天打雷劈的感觉，不知道发生了什么事，声音颤颤的。

"哪个是你表叔？给我滚！别来沾惹我姑娘！"

我吓得有点魂不附体了。我真想群芳从屋子里走出来给我解围。

"我们是正大光明的……您放心，我是真心……"

我努力分辩。

"你是哑的还是聋的？我叫你滚，你听见没？"

男人的声音就像是铁锤击打在钢板上一样，显出千钧的力道。

我绝望地走出了群芳家的房门，失魂落魄地回到学校。

这是一个黑暗的夜晚，也是一个孤独的夜晚。我不知道发生了什么事，我也不知道群芳在什么地方，在做什么。我更不知道这变化是来自于群芳还是来自于别的什么地方，我真希望群芳突然出现，给我一个解释。之前我还那么兴奋，没想到，很快就从山顶跌落到了深渊，我感觉这世界残酷到了极点。

我又一次到了街上，没敢靠近群芳的家，只是远远地张望，幻想着群芳从家里悄悄走出来，然后扑向我，拥抱我，倒在我怀里哭泣。可是，夜太黑，除了群芳家墙缝里透出的一点昏黄的光亮以外，什么也看不见。小街寂静得没有一个人影，连一只猫一只狗也没有出现。每家每户都紧闭着房门，无声无息。我来来回回地走，恍恍惚惚地走，就像是被遗弃在荒野里的一只羊。

我敲响一家经营烟酒糖的店铺的房门，一个小女孩开了门，问我买什么，我说想买一瓶酒，还买一点什么可以吃的东西。小女孩把我迎进店铺里，开了电灯，光芒非常强烈，应该是低压灯泡。一个少妇从小屋子里走出，给我拿了一瓶酒和一包糖，说恰好十块钱。我开了钱正准备走，少妇喊着我，说群芳家闹了一天，问我晓不晓得。我问群芳家发生了什么事。少妇说，群芳她爹不同意你们

潘家场纪事

的婚事，大概是他看准了一个什么人。古老师，你们是几时开始的啊？怎么以前没听说过？我没有回答少妇的问题，少妇也没有追问，而是告诉我，群芳她爹是潘家场最横的一个，没人惹得起，你古老师各方面条件都不差，我劝你，干脆算了，以后肯定能够找一个比群芳更强的媳妇。

少妇还要说什么，我却不愿意再听，因为我心里太乱了。回到学校，将瓶盖旋开，喝一口酒吃一颗糖。一瓶酒都快喝完了，我居然没有半点醉意，痛苦仍然在我全身流动。我干脆举起瓶子，将剩下的酒咕嘟咕嘟全灌进喉咙里，然后走出门，下了楼，在操场边的一片庄稼地里躺下。

第二天我全身滚烫，被一个年轻代课教师背进了医院，医生检查一下，给我挂上输液瓶。我迫切希望群芳能到医院看我，可是半天过去了，她没来；天黑了，她还是没来。校长和另外两个老师来看我，还带了一些吃的东西，说群芳不准备代课了，连厨房的钥匙都交了。他问我是几时开始和群芳有那种关系的，怎么会搞成这种局面。我无法否认和群芳的关系，却也无法描述我和群芳的关系，只想哭。都二十多了，我才第一次喜欢上一个女孩，没想到竟是这样的结果，这人生真的是如此艰难吗？

父亲和母亲是星期二来医院的，见我躺在病床上输液，母亲哭起来。接着，我的五个姐姐也从四面八方赶来了，医院里立即热闹起来。显然，我和群芳的事肯定已经闹得沸沸扬扬，所以她们一到就都劝我不要再去想那个群芳，说比群芳好的姑娘多的是。她们不光是劝我，还叽叽喳喳地说哪里哪里有个不错的姑娘，哪里哪里有个十七岁的女孩，哪家哪家有个女儿又聪明又漂亮。我让她们不要再说，因为她们越说我心里越难受。她们不知道，即便此时是七仙女下凡要嫁给我，我也不会接受，我心里除了群芳，再容不下第二个人！

我高烧虽然退了下去，病却似乎没有好转，而且全身乏力。母亲和几个姐姐都走了，就父亲留下来陪我。父亲不苟言笑，对我的病也不会特别在意，经常去街上找人聊天，甚至打牌喝酒。我只一心想着要见群芳，可是浑身酸软，没办法走到群芳家去。我不相信我和群芳才开始就结束了。我感觉我虽然没有什么优点，但也没什么缺点，为什么会是这样一个结果？我想不通，我想告诉群芳，我已经下了决心，这一辈子不管发生什么事，我都会一直等她，等她走到我的身边！

我的病情加重了，又是高烧不止，而且还说胡话，大概在迷迷糊糊中都始终叫着群芳的名字，或者都在表白着什么。

坎上幺嫂来看我了。朦朦胧胧的，我感觉她一到我病床前就稀里哗啦地哭起来。她是陪着母亲一起来的，她说我的心病太重了，她要帮我。接着，她坐到床沿上，用她细嫩的滑滑的手按着我的额头，对我说，她去当这个媒人，就要我尽快好起来。我分明感到她的泪水一滴又一滴地洒落到我脸上。她说没见过你这么痴情的男人，也太不爱惜身体了，这世界难道就只有一个好女人？不过，只要是你觉得好的，我都给你弄来！

坎上幺嫂在我床前絮絮叨叨说了很长时间，泪水不知洒下了多少，母亲也在边上陪着哭。奇怪，我竟然睡着了，而且睡得是那样沉。醒来的时候，我分明感到一只温暖的手在抚摸我的脸，抚摸我的颈子。我睁开眼睛，天啦，居然是群芳，她正蹲在我床前抚摸我，眼睛红红的。

我不敢相信这是真的，我想肯定是高烧得不行了，产生了幻觉。

然而，我一用力，居然坐了起来，群芳是真真切切地蹲在我床前的。

我要下床，群芳站起来扶我，我一头扎进她怀中，失声哭起来。她不像以前那样推我，而是把我的头紧紧搂住，我感觉，她的身体在剧烈颤抖，泪水像是雨点一样不断洒落下来。

"好了，都好了！"她颤颤地说。

我终于平静下来。

她用枕头将我的头高高垫起，然后端来一杯蜂蜜水，用汤匙一点一点喂我。

"到底发生了什么事？"我问群芳，我想知道谜底。

群芳摇摇头："不晓得。我爹是个怪人。"

"那他同意你来看我？还是你悄悄来的？"我满腹疑团。

"他同意了……是坎上幺嫂说服他的……他说你病好了，我们就可以订婚了……"群芳说，"你真是……我这几天也不好过……"

"太好了，我们可以在一起了！"我差点跳起来，想抱她。

她一闪身躲开，低声说："不行，人家要说闲话，还是像以前那样……"

（五）

我和群芳顺利订婚了，可谓波澜不惊，虽然她还是那样羞涩，可我和她已经算得是真正的心心相印了。她又回学校代课了，继续给我煮饭。我偶尔控制不住拉她一下，或者抱她一下，她会不高兴，经常是两天不和我说话，还躲我。所以，尽管我心里藏着太多热望，却也不敢造次。同处一间办公室，偶有老师拿我们开玩笑，尽管我感觉非常甜蜜，可群芳却总是满脸绯红，有时候干脆逃出去，惹得老师们一阵笑。

那一年冬天，传说区的建制要撤掉，区所辖的九个小乡每三个并成一个正科级的镇或者一个正科级的乡，潘家场极有可能成为大乡的政府所在地。这很大程度上刺激了潘家场街道和周边住户的建房热情，一时间，都纷纷拆掉旧房子，改建成规模更大的混凝土楼房，并且都要建门面。还有的干脆高价买地盘，都想占据最好的位置，以图谋得最好的商机。

群芳家也拆掉了土墙房子，热火朝天建新房。群芳成了家里最忙的人，上课期间，只要有一点点可以利用的时间，她都要跑回家去。虽然学校仍然安排她给我煮饭，我怕耽误她，干脆自己学着做，或者跑到她家里吃。有了空，我也会去帮她的忙，搞得灰头土脸。群芳悄悄笑我，说我做什么事都不得要领，效率很低。然而，只要没有别人在，她会给我擦汗，甚至拉起我的手看看有没有磨破皮。尽管她自己都筋疲力尽，却还是坚持给我洗衣裳，并且连夜烘干。就是这种时候，我总要赖在她身边，而只要我不抱她拉她，她也似乎特别乐意我这样做。

群芳家在潘家场比较起来经济条件是最差的，这样大规模地修房子需要大量的钱粮，我觉得很不解。群芳告诉我，她爹说，就是拉钱借米也要把房子修起来，至于向什么人拉在什么地方借，一家人都不知道，她爹也绝对不会说。我说，其实我们家也可以借一点出来的。群芳告诉我，她爹硬气，说是生亲，不肯这么做。

那一年春天，群芳家的房子竣工了。办房子酒那一天，父亲和我几个姐姐都去吃酒了，并且，父亲除"挂梁"以外，还送了一盆豆花和六百斤大米，外加一千二百块钱，放了很长时间的鞭炮。送这样重的礼在潘家场不多，即便在其他地方也不多。不过，有一件事却让很多人生疑，我们家恨之入骨的那个被叫作"乌梢蛇"的人也送了一千二百块钱和六百斤大米。无亲无故的，这么送礼，自然要让人产生联想。群芳也问她爹是怎么回事，她爹说慢慢就明白了，大概是他想租门面做生意。

果然，乌梢蛇很快找上门来，要租群芳家门面开百货店，群芳爹不假思索就一口答应了，并且要的房租还很低。

乌梢蛇那时是潘家场乡乡长，虽然只是股级职务，却也管着五六千人。父亲曾经是滨河村村长（现在称主任），因为得罪了乌梢蛇，两年前被免职了，我们一家人因此恨上了他。去年的教师节，他来学校慰问，全乡几十个老师本来是兴高采烈的，没想到他一个会开了三个小时，还批评老师们这样不对那样不对，甚至拍桌子说，在潘家场乡，谁不负责任他就收拾谁！我不能忍受，拍案而起，问他，老师们的节日，他凭什么发这样的淫威？我还说，你作为一个书记，该知道什么叫慰问，老师们都需要在自己的节日好好放松一下，你这个会，你这个态度，太让老师们寒心！一阵掌声响起，乌梢蛇有点手足无措，顿了顿才说，对不起，真没想到这一点，我向你们道歉。说完便匆匆离开会场，校长去请他吃饭，他没来。我成了老师们心目中的英雄，但我知道，我和乌梢蛇之间的仇怨已经越来越深，越来越不可化解。

关于乌梢蛇何以叫乌梢蛇，版本有三，都与父亲有关。乌梢蛇出生在什么地方谁也说不清楚，他是一个无儿无女的老人从外面带回来的，来的时候也就三四岁。那时，他身上几乎是一丝不挂，又脏又黑。人们问他怎么来的，他不知道；问他叫什么名字，多大了，他也不知道；问他父母亲的情况他还是不知道。父亲很同情这个老人，更同情这个孩子，所以专门打了招呼，大队和生产队都特别关照他们。没想才过几年，老男人居然死了，乌梢蛇又成了孤儿。没有独立生活能力，他窜东家走西家，不管是哪一家饭好了他都赖着吃，只要你不是用棍棒赶他唤狗追他，他决不离去。他刚来的时候，有一次大家问他晓不晓得自己姓什么，他突然若有所思，一会说姓母，一会说姓牟，一会说姓邬或者姓伍。父亲觉得"邬"

这个姓氏有意思，说不如就叫他"邬枭杰"，意思是希望他今后成为枭雄。以后，他就叫"邬枭杰"了。邬枭杰吃"千家饭"长大，虽然学没上好，但皮厚，也聪明，父亲就让他在大队帮一些忙，后来又让他当了大队会计。不想他产生了野心，专门算计父亲，想夺父亲的权，父亲知道后自然容不下他，想办法把他挤出了大队，从此结仇。为打击他，父亲干脆叫他"乌梢蛇"。人们问为什么这么叫他，父亲一会说他长得像乌梢蛇，一会说他就是从洞里钻出来的（没有出处），一会又给大家讲个笑话。笑话的意思大致是一个耳背的老人问乌梢蛇叫什么，乌梢蛇说叫"邬枭杰"，老人说，哦，叫乌梢蛇，好怪的名字！从此，乌梢蛇这绰号就取代了他原来的名字，以至于后来很多人都叫他"蛇乡长"。

乌梢蛇丢了大队的职务，却巴结上了一个副区长。副区长东整西整，居然让他在潘家场公社当了个什么"干事"，不久潘家场改为乡，他当了副乡长，之后成了乡长。两年前，他终于弄到父亲"贪污"的证据，硬把父亲的职务撤了，还差一点把父亲送进了班房。

我把这些告诉了群芳，群芳又将这些对她爹讲了，她爹说，这些恩怨与他们家无关。再说，人家邬乡长正走红，说不定很快又要升官了，只能巴结不能得罪。

乌梢蛇已经结婚好几年，媳妇很漂亮，但就是生不出孩子，两口子上贵阳下重庆，四面八方求医问药，最后都没有结果，为此经常吵架，特别是乌梢蛇租下群芳家门面搞装修的时候，他媳妇几乎是天天都要来闹一次。然而，不管媳妇怎么吵怎么闹，乌梢蛇的店铺照样开张，偏请了一个小女孩守店，就不要他老婆管，生意还不错。可没多久，那女孩不知道什么原因突然走了，乌梢蛇便央告群芳给他守，说工资比在学校代课可以高出好几倍。群芳不同意，但她爹答应了，说这是天大的好事，必须做。

我对群芳说："你不能做，那个人肯定是不怀好意。"

群芳就笑："你这个人心眼真小，在我家，那个人就算不怀好意，也打不起主意啊！"

我又说："你这样就不能再代课了，如果以后代课可以转正，后悔就迟了！"

群芳说："人家教民办几十年了都没转，代课就更不要想了。"

我无奈地说："那我们结婚吧，结婚了，我就放心了！"

群芳说："我爹不同意，他说我结婚了就是你们家的人了，要我还在家帮三年。"

我说："我真想不清楚，你爹到底是个什么人。"

群芳说："是个怪人，脾气不好，不过，也是好人。"

不管群芳怎么说，我的担心依然在持续，甚至越来越强烈。事实上，外面也已经是有很多传闻了，说乌梢蛇和他婆娘闹得很厉害，离婚是早晚的事，而他之所以要租群芳家的门面开店，分明是另有所图啊！

那一天我回家去，母亲告诉我，三发三哥都快当村里副主任了，是乌梢蛇答应的。我不知道母亲说这个话是什么意思。父亲提醒我，你坎上那个幺嫂不是一个简单的人。接着强调说，坎上坎下两家人，和那个乌梢蛇，有的成了敌人，有的成了朋友，不晓得会发生什么事。

我想去找坎上幺嫂了解一下情况，也附带让她出面求求群芳的爹，让我们早点结婚。可是，她总不在家，三发三哥每一次都想把我迅速赶出来。我越来越感觉不对劲，有一次，我分明是看见幺嫂进了家门的。她在躲我，到底是为什么呢？

（六）

那一年的春天迟迟不肯到来，整个正月都是寒风料峭，空中总飘着细碎的雪，田间地头，偶尔还能看到冰块。到了正月下旬，一场大雪突然降临，从桐梓河深深的峡谷到四周高高的山顶，几乎都只能看见白色。老人们说，这样的雪还是在红军来的那一年才有过。草不长，树不发芽，花更不含苞。

这样的气候与我的心境是完全一致的，寒冷笼罩着潘家场，笼罩着滨河村，也笼罩着我。

在我们这里，订婚时除了要给女方买衣料以外，还要按照一定的规矩给女孩的父母、爷爷奶奶和主要亲戚都拿上一份厚重礼物，叫"去第一次人亲"；过年的时候，按照这种方式"去第二次人亲"，叫"拜新年"，礼仪很烦琐，也很浓重；之后，在端阳或者重要节日"去第三次人亲"。这样，基本的礼节算是圆满了，男方可以提出结婚的要求，女方答不答应那是另外一回事。

　　年前，我母亲是和坎上幺嫂说好的，正月初二"去第二次人亲"，而且群芳和她家里人都知道。我们准备了上好的衣料，还专程去县城买了很多价格不菲的酒和其他礼品，专门找人制作了爆炸声特别大的鞭炮。父亲说，这是面子上的事，我要让整个潘家场和整个滨河村都感受到我古某人如何气派，要让我那石匠亲家脸上有光。可是，腊月二十九，三发三哥到我家来，战战兢兢地说群芳她爹不准去第二次人亲，不知道是什么原因。这明显是要准备退婚。我去找坎上幺嫂，没有找到；母亲又去找，还是被拒之门外；父亲可不依，他冲到三哥家，抓住三哥的衣领，说你婆娘不现面可以，那我带你去潘家场，这事总要有个话说！

　　那一天是过年，我在家喝闷酒。父亲拽着三哥去了潘家场，大闹一通，说你田石匠也太不仗义，亲戚不成还仁义在，有什么事你得出来说个明白，我古家也算是大家大底的，你不要欺人太甚！要是往常，依照群芳她爹的性格，定然是要和我父亲打一架的，可是他居然没站出来，连房门都关得紧紧的，群芳家一个人影都没有。许多人跑来看稀奇，还有人劝父亲冷静一些，说等过了这个年再谈也不迟。但是父亲哪里愿意听，用手拍，用脚踢，把田家的房门弄得噼噼啪啪震天地响。终于，有人出来了，是乌梢蛇。所有看热闹的人都格外吃惊，不知道乌梢蛇腊月三十了还在田家到底是为什么，而且偏偏又是这个特殊的时刻！

　　"你也是当过多年村干部的人，你该懂得什么叫王法是不是？"乌梢蛇大摇大摆走到父亲面前，慢条斯理地说。

"你算什么东西，滚开！"父亲吼道，"我找田石匠，与你无关！"

"什么叫与我无关？大路不平旁人铲！"乌梢蛇的声音突然提高了，"你信不信，我立即去乡里打电话，你这样胡搅蛮缠，就不怕在公安局的鸡圈里过年？"

"你去找啊！我就不信这天下没有公理！"父亲继续吼叫。

乌梢蛇揪住父亲的衣领，握紧了拳头，显然，如果父亲再闹下去，他一定会大打出手。有一个人赶忙站到父亲身边，劝父亲冷静一点，说今天不是讲理的时候。这人的话父亲是听进去了，他知道其中含义。几个人连拉带拽，父亲喊了几声"田石匠"，愤然离开了。

父亲大闹潘家场我不知道，我喝得昏昏沉沉，东倒西歪，到吃年饭的时候，我已经醉倒在河边的黄桷树下。

我们家这个年过得非常惨淡，母亲做的一桌饭菜根本就没人吃。

我又病了。但是我拒绝去潘家场卫生院，也拒绝打针吃药。几个人强行按住我，先打"安定"，然后再挂液体。之后的很多天，几个姐姐和其他亲戚、地邻都纷纷来看我，就好像我已经是病入膏肓一样。天气很冷，母亲用几只装盐水的空瓶给我装了热水，放在我被窝里，然后守在我床边，不停地掉眼泪。几个姐姐是千方百计找人在城里买最好吃的东西给我带来，连很稀少的苹果、梨子、啤酒一类，都摆在了我床前的书桌上。

父亲很少到我房中看我，他说我是不争气的东西，为一个女人竟变成这个样子。他一门心思就是要找群芳爹讨公道，他说他丢不下这个面子。

其实，在别人看来，父亲的面子在他村长被免的那一刻就已经荡然无存。而且，不管他怎么努力，这一场争斗，我们都注定要完败。

然而，这期间，到底藏有多少秘密？

我深信群芳的心里只有我，就像我心里只有她一样。可是，为什么会风云骤变？我们真的不再有机会了吗？老天为什么会这么残忍？

在床上躺了二十多天，我终于下决心要站起来，我想，总要见到群芳才能知道谜底，而且我不想轻易放弃，我更不想不明不白地就这么被一脚踢开。

那一场大雪几乎把整个冰河村完全覆盖了。那一天，我披着厚厚的一件大衣，走到黄桷树下，努力抬起头远眺潘家场。满世界的白色，潘家场也似乎迷失在这茫茫的白色中了。寒风吹得我瑟瑟发抖，我的心也冰凉到了极点。

我朝桐梓河深深的峡谷走去。我知道，母亲一定远远地跟在我身后，在她看来，我随时都可能跳进桐梓河狭长的河塘。其实，我没有这种想法，我只是看到了桐梓河湛蓝的河水，我从这湛蓝发现了一点生机。是啊，也只有这河水才有别于这白色的世界，也只有这河水才让我看到我的内心仍然是那样清澄！

（七）

病终于好了，我打起精神回了学校。但是，我听到的是一个让我极度震惊的消息：乌梢蛇和他妻子离了婚，数天前和群芳结婚了。

群芳嫁给了乌梢蛇，这么快，让我始料不及。

显然，是我父母和我的那些亲戚、那些地邻们封锁了这个消息。

那个时候，从滨河村到潘家场，漫山遍野几乎都开着金灿灿的油菜花，太阳也将山山岭岭笼罩在它绚烂的光辉之下。

我原本还抱着一点希望，现在是彻底绝望了。不过，我始终相信，群芳一定是有苦衷的，她没有理由要离开我嫁给比她大了十多岁的男人。悲剧既然已经上演，我现在就只有弄清楚造成这个悲剧的原因。

我的颓废和痛苦很难用语言描述。那一段时间，我经常被一个老师叫到他家里去，他家的黑白电视机里反反复复播放一个电视剧叫《雪山飞狐》，我就像里面那个男主人翁一样，把自己泡在酒中，很少吃饭，每天摆在学生面前的是一张浮肿的面孔和一双血红的眼睛，当然还有浓浓的酒味。而且，听到电视剧里那首伤感的主题歌，我更加难以自制，酒就成为我最好的麻醉剂。可是，麻醉不能解决问题，我就爬到潘家场东面的那座大山上哭叫，甚至在大山深处的荆棘林中狂奔，直到衣服被撕成碎片，手上、腿上、肚子上、胸脯上都被撕开一条条深深浅浅的口子，红通通的血布满全身。

那一天，我终于收到了一只信封，是群芳的幺妹群欢送来的，小女孩怯生生的，见到我的时候嘴唇在哆嗦，要哭的样子。我拆开信，是一张黑白照片，群芳的黑白照片：她站在学校操场上，她的后面是学校那座砖木结构的教学楼；她用舌头轻轻顶着牙齿，脸上有一对小酒窝，看起来很羞涩。也许，这是她最心爱的一张照片，也是她能够留给我的唯一纪念。我把照片翻过来，照片后贴着一张小纸条，正正规规写了八个字：别问原因，千万保重。那一瞬间，我都想吼叫了，我要控诉这个世界，为什么要将两个心心相印的人残忍地分开？但是，我还是控制住了自己的情绪，写了一张纸条，也很简单：我当然要问原因，否则死不瞑目！告诉我，为什么？告诉我，你是被逼的！我把纸条折叠成方块，让群欢收好，叮嘱她只能让她姐姐看见。我还给了她五块钱，让她拿去买糖吃，对她说，我还是你哥哥，你以后可以经常来我这里，哥哥给你买糖买衣裳。她接了钱和纸条，揣好，慢慢离去了。

然而，群芳没有再给我回信，群欢也一直没来学校。我去了几次小街，群芳守店，依然穿着她过去洗了又洗的旧衣服。她的脸上似乎少了青春的光泽，多了几分憔悴。她的眼里，好像笼着一层雾，而那雾，朦胧又缥缈。我想靠近她，我要找机会向她诉说我心中的那份痛，那份苦，那份屈辱。如果可能，我甚至想大喊大叫，山呼海啸一般的吼叫，或者是抱着她痛痛快快地哭一场。只是，每一次，不等我走近，她都会迅速躲进小屋里，看来，她是不想再和我有什么瓜葛了。不过，她想错了，我已经下了决心，必须搞明白其中的一切，我不会再去喜欢另外的女孩，我愿意等着她，哪怕她永远都不会走到我身边，我还是要等，直到我在这个世界彻底消失！

那一段时间，校长总找我说话，从我的遭遇说到他自己，再说到别人。在他看来，作为一个男人，应该是顶天立地的，在感情上有这么一次挫折，也许不是坏事，甚至是财富，因为人就是要通过不断磨砺才能取得成功。他说得自然没错，可是再完美的理论，那时那地，都显得是那样苍白无力。如果群芳突然扑向我的怀抱，我相信，那是任何理论都无法代替的，我会发狂，我会将我的生命幻化成无限的能量，我会摇撼整个世界，要让整个世界都为我欢呼！当然，不管怎么说，我都非常感谢他，至少，因为他，因为他的话，我还能够保持几分清醒。我还得感谢其他老师，他们经常把我邀请到他们家里去做客，带着我去山上奔跑，陪我喝酒，甚至半夜了，还陪着我讲过去很多很多往事。家家都有一本难念的经，他们的故事，在淡化着我的伤悲，也让我的思路进入混沌状态，然后迷迷糊糊地睡去。

（八）

那天赶潘家场，一个家长到学校找我，说要请我到街上吃东西。我的课已经上完，我同意了，地点我选在群芳店铺的对门，那是一家卖羊肉的小馆子，只有赶场天才开门。自然，看见我，群芳又躲进小屋里了。家长让店主煮一斤羊肉，打半斤酒。我说酒少了，至少两斤。家长吓了一跳，说他最多也就喝三两酒，再多就会醉得爬不动了。我说你要请客就不要怕我多喝，要不然算我请你。家长说哪里哪里，只要老师能喝，再多两斤也行。我笑了，说，你想醉死我不成。家长也笑了。

这么长时间来，我是第一次笑。在我看来，群芳是必须出来的，最多半个小时她就会出来，而我可以在这里喝上三个小时，我要把自己灌得趴下去爬不起来，看你那时怎么办。在这一点上，我相信，群芳没有那样的耐力，她更不会忍心让我醉死在这里。

我倒了一碗酒，满满一碗，足有半斤，说了一声"谢谢"，一仰脖子，一口气喝了下去。家长瞠目结舌。瞠目结舌的还有边上的几个吃东西的人和店主，他们也许从来没有看见过喝酒这么猛的人。我又倒了第二碗，正要喝，被一只白白的手按住了，显然，这是一只年轻女人的手。我转身，抬头，看见居然是坎上幺嫂，她脸上毫无表情，眼睛里也没有一点点柔光。她的身后，还站着一个背着小背篓的女孩，那女孩的长相与坎上幺嫂惊人的相似。

我站起来，吼道："你终于出现了！告诉我，你到底做了什么手脚！"

坎上幺嫂没有回答我，把我刚才要的那碗酒端起来，也是一仰脖子，咕嘟咕嘟就灌进了喉咙里。她身后的女孩几次企图抢夺她的碗，没有成功。大家还没有回过神来，她又拿起一瓶酒，问我还喝不喝，如果要喝，一人一瓶。她让店主再打一斤酒，说就不相信，今天看谁先醉。我没有阻止，反正喝酒已经是我的家常便饭，而且今天也是为了醉酒才来的。女孩努力劝阻，可我们哪里会听她的，都把酒瓶举起来，咕嘟咕嘟地灌，谁也不看。小馆子里看热闹的人很多，他们肯定被我们这种不要命的喝酒方式震住了，更何况其中一个还只是二十来岁的女人！

坎上幺嫂醉了，而且醉得一塌糊涂。她先是吐了一地，然后趴在小木桌上说了几句听不清楚的话，睡着了。我还要喝，店主很不高兴，说他这里不欢迎这样喝酒的人，因为这里是吃东西的地方。他让我赶快把这个女人弄走，不然今天的生意全没有了。

我有些醉意，小女孩又弄不动坎上幺嫂，学生家长也不想弄，没办法，我只能把她背起来。但是，没走几步，我身体一歪，摔倒了，坎上幺嫂的身体被重重地摔到了地上。我努力挣扎着，力图再次把她背起来，可都不成功，总是一次又一次跌倒。女孩哭起来，她求边上的人帮忙，终于，一个年轻人把坎上幺嫂背到背上，朝学校走去。我虽然醉眼迷离，还是亦步亦趋地跟在后面。

坎上幺嫂身上有不少污物，但我却不能拒绝她躺到我床上。我歪歪倒倒地去厨房弄了一些热水，让女孩给坎上幺嫂擦洗一下，我说我迟一会再回来。

喝了那么多酒，虽然感觉有酒意，但思路却是异常清晰。我开始梳理这么长时间来发生的这么多事，感觉都与坎上幺嫂有非常紧密的联系，而她那么拼命地喝酒，也说明她心中装着太多的秘密，太多的苦楚。如果说在我和群芳的关系上是她做了手脚，我真的该恨她，应该报复她，可我偏又恨不起来，我甚至感觉她也是一个很可怜的人，她也值得同情。可我该同情她什么呢？

正准备回寝室，我看见群欢走进了操场。她也看见我了，飞快地跑过来，将一个用红绸子封装的小盒子递给我，说她姐姐说了，不准让外人看见。我走进厨房，关了厨房门，轻轻拆开小盒子，里面竟然是很多折叠整齐的信，还有两双绣着非常精美的图案的鞋垫，鞋垫上散发着淡淡的香水味。我拿起最上面的一封信，显然是刚刚写的，明显感觉那上面还留有泪痕。

古老师：

看见你那么痛苦，我无地自容，是我害了你，是我对不起你。可是，我没有办法弥补我的过错，我能做的，就是希望你不要再这样消沉下去。我既然已经嫁人，我就不能再靠近你，我只希望你振作起来，去找一个比我更好的姑娘。这些时间，我每天都在给你写信，可是又不敢交给你，只能自己边写边哭。你知道吗？我恨死我自己了！现在，我把这些信交给你，希望你明白我在牵挂着谁。我不是一个好女人，你忘了我吧，忘了我们的过去，也只有这样，我才有活下去的理由。你不要再逼我了，我只能记着你的好，我也只能在心里祝愿你快活一些……

还没有读完，泪水已经在我脸上狂奔。我突然感觉自己远不如群芳，她的痛苦也许比我更胜一筹，可是，她在默默忍受，她是一个坚强的女人。是的，我没有理由再沉沦下去，我必须站起来，像一个真正的男人。

群芳离去之后，厨房实际上已经是我个人的空间，很少有人再走进来。我把小盒子藏起来，用热水冲了冲脸，走回寝室。坎上幺嫂还没有醒过来，女孩坐在床前，有点沮丧。见我进了门，她站起来，向我点点头，微微笑了一下。

"她是我姐姐。"女孩说，"我叫二婵。"

"哦。"我说。

"我爸爸死得早，我是爷爷带大的。"二婵似乎是在做自我介绍。

"那你妈妈呢？"我很不经意地问。

"妈妈很早很早就带着姐姐改嫁了……"二婵没有把后面的话说完。

"你妈妈改嫁……"我还是不经意地说了一句，我好像也该说点什么，但竟然说不出来。

"我卖麻花，也就是卖油饺饺。"二婵转移了话题，"潘家场生意不错，我那么多都很快卖完了。以后，我还来卖。"

看来，二婵是个很直率也很单纯的女孩。

"姐姐很苦。"二婵又说到了坎上幺嫂，"姐姐真的很苦。"

我说："看得出来。"

"以后我要帮她。"二婵说，"我暂时不回去了，我赶转场卖麻花，留一点自己用，其余的，都给姐姐。对了，以后我没事的时候可以找你要吗？"

我说："当然可以。"

二婵说："那太好了，以后我不寂寞了。"

放学的钟声响了，我对二婵说，我去班上看一看，然后到厨房煮饭。

我已经没有酒意了，这简直是奇迹。我的心情也轻松了很多，好多天了，我第一次有这种感觉。

（九）

潘家场没有能够如传说那样成为大乡的政府所在地，相反，变成了一个管理区。新的政府所在地被沿河那边争去了，大概是因为沿河出了一个厅级领导。潘家场很多机构都撤掉了，原来的乡政府就只有管理区几个人偶尔来一趟，房屋周围很快杂草丛生了。

乌梢蛇又升职了，成了沿河乡副乡长，家从潘家场搬到了沿河街上，群芳也随着去了，他们在潘家场的店铺留给了群芳父母。

潘家场一时间变得有些冷清了，学生纷纷涌向沿河，连群芳的两个弟弟也去了沿河乡中学。我每天下午都要站在操场边上向沿河方向瞭望，就好像我的魂魄都已经被带去了那个地方一样。尽管我已经不再是那样苦闷，但是我对群芳的那份情感却依然强烈。

潘家场赶农历三六九。虽然只是沿河乡下面的管理区，但是潘家场赶场天照旧热闹。二婵每一场必来，而且卖完之后都要到学校，我能感觉到，她对我有一种很特别的依恋。前次她姐姐醉了在我这里躺了大半天，后来是三发三哥接走的。也许在三哥看来，是我对他媳妇图谋不轨，所以他的眼睛里燃着一团火。之后，他媳妇要想再来潘家场，几乎是不可能的，甚至要到我家里一趟也要受到非常严密的监控。好在二婵不受限制，她能够把她姐姐的很多信息带给我，只是，对她姐姐，我更多的是漠然。

二婵是一个很难找到缺点的女孩，除了母亲对她赞不绝口外，连我父亲也说，谁要是娶了这个女孩，是一种福气。他们实际上在暗示我，这世界上能够与群芳比较丝毫不落下风的女孩就要数二婵了，错过了也许再没有机会了。

我知道，这一段时间来，父母亲因为我伤透了心，父亲甚至因此把田家告上了法庭，他要田家退还我们家送的东西，还要田家赔偿我"青春损失费"和"精神损失费"。法庭多次调解无果，主要是父亲要求太高，法庭只好开庭审理，最后裁定田家赔偿我家各种损失六千元。父亲不服，在他看来，是乌梢蛇串通了法庭，这个结果是不公正的。我劝父亲算了，父亲说，没那么简单，这口气是咽不下去的，他迟早要把乌梢蛇拉下马来。也就是从这个时候开始，父亲组织了上百人联名状告乌梢蛇，据他说，他已经掌握了乌梢蛇不少贪污受贿的证据，把乌梢蛇拉下马来只是迟早的事。我无意加入到父亲这个行列中，但是，他的晚年却因为我更多了几分不安宁，我强迫自己不能再任性下去。

二婵依然是那样率直，每一场卖完麻花，总要买上一点什么东西拿到学校和我一起吃，显得极其快活。我也会到街上称点羊肉或者是买点猪肉，亲自做了招待二婵。她每次都会到厨房帮忙，不是说就是唱，走路也差不多是蹦蹦跳跳的，好像她的身上，永远就只有快乐。渐渐地，每一次，她都要让我把身上的衣裳全部换下，她洗了再走。有时候，我也陪她回去，一路上都在听她一步一回头地说话，或者是蹦蹦跳跳地唱歌。她说在县城能够看上彩电，在滨河，黑白电视都很少有，更别说学唱流行歌曲了。我说我订了两本音乐杂志，我可以尝试着教她唱。她高兴得跳起来，居然抱着我，在我脸上亲了一下，又拉着我的手说不准反悔。

　　看到我和二婵一起回家，母亲特别高兴，炒腊肉，煎鸡蛋，甚至还做了糍粑豆花来招待二婵。二婵自是非常感动，每每说，你母亲真好。一到我家，她就总是形影不离地跟着母亲，我能听到她快活的笑声。母亲本来很少笑，但是那一段时间，我感觉母亲是变了一个人，常常都是笑眯眯的，精神特别好。

　　尽管我也认为二婵无可挑剔，可是，我好像只是拿她当成了朋友，一个可以说知心话的朋友。她每每要靠近我的时候，我往往本能地躲开。有一次我教她学简谱，她坐在我旁边，把头向我肩头靠过来，手也搂住了我的腰，我站起来，说肚子痛，逃也似的冲出寝室，钻进厕所里至少逗留了半个小时。

　　但是，二婵并不以为我对她有什么不好，也许，在她看来，我不过是一个不太善于表达或者还比较传统的男人罢了，而这也许就是她心目中的成熟，所以，她能够把心里所想的、眼睛里看到的、家里发生的一切都讲给我听。

"我姐夫当不成副村长了。"有一天，她对我说。

"为什么啊？"我问。

"姐姐和那个副乡长吵架了，好像是为你们的事。"二婵又说。

"为我们？"我来了兴趣。

"是啊，好像是为你们，她说那个副乡长太过分了。"二婵似乎只是在讲一件很普通的事。

"你还了解一些什么？"我问。

"你想了解什么？了解姐姐？"二婵看我一眼，她的神情与她的话一样，很活泼。

"那就说说你姐姐吧。"

二婵终于停了下来，似乎是想说又不能说。

"对我也有秘密？"

"好吧，我说。姐姐很苦。我们都很苦。我三岁时爸爸就死了，妈妈带着姐姐改嫁……"

"你说过的。"

"姐姐十二岁时发生了一件事。"

"什么事？"

二婵又停下来了，似乎在想该不该说。

"你不想说就算了吧。"

"不是不想对你说，那是很脏的一件事。"

"很脏？"

"姐姐好苦啊！她后爹很坏，是个坏蛋。那年她十二岁，才十二岁，她就被她后爹霸占了。那时她还不懂那种事，可是，她后爹就是个坏蛋！"

"有这种事？她后爹——真是畜生！"

"是啊，比畜生不如！他一直霸占姐姐，我妈妈只能悄悄哭。姐姐才十四岁就开始堕胎，之后连续好几胎……姐姐现在不能生孩子了，真苦……所以，遇上姐夫，姐姐就跟他了……"

我没有再说话，我没有想到坎上幺嫂有这样的经历，这是常人难以忍受的经历。嫁给三发三哥，是她最好的选择，带着深深的屈辱和对人生的绝望。

"姐姐还在外面流浪了半年……"二婵又补充说。

不需要再问，能想到，也是在外漂流的三发三哥，遇上流浪的坎上幺嫂，于是两个本不该走在一起的人聚在了一起。也许，对于坎上幺嫂来说这不是解脱，只是一种走投无路的选择。

从此刻开始，我对坎上幺嫂有了更多的同情，对她的怨愤也减少了许多。也许就为这一个，我都应该对二婵好一点，再好一点。

（十）

我努力想和二婵走到一块，但最终还是分开了。

我对二婵说："对不起，我真的很努力了，但还是不能和你在一起。我承认，我亏欠你太多。"

二婵说："没有什么对不起的，你也没有让我失去什么。"

二婵转身的那一刻，我有几分自责，但这之后，我又感觉很轻松。也许，她曾经掉下了几行泪水；也许，她是笑着离开的。我在心里默默祝愿，二婵，希望你能够找到你真正的白马王子，希望你这一生甜甜蜜蜜，开开心心！

父亲和母亲这一次没有怎么抱怨我，在他们看来，所有抱怨都是无用的，因为，他们已经深深失望。他们的眼中，我这个儿子，不会再给他们带去一点什么安慰，只能任由我自生自灭了。

我与二婵分手后，我申请去了沿河乡中学。学校没有住房，需要自己租。作为建乡不久的沿河，很难租到房子，我却非常挑剔，不是挑剔条件，是要选择位置。群芳住在老街西面一座建起来还不久的钢混房子里，开了一间"群芳旅社"和一间"群芳饭店"，我希望我租住的房子能够靠近她的旅社和饭馆，我要看着她，看她快乐，看她悲伤，看她忙碌，看她的一切。

我到沿河乡中学的第一天就看到了群芳，她已经挺起了很高的肚子。她没有看见我。她在饭馆里忙着，很多时间留给我的都是背影。当我看见她大肚子的时候，我有一种无端的愤怒，很想冲过去问一问这是为什么，但我还是控制住了自己。作为乌梢蛇的女人，她该为乌梢蛇付出一切。不过，也才这么一点时间，她就彻彻底底沦为了乌梢蛇的女人，我不服！当初我要求早点结婚，她说她爹要她还留家里三年，可是，这三年的时光，现在都被乌梢蛇霸占了！

我终于等到了机会，一家钢混的房子竣工了，我迫不及待地住了进去，在三楼。没有装修，甚至连墙壁都还没有干，主人只拉了一条临时电线，给我接了一盏电灯。至于用水，我还得跑到一楼去提。上卫生间，也得跑到一楼。不过，没关系。我只要有时间，都会趴在窗台上，看对面的"群芳旅社"和"群芳饭馆"，看对面的群芳，看群芳越来越高的肚子，然后充满愤怒。

群芳已经变成了一个彻彻底底的少妇。她来来去去、上上下下奔忙，看不出她有什么表情，也听不到她的声音，只有她的大肚子显得有点张扬。乌梢蛇总是匆匆地来，匆匆地去，腋下夹一个黑色公文包，大腹便便，官味十足。作为副乡长，还不到专车接送的级别。不过，他的身后，经常跟着很多人，点头哈腰的，大概是那些村干部或者那些追随他的单位职工。群芳不会出门迎接，也不会送他出门，只偶尔看见乌梢蛇抱她一下，她本能地躲闪，就像是身上钻进了毛毛虫一样。群芳的旅社和饭馆有时候很热闹，有时候也很冷清。看不到群芳亲热乌梢蛇的场景，也听不到乌梢蛇和群芳说话或者吵闹的声音。

风平浪静。

群芳是在一个夏天的早晨发现我的，她拉开一间屋子的窗帘并推开窗门的时候，她看到了痴痴呆呆看着她的我。那一刹那，她嘴巴动了一下，也许是想喊我，但突然觉得不恰当，又紧紧闭上了。她傻傻地看了我至少一分钟，我分明感觉有两行泪水从她的脸颊上滑落。终于，她缓缓合上了窗帘，我估计，那一刻，她是颓然坐下

潘家场纪事

了，坐在那间没有旅客的房间里哭泣。我的眼里也是泪水盈盈，但我很快压制住了自己，擦擦脸，朝学校走去。

不久，群欢也来了沿河，在中心小学读一年级。她第一次走上楼来，是给我送一张群芳亲自制作的贺卡，那一天是教师节。贺卡是用一块金黄色的布和粉红色的丝线绣成的"节日快乐"四个字，边缘上镶着红绸。贺卡散发着淡淡的香水味，我感觉那上面有群芳的泪水，那泪水还带着群芳淡淡的芬芳。已经足够了，没有能和她在一起，可我却获得了她的心，获得了她永远的牵挂。

我通过群欢带给群芳一百元钱，还写了一封简单的信。我说，以后，我要把每个月一半的工资交给她，因为在我看来，她该拥有我的一切，我们至少要有自己的精神家园。我以为她会把钱退回来，没想到，她竟然收下了，并且毫无声息。以后的工资一发，我就通过群欢把我承诺要交的钱如数带给她，而且近二十年的时间居然都没有任何人知道，群欢虽然怀疑，但是却从来不会打开信封。自然，她也通过群欢给我送鞋垫，给我送衣裳，甚至给我送月饼和生日蛋糕。我们就这样保持着一种平衡，我觉得非常幸福，特别满足，所以，对任何女孩，我都没有兴趣。

父亲状告乌梢蛇的气势日盛一日。他四面八方奔走，千方百计搜集有关乌梢蛇违纪违法的证据，根子都扎进了机关单位，不少人响应他。他永远不承认自己是一个失败者，在他看来，乌梢蛇倒下的那一天，也就是他最辉煌的一天。而且，他的晚年，也似乎只有这一件事对他来说才最有意义。

乌梢蛇大概是终于嗅出了一点什么味道，找了中间人要和父亲和解。有一次，他带着群芳来找我，说父亲曾经是他的恩人，走到今天这一步，大家都不想，冤家宜解不宜结，希望我能够做一做父亲的工作，以后两家人要亲如一家。我和群芳都没有向对方说一个字，群芳甚至一直埋着头。临走，他要群芳留下，说分开这么长时间了，也该好好谈谈了。他有点意味深长地强调，他不是那种小肚鸡肠的人。但是，他一出门，群芳也跟了出去。我对乌梢蛇说，希望他对群芳好一点，不然我会找他麻烦。他有求于我，所以只是唯唯诺诺地点头。我还说，我会做父亲的工作，但效果如何，我不敢保证。

事实上，父亲根本不会听我的。他说毛主席他老人家就说过要痛打落水狗，对乌梢蛇，不能对他有丝毫手软，决不让他逍遥法外。

果然，一年后的一天，在乌梢蛇的第一个孩子满一周岁的时候，乌梢蛇被县纪委的人带走了，后来移交到了检察院。据说是因为修滨河大堰的时候，乌梢蛇有受贿行为，还私分了一些公款。再之后不久，乌梢蛇被判二缓三，接下来丢了工作，只好带着群芳回到了潘家场。

父亲用了好几天时间和他的"战友"们欢庆胜利，我们家那几天十分热闹，在父亲看来，那是"高朋满座"。然而，我却暗暗担心着群芳，也许她以后的日子将变得异常艰难。

（十一）

群芳是在我四十岁那年离去的，准确地说，是我过四十岁生日的第三天。我生日那天，她专门去县城买来了生日蛋糕，和其他人一样，在我脸上和身上涂了大量蛋糕，我也将蛋糕涂在了她的脸上。这是我们分开将近二十年后唯一的一次零距离接触，而且，就因为她的到来，我感觉非常非常幸福，以至于后来的两天多时间都处在高度亢奋的状态。但是，我没想到，这居然是诀别。

那个时候，桐梓河中下游深深的峡谷被一座大坝拦腰堵断，于是，高峡出平湖，数十公里的水域像是一条湛蓝的缎带，铺在崇山峻岭之间，一时间游船如梭，人声鼎沸。夏天的早晨，湖面上凉风习习，朝霞映照在水中，经微风一吹，波光潋滟，扑朔迷离。一只小木船在水面上飘啊飘啊，飘了很长时间，船上立着一个孤独的女人，时而抬头看天，时而转着身体浏览湖光山色。这是一幅极美的画卷。然而，当一条大船"呜——"一声汽笛响起的时候，那个女人像一只大水鸟，高高跃起，非常轻盈地纵入水中，之后湖面上出现了一些气泡，不久就恢复了平静，只剩下一片飘飘荡荡的光芒。虽然无数船只迅速向那片湖区开了过去，然而，留给人们的只是一声声叹息。

这一情节被一个游客的摄像机无意间抓拍了下来，然后永远定格在了我的脑海中。我无法想象群芳那个时候处于一种什么精神状态，她的纵身一跳，留给我的不仅仅是震撼。之后，我陷入到巨大的茫闷之中，我不知道我今后该何去何从。

近二十年了，群芳的生活是烟笼雾罩。

她那个丢了工作的男人走了背时运，什么事都干不好，最初几年在外面做生意，或者承揽工程，但总是出多进少，只好向亲戚朋友赊挪短借，最后是负债累累，债主们逼上门来，他远远躲掉，然后借酒浇愁。群芳租下门面开了一家小小的百货店，赚得钱主要用来给她男人还账。

我坚持通过群欢将我的一半工资转给她，从精神上，我维持着我和她的"家"，我希望她能够在无限困苦之外，从这个"家"获得一点精神慰藉。

她男人逐渐憔悴下去，更是逐渐猥琐下去，什么地方醉就在什么地方睡，身上布满赃物，其臭难闻。而且，不到四十岁就已经头发花白，到五十岁的时候，几乎不再有一根黑发，身体也迅速萎缩、迅速弯曲了。不过，他对群芳却看得很严，每每要悄悄搜查群芳的各种用品，总想找到什么秘密。后来，群芳有手机了，他又要查看群芳的手机，就好像群芳的手机里有天大的隐情一样。

他见了我，就一句话：单身几十年了哈！

在他看来，我在他面前是永远的失败者，他也需要这样的安慰。

我也会恨恨地叫一声：你就是人渣！

他打群芳，骂群芳，甚至将手里的酒或者锅里的水泼向群芳。他把所有的愤怒都发泄在群芳身上，这样才似乎能找到一种平衡，一种满足。

群芳不会吭一声，也不会公开掉一滴泪，即便身上是伤痕累累，她也只有一张麻木的脸，一双没有光亮的眼睛。

群芳独自抚养着她与她男人的儿子和女儿。儿子是在群芳和她男人结婚七个月后生的，据说是早产。女儿是她男人丢了工作之后生的，长得极像群芳。两个孩子最初都很文静，很听话，但是，当他们慢慢长大之后，身上也逐渐染上了不少坏毛病。群芳死之前，儿子才十七岁，却在沿海参与了两起轮奸幼女案，被判入狱八年。接着，她十四岁的女儿突然失踪，至今没有消息，据说是被网友拐跑的。

群芳最后的日子灰暗到什么地步，我已经无从知晓，我那个生日，我以为是最幸福的一个生日，没想到，我的幸福背后，隐藏的，竟然是群芳深深的绝望。

我在沿河乡中学工作不到两年，就迫不及待地申请要回到潘家场。但是，领导一直不同意，直到十年之后，我才得偿所愿，并且还成为潘家场九年制学校的校长。我在事业上非常成功，可以说是一路凯歌高奏，连续获得县级以上先进，三十多岁就拿到中级职称，不到四十岁又拿到了副高职称。而且，很多领导纷纷动员我去沿河乡中学当校长，我都婉拒了，原因非常简单，我希望能够更多看到群芳，哪怕她不会和我直接见面，甚至都不愿意公开看我一眼。

然而，群芳还是离开了，而且还选择了一个朝霞满天的早晨，选择了三县湖那片澄澈的湖区。那片湖区，淹没了我老家的大片土地和我老家的房子，也淹没了我老家东头那棵巨大的黄桷树。很多年前，她本应嫁给这片土地，但最终她还是没有属于这片土地。现在，她将自己的魂灵留在了这里，也许，她要让她的魂灵爬上那棵高高的黄桷树，瞭望潘家场，瞭望她生长的地方，也瞭望她一生中倾注了所有感情的那个人。

也许，她离去的时候，她是安详的，甚至是快乐的。

群芳离去的时候，群欢二十五岁，这个比我小了很多的女孩，大学毕业，回到了潘家场，成了我的同事。我的那个生日，当她姐姐将蛋糕涂抹在我身上的时候，我看到她是热泪盈眶。很长时间来，我发现她对我都有一种不一样的热情，几乎是每时每刻都要跟在我身后，守在我身边。而且，我的手机里，我的 QQ 里，总能收到她深更半夜发来的大量信息，充满激情，热切得都快把人融化了。她长得很像十多年前的群芳，但是却要比十多年前的群芳活泼和开朗。

群芳离去后大约半个月的一个深夜，我独自一人在操场走动。群欢给我打来电话，说她去我住处找我，我不在，让我赶快回去，她有秘密告诉我。

（十二）

我住在一座五层楼的混凝土建筑的三楼，是租的，一百多平方，三室一厅一卫一厨。我买了很多家具，还安装了空调、电视、

潘家场纪事

电脑一应俱全。我虽然一直没有成家，但我不想委屈自己，当然，更重要的是，我要告诉群芳，我过得很好，不必要因为我一直单身而过于担心。我有群芳的电话、QQ，但是群芳一般不聊QQ，也很少和家里以外的人通电话，因为她的那个已经近于半残废的老公"审查"很严格。我自然不会直接给她发信息或者照片，我只把照片拍了，发给群欢，再由群欢拿给她看。我的住处的照片她看过了多次，甚至我吃什么她也会知道。

群芳的店铺还是在我对门，我每天推开窗门的时候，第一眼要看的就是她，而且，第一眼看到的也多半是她。她也看我，但就是那样简单地瞭一眼，然后，迅速转过身去，因为在她身后还有另外一双眼睛，一双充血的眼睛。

群芳还是喜欢通过群欢给我传递纸条，最后一次纸条，上面竟然写着这样一句话："和我妹妹结婚，好吗？"我虽然有些吃惊，却全当是她开了一个玩笑，还是像往常一样，将纸条郑重其事地放进一个专门的盒子里，对群欢抿嘴一笑。现在想起来，那该是她走之前最想向我说的一件事吧？或者说，那是她唯一的遗愿？那么，我该怎么办？

回到住处，群欢已经在我房间里了，因为她有我房间的钥匙。

茶几上有一只用红绸包装的盒子，方方正正的，有点像我装信的那只，但我的那只盒子没有用红绸包装，而且严严实实地锁在一口皮箱里，群欢不可能拿到。

"这是姐姐留给你的。我想去想来，还是现在就把它交给你。"群欢说，表情看起来有些肃穆。

"里面是什么东西？"我有些疑惑。

"是什么东西，你看了就明白。"群欢说。

我要打开盒子，群欢说，还是等她走了之后。我说，其实，我和你姐姐的许多秘密你都知道，你也不用躲开。

我揭开了红绸，里面是一只很精致的竹编的盒子，盒子里有一个大笔记本，大笔记本下面还有一个小笔记本，然后是叠放整齐的很多旧存折，另有一张银行卡。显然，存折上的钱都已经转到了卡上，而它们，却是印证银行卡数据的依据。

我颤抖着双手翻开小笔记本，每一页都是一行又一行的日期和数据，而且，从一九九三年开始，一直记到二〇一一年。

1993 年 5 月 20 日，古哥带来 100 元，芳妹存进 100 元。

1993 年 6 月 20 日，古哥带来 100 元，芳妹存进 100 元。

......

1994 年 1 月 20 日，古哥带来 120 元，芳妹存进 120 元。

......

1995 年 3 月 22 日，古哥带来 150 元，芳妹存进 150 元。

......

2000 年 5 月 23 日，古哥带来 400 元，芳妹存进 400 元。

......

2008 年 6 月 20 日，古哥带来 700 元，芳妹存进 700 元。

......

2011 年 8 月 20 日，古哥带来 1500 元，芳妹存进 1500 元。

我只是简单翻了一下，泪水就把我的脸全部覆盖了，我将头埋在茶几上，差一点放声大哭了。这么长时间来，她日子过得极其艰难，然而，在那样艰难的日子里，她非但没有动我送去的一分钱，而且还如数存进去对等的一份。在她的眼里，我和她就是一个整体，各自成为这个整体的一半，而这一半，不仅仅是感情，还有一种义务，一种永不改变的义务。

群欢从背后搂住我的腰，泣不成声。她告诉我，她一直就知道这个秘密，而且所有存折，乃至我写给她姐姐的信和她姐姐的日记本，差不多都是她在保存，怕的就是被乌梢蛇发现。即便是她读高中读大学的那几年，她姐姐都会把那些东西藏在她寝室中，藏在那个盒子里，没有其他任何人知道。她多次想告诉我这件事，但她姐姐不准说，而且，她也怕说出来产生意外。然而，她却一直被我们这种相互的依恋所感动，在她看来，这简直就是神话，是传奇！

终于，我平静下来，战战兢兢打开了大笔记本。

1992 年 1 月 16 日，星期四，阴，小雪。今天，家里人都上山了，古哥放寒假也回了家，店里就我一人。坎上幺嫂又来了，对我说，古哥虽然很不错，但比较起来，邬乡长潜力更大，不久还会升官，我还是劝你嫁给邬乡长。我再次回绝了她。之前她就来找过我，多次说起这个事。我本想告诉古哥的，可又不敢，怕古哥起疑心。最初，我和古哥好，还是她牵的线，可现在，她却要破坏我和古哥的关系。其实，我已经察觉她暗恋着古哥，所以，她嫉妒我，我想她是想拆散我们。就在她来后不久，那个我不喜欢的人也来了，还给我买了一件羽绒服，一双皮鞋，说是他专门找人在很远的地方买来的，是进口的。我拒绝接受。我想，肯定是他们提前串通好的。我要关门走，幺嫂不准我走，说大家坐下来好好谈谈，好歹，人家邬乡长也是一番好心。那个人在回风炉边坐下了，幺嫂给他兑了一杯蜂蜜水。后来，幺嫂又拉我坐下，也给我兑了一杯蜂蜜水，非常热情地劝我喝。我没法拒绝，我喝了那杯蜂蜜水，万没想到那杯水有问题。我很快昏昏沉沉睡着了，醒来后，我发现是躺在床上的，身上一丝不挂。幺嫂不在，那个人对我说，现在我只有一条路可走，就是嫁给他。今天是我最羞辱的一天，我泪水都流干了，我的天是塌下来了，我的世界从此再没了意义。我不知道今后该怎么面对古哥，我只想死。现在，那个人走了，我不知道该不该向家里人说这件事。古哥，如果你知道这件事，你会怎么办？你恨我吗？你还要我吗？我好想你就在我面前，我想倒在你身上大哭一场……

1992 年 1 月 19 日，星期，晴。我清楚记得今天是第三次喝农药，我父亲把农药抢走了，并且跪在了地上，满脸都是泪水，哭得像是个小孩。他说我们姊妹五人就我最大，理应为他分忧。以前他

潘家场纪事

打我骂我是他不对，以后不再打我骂我，只求我为了一家人，为了弟弟妹妹，嫁过去，嫁给那个人，那个人也一定会飞黄腾达，一定会对我好，嫁给他没错。父亲还说，为了建房子，他盗窃了一个工地老板的一万多元，被发现了，要送公安机关，是那个人还了那笔钱，并且千方百计说和，他才没有被送进牢房。他说现在还欠着那个人的钱，更欠着那个人的情，如果我不嫁给那个人，就是把一家人逼上绝路。父亲一跪，我母亲，还有弟弟和妹妹，都跪下了，他们哭得我的心都碎了。是啊，几姊妹中我最大，我可以不为父亲想，我也要为母亲想，为下面几个弟弟和妹妹想。我只能对不住古哥了，反正我的身体已经不干净，让他恨我吧，但愿他过得比我好。古哥，你能原谅我吗？……

1992 年 5 月 6 日，星期三，晴。幺嫂来找我，说古哥痛苦到极点了，要我想办法去安慰一下。我说你这个狠毒的女人，你不是喜欢他吗？你去安慰啊！后来，我发现古哥和一个学生家长到了对门的羊肉馆里喝酒，我躲开了。过了没多久，听说幺嫂和古哥都喝醉了，我才让群欢去找古哥，把我原来写给他的那些信都带给他，并且又写了一封，同时把我悄悄给他纳的一双鞋垫也带去了。我希望他明白我的心，我也只能这样做，我只希望他迅速振作起来。其实，我也很痛苦，我看到古哥那个样子我就非常痛苦。我真的好想见到他，好想给他泡一杯茶，好想给他煮一顿饭，好想给他洗一次衣裳，好想给他做一切的一切，可是，我办不到。我只希望古哥见到我的信后能够好一些。现在，幺妹群欢来了，我想，她肯定带来了古哥的信。但是，幺妹说，古哥没有写信，我想，他是恨死我了，他现在一定很痛苦，我该怎么办？我只有悄悄哭，悄悄流泪……

厚厚的一本日记，才看了几页，我就已经看不下去。我想平静一下再看，细细地看，一遍又一遍地看，直到把所有内容都记得滚瓜烂熟。

群欢掉了太多的泪水，这一切，对于她来说，也许就是恐怖。那时，她还小，她只能朦朦胧胧地感到，她喜欢的那个姐姐和她喜欢的那个哥哥，都非常非常的不快活。

我轻轻拍拍群欢的肩膀，把她埋在我怀里的头扶起来，然后在她额头上轻轻地吻了一下。我知道，在群芳的日记里，一定记录着她与群欢的谈话，她一定是将我悄悄托付给了群欢。我想，此时此刻，对我看着长大的群欢，我只能这样给她轻轻的一吻。

"姐姐希望我……"

群欢紧紧搂住我，带着哭声，想说什么，我捂住了她的嘴巴。

"我知道你姐姐的想法，我也知道你对我的好，不过，现在我还不能回答你，真的。我只希望你还叫我哥哥。"

"不是，你听我说，十六岁的时候，也就是你送我进高中的那一天，我就想成为另一个姐姐。"群欢掰开我的手说，"姐姐找我谈过，说她给你写过便条，虽然很简单，你也没回答，但是她相信你已经接受我了。我对姐姐说，没有谁能够取代她在你心目中的位置，姐姐笑着说，群欢能，一定能……"

我发现群欢是出奇的平静，但是，透过她的平静，我还是感觉到了她震颤不已的内心。

我没有做出回答，我怕伤了她，就像当年伤了二婵一样。

（十三）

那一天为父母举行八十岁生日庆典，完全是几个姐姐的主意，因为她们的年龄较大，儿女都已经长大成人，有的成了公务员，还有的成了小老板，多半都已经成家立业。在几个姐姐看来，她们是父母的荣耀，父母的八十寿诞，自然应该办得风风光光。父母的生日前后有几个月的悬殊，大姐提议，以父亲的生日为准，所有人都同意。

就是这一天，发生了几件事。

第一件事是坎上幺嫂和三发三哥一起回来了。她在潘家场醉酒之后，三哥和她闹了很长时间的不愉快，接着，她又和乌梢蛇闹翻了。在她看来，我和二婵应该能够走到一块，虽然表示支持，但背地里却又总和二婵闹一些小小的意见，好在二婵都不放在心上。可是，我最终还是没有接受二婵，她就同二婵一起外出了，随后，三哥也走了，这一走就是将近二十年。今天，她打扮得非常时尚，满身珠光宝气，还戴着一副墨镜，俨然是一个富婆。然而，她脸上却布满了皱纹，木木的，别人和她打招呼，她总是非常迟钝，半天了，似乎还反应不过来。

实实在在说，我心里充满了矛盾，毕竟，我和群芳的生活是被她弄坏了。可是，都过去了这么长时间，而且，还是在父母八十寿诞这样神圣的时刻，我最终是迎了上去，喊了一声"三哥"，又叫了一声"幺嫂"。她同样没有反应过来，我又喊了一声，三发三哥向我摆手，那意思分明是说，你再叫也是没有用的。我看了一眼满头白发的三哥，有一种非常苍凉的感觉。我不知道，他们之间，或者是他们身上发生了怎样的故事，但凭直觉，我感到他们这些年过得很不如意。

接下来的一件事却让人更加瞠目结舌，和我分开也是将近二十年的二婵也专门来祝寿了，而且坐的是一辆据说是上百万的越野车，底盘是可以自由升降的。一个中年男人，白T恤，白裤子，白皮鞋，显得非常帅气，先走出驾驶室，再为二婵拉开车门，轻轻将二婵从车上搀扶下来。二婵身材保持得很好，穿着简洁而又开放，脸上堆满了笑容，一一和认识的人们打招呼，很随和，很亲切。

她和我握手，然后把她男人介绍给我："我老公。"之后，又把我介绍给她老公："我向你说过的，我的初恋，准确说，是我的暗恋。"

其时，群欢已经走到我身边，左手很随便地挽住了我的右臂。

"我猜，你是群欢。"二婵提高声音叫道，"我走的时候，还是小孩，现在都成年人了，而且，太像群芳了！怎么，爱上姐夫了？"

潘家场纪事

我想摆脱群欢的手，但是她挽得很紧。

"为你高兴，真的。"我说，"看来，你老公很爱你。而且，你老公仪表堂堂，帅气十足，应该还是个大老板吧？"

我发现二婵的眼里突然闪过一丝异样的光芒，她老公的嘴唇似乎也是颤动了一下。

每个人的内心都藏着外人不知道的故事。

我让群欢陪陪他们，我说，今天有点忙，迟一会，我们好好聊聊。

群欢调皮地说："哥，你放心，欢妹一定不负重托！"

我瞪了群欢一眼。

再过没多久，一阵鞭炮声响起，乌梢蛇十分吃力地用一只手提着一串正在爆响的鞭炮，另一只手护着扛在肩头上的一支大花圈一瘸一拐走进了人群，那大花圈上赫然写着一个很大的"奠"字。很多人立即把他紧紧围住了，还有人在喊："打他，打死他龟儿子！"

几个姐姐和我都冲了过去。

我的两个外甥首先动手了，他们把乌梢蛇紧紧按在地上，都高高地举起了拳头，那是充满了野性的拳头，是会要了人命的拳头。

我赶忙喝令两个外甥把乌梢蛇放了。

我站到了乌梢蛇身边，看到他瘦小的身材躺在地上，像一条虫一样在蠕动，浓浓的酒味向四周不断散发。

我把他拉起来。

"感谢你！"我说，"这支花圈我就收下了，如果你比父亲先死，我把它还给你。当然，如果是父亲先死，就当是你孝敬他老人家的了！"

"说得好！"父亲居然就在我身后，声音极其洪亮，"像是我儿子说的！乌梢蛇，既来之，则安之，来了就是客，入席吧！"

乌梢蛇自然不会入席，他急剧变形的身体颤抖了一会，慢慢从人群中走出去了，我看到了他的落寞和他的孤独。

吴寡妇此时也在人群中间，突然爆发出一阵尖尖的笑声，有点恐怖。

那一天母亲非常高兴，尽管走路已经不那么利索了，可还是要经常颤颤巍巍地跟在群欢身后，搞得群欢很不自在，不得不经常扶着她。几个姐姐也是对群欢热情到了极点，总要把群欢围起来，拿我开群欢的玩笑，然后一阵哈哈哈的笑声响起。

第二天天亮后，满天朝霞。客人都几乎散尽了，我对几个姐姐和父母说，我要去租条船，再游一游三县湖。母亲说，带上群欢吧，有她在，我放心。群欢非常感激地看了母亲一眼，抿嘴一笑，然后，伸出左手挽住我的右手。

我想，群芳走的那个地方，有一棵被淹没的大黄桷树。冥冥之中，群芳就站在那棵树上，深情地向我眺望，向群欢眺望。

我对群欢一笑，拉紧她的手，向湖边快步走去。

小河记忆

桂花马

（一）

四周都是山，山是紫红色的，紫红色的山上长着青葱葱的各种树木，零零星星地散布在每个角落。男人和女人们，此时就分散在山坡上挖红苕，能听见几首或悠远或高亢的山歌。太阳悬挂在西边的山头上，红彤彤的，像是刚从睡梦中醒来的女孩，有几分羞涩和腼腆。山脚下是一条小河，清澈得能见到水底的任何东西，甚至一根腐烂的鱼刺。水在跳跃着流淌，像是欢快的小女孩在拍着手掌跳绳。河面上有几座小木桥，小桥上人来人往，不是背着东西就是扛着锄头。还有一群小孩在河中光着胯岔摸鱼，他们的欢叫声同河岸上的几只水鸟的歌唱混在一起，显出一种清纯的热闹。

这是十八年前的故事了。那时，我走在河岸上，娣娣走在我的后边，一直走了很远。她也就十六岁或者十七岁，声音很轻，清脆而单纯，我老觉得是一首很抒情的诗。那个时候，我还没有单独和她在一起走过，甚至还没有和她单独在一起坐过。我得承认，我这一次来她家似乎名不正言不顺。所以，我必须去看看另外的两个学生——这是唯一的理由。可是，我不知道我要去走访的两个学生的住址，于是，娣娣的母亲就让她送我一段路。

河岸上有条堰沟，沟里流淌着透明的水，偶尔能够看见几条小鱼儿。堰沟起码有四里长，中间还要穿越几户人家，几条狗追着我们狂叫，最大的一条差点就飞到了娣娣的头顶上。也就是那一瞬间，娣娣一声惊叫朝我怀中撞了过来，我左手搂着她的身体，右手捡起一块石头狠命地砸向了那条凶猛的狗，吓得它慌忙间滚到坝子坎下。娣娣紧紧搂着我，魂飞魄散的样子。但这都是发生在瞬间的，她也许是突然意识到了什么，放开我，一张脸红得像是山那边的太阳。有几个小孩从什么地方跑过来，猛然爆发出浪涛般的笑：哈哈哈哈，哈哈哈哈！

我感觉自己也是脸红心跳，毕竟，和这个女孩才接触不长时间，而且，这是一个让人着迷的女孩。我让她走到前边去，我说我不怕狗。其实，我这个人一生就怕三种东西：蛇、雷、狗，尤其是狗。可是，今天却成了一个顶天立地的男人，有点英雄救美的味道。走到河岸上，我要蹚过河去了，虽然很想她再陪我走一段路，却又言不由衷地劝她回去，说你家里边的人可能等得冒火了。我已经过了河，她还站在对岸看着我。我向她挥手：你回去，注意狗，我很快！

原计划不耽误多长时间就回去的，没想到两个学生的家长却千方百计挽留；尽管我再三表示要走，一个学生的母亲还是给我煮了一碗糖鸡蛋——这是农村招待客人的最高礼节，如果客人拒绝，会给主人留下一种伤害。

回去，过了河，天已经打麻影了。我找了很长的一根木棒握在手中，胆战心惊地穿过几条狗的包围，顺着堰沟往前走。逐渐，天上升起很明亮的星星，但是没有月亮，因为是下半月，月亮可能刚刚才睡下不久。河水的声音依然十分清脆，给宁静的乡间增添了几分神秘的色彩。

（二）

娣娣站在河边一座小房子旁，手里拿着两支手电筒，显得有些兴奋，说已经等我很长时间了，还以为不回家了。她的那个"回家"令我非常感动，心里生发一种温暖，一种甜蜜。她仍然坚持要走后边，说这些地方的狗她都熟悉。我还是有些顾忌，毕竟，在农村，只有结了婚的男女才是男前女后，我怕别人背后舆论。当然，我是不便说穿的，并且感觉这似乎是某种暗示。我们往小河的上面走，那路是斜着的，要拐很多弯，还要经过一些人家户的坝子。我老是觉得有人在看着我们，他们的眼光显得非常怪异。娣娣似乎没有这种感觉，她一路上都是快活的，虽然声音不大，但是，没有停止说话。

娣娣家的房子坐落在一片稻田边上，东面、北面、南面都是人家户，从东面延伸过去便是一条小街。我妹妹家的房子与娣娣家的紧邻，都是土墙的，中间只隔着几棵梨树，梨树上挂着一些梨子，据说要等到冬天才能成熟。娣娣家的人都坐在土坝子里，我妹妹也坐在他们中间。见我们到了，全站了起来，除了妹妹以外，都叫我老表。

娣呀，快去打洗脸水，老表都走累了！娣娣的母亲这么叫着，端了一盘瓜子放在我面前。

娣娣的二哥给我装烟，并点燃打火机让我点上。一个小女孩，花枝招展的，一蹦一跳地给我端了一杯茶来，说：老表，喝茶。小女孩的声音格外甜美，简直像是刚从水中轻轻捞起来的一片青菜，有一种让人想一口吞下去的感觉！妹妹自然十分兴奋，在她的眼里，我一直是她的骄傲，也一直是她的救世主。她给我打过招呼就走进娣娣家的厨房，去帮忙了。相对沉寂的是娣娣的四妹和大哥大嫂：大哥打了招呼，只顾抽烟，始终没说话；大嫂打了招呼，进了自家的房子，不再出来；四妹干脆是没有打招呼，也不说话，进进出出都是不声不响。娣娣打了洗脸水放在我面前，又找来香皂、毛巾和拖鞋，然后在我身边立定，轻轻说：老表，你试试水，烫不烫？她的声音带着特有的韵味，很像山间的泉水，透明，清爽，情深意长，让人感觉浑身舒畅。

吃饭了，一家人都坐了过来，十来人挤了满满一桌，娣娣就靠我身边坐下去，端着碗，并不挑菜，只很慢很慢地往嘴里刨饭。她的两哥哥两个就劝我喝酒，我其实不喝酒的，但是却因为开心，便很爽快地接受他们的敬酒，一连喝下了好几杯。桌子上摆着豆花，是刚刚做出来的，特别鲜美。见我只喝酒不动筷子，娣娣就往我的海椒碗中添豆花，并且，提醒我：你要吃菜。她的声音仍然是那么轻柔，很温情。我感觉得到她出气的声音，甚至似乎能听到她的心跳。我很快就有些醉意了，说话都有些吞吞吐吐了，端杯子时手有点发抖。娣娣说：你们不要劝了，老表不行了……接下来，她问我：我给你装饭，好不？

我已经醉了，吃不下了，摇摇晃晃地站起来就往外面走。娣娣赶忙放下手中的饭碗，站起来双手扶着我，随我朝门外走。我坚持着不吐出来，可还没有走多远，感觉胃里就翻江倒海了，哗啦一声，吃进去的东西都倾洒在坝子里；接着又是一阵翻肠倒肚。娣娣给我捶背，身体紧紧贴着我。我听到大家走出来的声音。娣娣的母亲叫小女孩给我端来一碗酸醋，说酸醋是解酒的。妹妹递过来一张毛巾，娣娣用毛巾给我揩了嘴巴，然后扶着我站起来，端了酸醋让我喝下去。她的动作细腻而周到，喝着酸醋时，竟然有泪水流出了眼睛，也许是因为酒的作用。

（三）

20 世纪 80 年代末的秋天是美丽的，是因为那条小河，那条小河边上，住着美丽的娣娣，美丽的娣娣十六或者十七岁，一个美丽的年龄。

我那时二十五岁，结婚两年，有一个可爱的儿子。我的妹妹在我结婚后，来到了小河边，与一个叫作成成的男孩结婚了。妹妹那年十九岁。十九岁的妹妹不懂事，在她的心目中，以为自己真正找到了白马王子。她没有办结婚手续，因为她的年龄还小。她是逼着我给她办结婚酒的，她说，如果我们不办酒席，她就直接去了。无疑，我们受到了前所未有的威胁，我们自认为是一个有些脸面的家族，我们丢不起人。所以，那年夏天刚刚来临，我们就匆匆忙忙地给她热热闹闹地办了几十桌。但是，我们给她置办的东西实在太少：一套小桌子小板凳，一套大桌子大板凳，两张床单，两条毛毯，四床被盖，外加两口洗脸盆，还有少量家居用品。就是在她即将告别我们的时候，大姑妈、二姑妈、大姐她们突然发现我们给妹妹的嫁妆少了一只茶盅，于是找我的不依。其实，她们之所以不依，完全是觉得我们给妹妹的嫁妆太少或者是太简单。我妻子觉得委屈，那些东西，包括桌子、凳子、床单、被盖、毛毯等什么的都是她父母亲陪嫁的啊！父亲理解我们的苦衷，他出面说公道话：这是秀秀她自己造成的，莫说家里没有，就有也还要时间准备呢！父亲的话对于她们永远是圣旨，她们不再说什么了，但是，她们的心里绝对不服气。好在妹妹并不计较这些，她说，要有是命上有。这句话其实是父亲经常引用的，现在成了妹妹安慰别人的话。那一段时间，妹妹很清楚我都跑了多少地方，都求了些什么人，可是，对于穷人，要借点钱确实是非常艰难的。而且，那些不愿意借钱的人还总要说：这个秀秀也不像话，也要看到哥嫂的困难哪！

妹妹嫁过来之前，我到过成成家，这成成的确是个长得非常帅气的小伙子，而且，很懂得礼貌，说话也很甜。不过，他的家庭就成为问题了：四兄弟就守着三壁土墙房子，那房子裂开了许多口子，宽的地方能够钻得进去人。他的父母都已经六十多岁，成天的不干活，还抽烟喝酒。他家，房子里所有的家具都糊满了灰尘，坐下去就会粘得满身都是。吃了一顿饭，那饭好像是经过精心准备的，羊肉、鸡肉、腊肉、鸡蛋一应俱全，而且，成成还专门准备了啤酒——那可是小街上买不到的。为了这顿饭，有个女孩专门过来帮忙，我们吃饭的时候她走了，走之前叫了我一声"老表"，还叫我父亲"表叔"。妹妹结婚，她曾到我们家"过礼"，也许是太忙，或者是因为我们那地方本身美女太多，我居然没有注意到她，后来，她经过妹妹介绍，说要到我班上读书，我才发觉原来她是那么一个令人倾倒的女孩。

她是妹妹带到我家的，给我们家的礼物是十多斤糯米和一块腊肉，这在我们，可是第一次收到这么贵重的礼物。我表现出了少有的热情，亲自做了饭留她们吃，并且还做了不少菜。娣娣对我的孩子表现出来的热情让我非常感动：她亲自兑了牛奶喂了，又背着他上街买东西。妻子到家的时候感到了惊异，她对我的热情大概有些不满，所以很少说话，甚至对妹妹也是不冷不热的。妹妹和娣娣一走，妻子就睡了，把孩子扔给我，说是她头痛。

娣娣在我们学校只读了一个月的书，然后就退学了。在这一个月的时间里，她经历了很多风波：首先是街上几个捣蛋的男生给她写信，公开求爱；接着是班上的男生因为争风吃醋而打群架；再过一段时间，是学校的一个老师的儿子把她打伤了，原因是她骂了这个男生……就是这一连串的事故让我发现了她的美丽，我甚至因为这个而烦恼。她退学的那一天下了很大的雨，她走到我门口满脸都是泪水，说：我不读了。我还没有反应过来，她已经冲进了操场，冲出校门，消失在雨雾里了。

我就是这一天走进她们家的视线的，或者说，我因为这件事闯进了她们家的生活。多年以后，我才发现，这件事情对她甚至对她们家都产生了很深刻的影响。

从学校到她们家要走一个半小时的山路，这是在晴天；如果遇上下雨下雪天，就要走更长的时间了。然而，我还是在放学之后，撑开雨伞，背着孩子去了娣娣家。我给妻子留下的话是妹妹家有事，我明天回来。我的突然到访给娣娣家带来一种喜庆，他们认为，不管娣娣还读不读书，我这样关心娣娣，已经让他们非常感谢了。他们要煮饭，我说不行，因为，我还是第一次到妹妹家，必须在妹妹家吃。娣娣就跑到妹妹家帮忙，虽然很少和我说话，但却没有立即离开的意思。妹妹家的房子实在非常窄小，厨房就是客房，娣娣和妹妹忙碌的身影就一直在我的视线中长久不消失。妹妹不知道对娣娣说了什么，娣娣笑了很长时间，但那不是敞开胸怀的笑，而是一种羞涩的笑，一种甜蜜的笑。这样看来，她的退学，似乎没有什么更为深刻的原因。可是，不管怎么说也是有原因的。饭后，我终于提到这个话题，但是娣娣要么是不回答，要么就是抿着嘴笑，微微露出几颗雪白的牙齿——那可是让人心动不已的笑。

妹妹家没有多余的房间，我只能住在娣娣家。一岁半的儿子一直在妹妹和娣娣的怀抱之间传递，经常被逗得咯咯咯的大笑。小家伙已经非常熟悉娣娣了，最后居然在她的怀里沉沉地睡去了。那个时候，全家人都睡了，我却不想睡，最重要的目的是要劝娣娣回去读书。但是娣娣不表态，直到我已经找不到话说了，她才说：以后，我喊你老表，不喊你老师了，要得不？

我是感觉娣娣的话有什么潜台词，但是，我没有沿这条线去发展，而是希望能够得到娣娣回去读书的回答。娣娣把孩子抱到了自己的房间，说她保证他不哭。之后，她找来她哥哥的衣服和鞋，要我换下衣服鞋袜她洗，说放在火边很容易就烘干了。

那天晚上娣娣似乎没有睡，我躺在床上，一直能听到娣娣进进出出的声音；而且，有几回，我分明听到她母亲喊她睡，可她说：老表明天要穿，人家要转去上课呢！

天刚刚亮我就起床了。娣娣没有在客房里边，正在厨房忙碌，我的衣服被整整齐齐地叠在一条凳子上，白色回力鞋放在凳子正前方，里面有一双崭新的鞋垫，用红丝线绣成"双喜"图案。衣服和鞋子上都散发着一种芬芳，是女孩子们常用的香水味。我把衣服穿好，娣娣端了一盆热水出来让我洗脸，转身进了厨房。我想问的话题没有能够进行，正在茫闷之间，听到孩子叫"爸爸"的声音，接下来又听到他叫了一声"嬢嬢"。娣娣的动作很快，还不到十分钟，她已经给孩子穿好衣服，并且抱到坝子里让孩子撒尿。我趁机跟出去，站在一边。

不读了。——你还来吗？

这是我走之前她说的一句话，也是那天早晨她说的唯一的一句话。我把孩子抱过来，娣娣的母亲和哥哥各自走出自己的房间，妹妹也从另外一边过来，好像是急着来送行的样子。我和他们说了几句话，娣娣已经摆好一大桌子饭菜，其中还有一盆炖腊猪脚——这是她忙碌一个晚上的结果。

第一次到娣娣家，她留给我的印象很深，直到今天，甚至到我生命行将结束的那一刻，我都不会忘记。

（四）

我第二次到娣娣家，可以说是个意外。

这是农忙季节，学校放农忙假，一放就是二十天。我把孩子送到妻子娘家，在那里住了两个晚上。我是干农活的一块好材料，也乐意干。但是，干了一天下来，我岳父岳母开始唠叨了，话题是从我们老家开始的。他们说我们家的人没有一个争气的，其中包括老的。他们说的其实也是事实，但是他们说话的方式让我很难接受，特别是矛头对准我父亲的时候。父亲常年在外边赶场卖药，钱没有找到，却是经常喝酒；光喝酒倒也不算什么，问题是喜欢跑到我岳父家，话特别多，又说得不上桥。至于三弟，更是不成器，东游西逛，到处欠账，都二十多岁了，连个婚姻也无法落实。当然还会说到我妹妹，说她就是不听话，人牵着不走，鬼牵着却走得飞快……听不惯，我就只好自己早早地睡去，甚至对妻子都不说话。然而，妻子还是觉得她父母说得没错。我感觉受不了，压抑。可是，妻子

小河记忆

却穷追不舍了：你以为你就好厉害，这几年，要不是我们家，早就该要饭去了！这是实话，我们吃的米、吃的油甚至包括盐巴都是妻子父母家支持的。可是，我的的确确不想这样，我听不惯别人颐指气使的那种态度：似乎是你已经丧失了人格，你没有了任何申辩的资格！

我早上起床就走，妻子问我到什么地方，我说，走到什么地方算什么地方，也许是死在外边了！她力图拦着我，并解释说，那些话也是真话，哪个都没有外意。可是，我还是孤独地回了老家。父亲和三弟都不在，大哥也随了父亲在外面卖药，大嫂对我的回家似乎不欢迎。毕竟，大哥大嫂是各家门你家户的，我留下来也是名不正言不顺，吃了一顿饭，我就回学校。学校住了两三家人，我和他们的关系历来不好，住了一个晚上，心想可以到娣娣家去。

想到娣娣，我整个晚上都非常激动。我不知道娣娣家是否欢迎我，也找不到一个恰当的理由。一年前，娣娣退学了，这一年多，我虽然多次想到她家，却总觉得很不妥。大约是两个周前的一个星期天，我去了妹妹家，但是妹妹赶另外一个场去了，成成也不在，只和成成父母打了一声招呼。我没有看见娣娣家的人，隔老远发现她们家的房门紧闭。已经到了农忙季节，估计她们家的人全部上山了。在小街上碰见一个学生家长，他邀我去他们家，我就顺水推舟去学生家了。现在我担心的首先就是见不到娣娣家的人，其次是怕人家不理睬，害怕别人说闲话。所以，我必须找到另外的理由：是家访，顺便经过，来看看妹妹。

但是，我完全想错了，我的突然造访让娣娣一家人兴奋异常。虽然我说是来看看妹妹，同时还要去看看两个学生，但娣娣家的人似乎不希望是这样，他们更愿意相信我就是专门到他们家的。吃饭的时候，娣娣的母亲就开始安排了：娣你就跟老表带路，老四你就推（磨）豆花，军军你就去找厨子（屠户）。似乎安排得还不够明确，又说：军军你必须买到肉，娣你要把老表跟我接回家来！老人的话说得很轻，却很坚决，让我感觉心潮澎湃。这样的待遇实在太让人吃惊，在妻子家，她家没有给过我这种待遇。

于是，我喝酒醉了，而且，差不多是醉倒在娣娣的怀里的。我被搀扶到沙发上，躺下，娣娣用一块湿毛巾敷在我的额头上，又化了一杯蜂蜜茶，用汤匙喂我。我后来才感觉自己特别笨，我那时居然没看出一点什么端倪。

第二天早晨我才醒来，睁开眼睛，一个小女孩站在我的对面，看着我笑。她八九岁的样子，一脸灿烂，那眼神活泼到了极点。

你笑什么？

我想喊你哥哥……

为什么喊我哥哥？

三姐说，我要叫你哥哥……

三姐？

三姐都不晓得啊？就是娣娣姐姐啊！——我们还有哥哥，好几个呢！

有几个？

我们本身的哥哥，两个；还有三个哥哥，一个是大姐家的，一个是二姐家的，还有三姐家的……

你三姐家的？

是啊，河对门的，经常来。

我从沙发上坐起来，感觉很难受。我不相信娣娣已经有了男朋友，但是小女孩的话已经说得很分明。我突然感觉自己非常可笑，人家有男朋友是完全正常的，与你有什么相干？我点上一支烟，猛抽几口，吐出一排烟雾，感觉嘴巴里边很苦很涩。

你三姐呢？

她上街了，马上转来了。三姐说，以后我可以跟着你读书，是不是啊？

我问：你读几年级？

小女孩响亮地回答：三年级！

我说：等你上初中了，我就带你，好不好？

小女孩说：好，好得很！

娣娣一脚走进门来，递了一包烟给我，然后走进厨房，给我打好洗脸水，端了过来。我真想问问小女孩说的话是不是真的，但终于没有说出来。小女孩还看着我笑，她的眼神显得更加活泼起来。

幺妹她就喜欢胡说八道，她肯定又乱讲了……

我答应她要带她读初中。她好可爱。

她最小，一家人都在惯她，都惯坏了……

她说她要喊我哥哥，她说她有好多哥哥……

娣娣没有再说，她的脸绯红。我洗完脸，她就端了水走开。这时，妹妹来了，她让我去她家吃饭，说成成听说我来了，就赶回家了，正在街上买东西。娣娣出来，说她们家早就安排好了的，没必要过去，干脆大家都过来。妹妹就一把把娣娣抓过去，在她脸上掐了一下，说，你如果没有那个人，我真想给你介绍一个。娣娣结结巴巴的：老表姐，你……烦不烦？你……要死……

我感到心里很慌乱，似乎有什么东西要在里边爆炸了。我知道，妹妹的所谓介绍，大概说的是三弟。其实，三弟是没有这个条件的，三弟的名声很臭，甚至我们家的名声也很臭，因为没有钱，因为地区条件很不好。但是，娣娣肯定误会了妹妹的意思，她也许是以为妹妹是要把我介绍给她了。其实，妹妹是绝对不会这么想的，我妻子在她心目中的地位是崇高的，她或者还会以为娣娣与她的嫂子比较是不够格的。但这些都是其次，我已经完全相信，娣娣的确已经有了对象——它或许真的与我无关，可是我还是接受不了。

（五）

吃饭的时候，尽管妹弟成成是那么热情，我始终没有口味，饭吃得很少，也很少说话。妹妹以为是我昨天晚上喝多了酒，要成成给我买药。我勉强吃了几粒药，又去了一个学生的家。这是一个叫蔡敏敏的女生，她爸爸在省城当工人，她妈妈在一间村级小学教民办。这样一个家庭在当地是很显赫的，让人羡慕的。就因为这样，蔡敏敏才有更多的机会读书。她是和娣娣一起到我班上的，她的决心很大，她说她的目标就是要考上中师或者中专。她妈妈的热情让我非常感动，虽然是农忙季节，但还是坚决要留我住一天，并且，专门杀了一只鸡。蔡敏敏个子不高，但是有一对非常漂亮的眼睛，又圆又黑，透着一种活泼。只是她的成绩不好，甚至可以说有点糟糕。不过，她很努力，在学校，很少看见她在教室外走动，我经常看见她趴在桌子上，十分认真地做题或者读书。她很少说话，与男生之间似乎更是没有往来。学校的女生很少，班上只有四个，还是最多的一班，有的班级甚至没有女生。所以，她在学校是很受关注的，老师们都非常喜欢她。可是，就因为这样，后来居然有传言说她和代课的英语老师有那种关系。

蔡敏敏的家在一座小山下，门前是一条小溪，后面有许多稻田。稻谷已经收割完毕，不少男女正在犁田，听得见他们欢快的叫声，甚至能听见他们打闹的声音。我记得很小的时候，我们老家的男男女女就喜欢开玩笑，甚至男女之间还经常滚在一起——往往是越好战的男人，他们越容易被女人们"筛糠"。看见这种场景，小孩们都格外快活。我们还能听见他们对唱山歌，什么"包谷秆来包谷包，包谷长在半山腰，心想伸手摸一把，又怕有人捅我刀"之类的。我们那时不懂他们唱的都是什么意思，但就是感觉欢快，感觉舒服，直到今天，我都还想起那种时光，想起那些歌谣，想起那些热闹的场景。现在，听见这些声音，我心里就感觉甜蜜，一种淡淡的乡情在心里聚集起来，我甚至都想加入他们中间去，再去领悟那种热闹和欢快。所以，我不由自主地就沿着一条小路走了过去，远远地看见那一层一层的田中间，许多人和牛都在忙碌，但是，喊叫声却充满了激情，在明亮的太阳光下，似乎闪耀着一种光芒。猛然，我看见一个四十多岁的男人，放下手中的犁头，解开裤子就开始撒尿，一面还高声喊叫：好安逸哟！有一个女人喊道：你再吼，割下来喂狗！于是，就有另外的女人应和了，同时也有了另外几个男人放肆地吼叫。

那个就是娣娣的爹。

不知几时，蔡敏敏就站在了我的身边，用手指着刚才撒尿的男人。

娣娣的爹？

就是她男朋友的爹。

我的心情突然一落千丈，默默地走了回去。蔡敏敏是不会想到这些的，所以，她在我后边还不停地说着：娣娣是去年订婚的，我不晓得她为什么就轻易地同意了，可能是认为人家有钱吧……

回到蔡敏敏家，我感觉身体很不舒服，蔡敏敏让我躺一会，并把我带到堂屋里。我躺下不久，蔡敏敏的一个弟弟和一个妹妹走了进来，隔老远的看着我，悄悄地笑。男孩可能只有四五岁，女孩可能六七岁，穿得非常整洁，显得非常可爱。他们走了之后，我就迷迷糊糊地睡着了，后来被蔡敏敏叫醒，说是娣娣来了。

是下午两点。娣娣站在蔡敏敏家青石板的坝子里，背朝小溪，一动不动。我出门的声音大概惊动了她，她转过身来，一张脸红彤彤的。我发现她身体原来非常修长，胸脯高高挺起，红色毛线背芯里面是一件乳白色衬衣。从来没有这么近距离地打量过一个女孩，我有些激动，刚才沉寂下去的热情被突然调动起来。

我没有在蔡敏敏家住，吃过饭后就往娣娣家走，娣娣仍然走在我后边。但是，我们都没有说话，我因为激动而找不到话说。娣娣也没有说话，不知道是不是也是因为激动。我们所走过的地方都有许多男女，或是在挖土，或是在犁田，或是在往土里丢粪。有认得娣娣的，娣娣总是首先向他们打招呼，不是表叔爷就是表叔娘，不是老表哥就是老表姐。我感觉那些人的眼光都特别奇怪，说话的语调也很奇怪。娣娣的声音是颤抖的，似乎有某种心虚。昨天我们似乎才认识，但是我们的认识却让我留恋，让我感觉甜美。现在，我们应该是非常熟悉了，可是熟悉之后我们反而显得别扭了。

我们是沿着小河走回去的，河水的声音仍然非常清脆。河沟里有小孩在捉鱼或者打水仗，是那样欢快。太阳光十分柔和温暖，天空中的白云悠远而宁静。几面的山坡上，影影绰绰的男男女女，在叫，在唱，在喊号子，听得不太清楚，但是没有压抑，没有哀伤，只有激越，像是在尽情地释放疲劳，而这种释放就是一堆燃烧的火焰。西面的天空，大片的红霞像是炭火一般，在高空里飘游。

我喜欢你们这个地方。这是我说的第一句话。

我不喜欢，落后得很。娣娣说。

以后打算怎么办？

我在学打衣裳……明天赶场，我在街上……

我又没话了，我不知道该是表示祝贺呢还是表示反对。多年以后，我才觉得当时自己有多笨。学打衣裳，明天赶场，我在街上。这几句话现在我觉得是有深意的，不应该是胡乱说的，我起码应该表示祝贺，或者还要夸赞几句。然而，事实是我一直沉默，心里边无缘无故地有些难受。

到娣娣家才坐下来，一个家长来找我了，说是他家儿子已经麻烦我半年了，既然来了小河街，也应该到他家里坐一坐。这是个披着黑色呢子大衣打着黑底红花领带的男人，显得非常气派。他一边和我说话，一边就伸手在娣娣的脸上拍拍，那神态，好像与娣娣格外亲近。娣娣也抬起脚在他黑色的皮鞋上踩了一下，接着就走进屋里去，给我们端来一条长凳子。我坐下了，男人却没有坐，而是一把拉着娣娣的手，要她给他擦鞋。娣娣挣开说：呸，你想得美！

不知为什么，我居然有一种要爆炸的感觉，站起来走进了厕所。透过厕所门缝，我看到娣娣正和男人说着什么，娣娣又往男人身上拍了一掌，还喊道：你烦，烦死了！那神态，好像是男女之间在调情。

出了厕所，男人就强行抓着我要我去他家，说是等了我半天了。本不想去的，娣娣却说应该去，吃饭时她去接我。但是，刚才的情形却让我难于忍受，所以我还是拒绝了。多年以后，我和娣娣说起这件事，娣娣笑得前仰后合：你好烦喽，人家说什么呀，人家说你不错，说你将来要做大事，所以他说他要动员你离婚，叫我千方百计和你结婚。但是，当时我确实不是这种理解，如果不是理解错误，也许什么都变了。

（六）

我学会喝酒就是这一段时间。

那一天吃完早饭，娣娣的母亲就对我说：陪不了你了，老表你可以和娣到街上走走。她的声音里有一种十分亲近的语气，好像我就是她的儿子一样，而我和娣娣就是两兄妹。我是十五岁的时候失去母亲的，我感觉在她的身上我重新体验到了什么是母爱。娣娣没有表示什么，看了我一眼，红着脸就走进自己的房间收拾东西。妹妹过来，说她要上街摆摊了，问我上不上街。我说，要回学校。不知为什么，我居然说出一句言不由衷的话来，我压根就没有想过要回学校，况且回学校也没什么事情。然而，既然话说出口了就不能更改了。如果是现在，绝对是不会出现类似错误的，即便是模糊了，说错了，也还是能够弥补的。可是，当时我就坚持要回学校，尽管大家千方百计说服我不走，我还是一定要走。其实，我是希望娣娣能够站出来挽留的，可是，她进进出出的，就是不说一句话。

事实上，一走到坝子里，我心里就空落落的了，也不知道自己该到什么地方去。到岳父家去，我不愿意；到老家，父亲不在，三弟不在，大嫂又不欢迎；回学校，去了连吃饭都没有着落；至于到别的地方，一方面没有恰当的；另一方面是身无分文。我茫无目的地来到了街上，街上已经摆了很多摊子，还有了很多赶场的人，不少人都热情地和我打招呼：他们绝大多数是学生家长，或者是以前的熟人。有的是装过烟就走了，有的却要陪我喝酒。有几家在赶场天专门卖饺子、抄手或者羊肉的小馆子，我就随这些家长坐到了里边，胡乱地吃点东西，再接受大家的敬酒。这样地陪了几个人，我很快晕晕乎乎的了，走出店门，整条小街都似乎旋转起来。我不敢再逗留，从场口的西边走下去，来到小河边，坐在沙滩上，拼命地吐了一回。

回到学校感觉格外空虚，只能躺在床上看书，或者是趴在办公桌上胡乱地写画。我住的是一间不足十平方的砖木结构的小房间，房间里放置了一张床，一张办公桌，一张小方桌，几条小凳子，还有一个较大的木柜，木柜上叠放着两口木箱子。由于是用教室隔成的，木板之间有很大的缝隙，外面能看见里面，里面也能看见外面，所以就用报纸糊了一层又一层。有两道房门，一道是进出用的，一道则是连通厨房的。说是厨房，实在也很难说得上，那是一条不足一米宽的供老师们进出的巷道，我在距离窗户两米的地方用几块门板拦住，再在紧挨窗户的一面打上一个煤灶，砌上一口小水缸，另一面安放一张条桌，条桌上放一张条桌，菜板就放在条桌与条桌之间，算是有了厨房的规模了。我和妻子结婚后的财产就全部堆放在这两个间房里，妻子就在这小小的房间里生下了儿子，一个家庭很简单地正式成立了。

我是不喜欢在外边乱走的，我平常最大的爱好是看书和写作。我承认，我的写作很糟糕，好几年了，居然没有在任何报刊上面发表过一个字。所以，人们叫我作家，那是绝对不怀好意的戏弄，或者是一种讽刺。可是，我还是乐此不疲，暗暗地写下了好多废稿纸。我的东西只拿给学生看；如果是朋友，也可以看；如果是县里面下来的，或者是我觉得有点"水平"的领导，那就另当别论了。不过，很多领导是不看的，即使是瞟上一眼，也觉得很费劲，还要说我想得天真：作家是你当的吗？这种教训有过几次，但是，我却不能引以为戒，每每要把自己写的那些不正经的东西翻箱倒柜地找出来；如果庆幸得到某个领导的一声夸赞，尽管这种夸赞很不可靠，我还是会激动万分的。我喜欢写，渴望着有一天突然一举成名天下知，那样，我的境遇就彻底改变了。我给省城两个作家写过信，他们是全国知名的作家，他们的小说改编成了电影，震动了全国，其中一个还在国际上获了八次大奖。他们是一家著名刊物的编辑，大红大紫。然而，他们给我的回信都很短，只说最好多读书，多练习，不要急于投稿，如果退稿次数多了，很打击积极性。我想，他们说的都自然没错，我自信有一天我会证明给所有人看。有这样的痴迷，我就要每天写上几千字。

从娣娣家回来，我开始乱写乱画一阵时间之后，突然觉得应该写写我和娣娣的事情：当然有很完美的结局，但是却经历了许多风雨，经历了许多磨难。我想象男主人翁家庭环境很糟糕，尽管才华横溢，却受到许多歧视，甚至受到各种打击排挤。他有别人所不知道的理想，他也相信未来不久自己将成为一个很厉害的人物。但是，别的人并不这样去看他，只把他看成是个有神经病的人，包括他的妻子和妻子的家人。他妻子是另外一个县的国家干部，看不起自己的丈夫，甚至后悔选择错误。只有一个女孩理解了他，支持了他……我当时这么去构思，然后一口气写下去，到中途的时候，居然哭起来。（现在，这篇稿子早被学生拿丢了，但是，我没有遗憾过，那毕竟是一篇胡编滥造的东西。）

我一直写到天黑，手指很痛，肚子也饿了，同时，还发觉无法再编下去。我跑到街上赊了一包烟，卖烟的在我背后说：没钱就不抽，真是！这句话我听清楚了，真想把烟还回去，然后挺直腰杆大叫：我虽然人穷，但是我志气不短！可是，我已经早把烟撕开了，迫不及待地点燃了一支，不可能还回去。这真是一种污辱，我难受得就想哭。

我是在学校边上碰见管后勤的李老师的。他的年龄比我略大一点，在师范的时候高我一级。准确地说，我对他没有好感，因为他实际上是个华而不实的人，教初二语文，经常出现知识性错误，又不认真，所以，学生非常反感。可是，现在碰上他，我又必须巴结他了，因为，我想找他借点钱。我不好直接说，转个弯子请他吃饭。所谓吃饭，很简单地就是找户人家，买只鸡或者买点什么的，然后让主人帮忙煮点饭，另外开点钱。因为街上没有饭店，年轻人就常常采取这种办法，其中也包括李老师。这是个约定俗成的规矩，你请吃饭，你就得买鸡买酒，让人家感觉是开荤了。但是，李老师说他要去小河街送葬，他外公死了，他邀约我一起去。我忐忑不安地对他说想借点钱，他非常爽快地就给了我二十块。这在以前是不可能的，因为二十块不是一个小数目，我又是一个长期的欠账户。接下来的事情更让我受宠若惊：他让我到他家里吃饭，并且反复劝我喝酒，很快就把我喝了个一塌糊涂。我是怎么随他到了小河街的，我已经记不清楚了，但是送了五块钱的礼我却记得，事后我感到非常后悔，因为心痛。

也就是在小河街，我又碰到了娣娣，她和妹妹都在那里，因为是地邻，红白喜事大家都会站拢来。我根本没有想过会遇上她们，遇上她们我的酒就醒了一半。可是，我还是遭到妹妹的谴责，她痛心疾首地说，怎么会一家人都喜欢喝酒。她说着说着就哭起来，好在娣娣在边上劝才没有继续下去。后来是小幺妹过来让我到她们家去，说是她母亲让她来叫我的。我看不出娣娣的表情，她甚至没和我打招呼。所以，我非常迟疑，觉得自己这么醉醺醺地去她们家还是显得不好。直到酒醒了大半，小幺妹又来了，说是大家等吃饭。

娣娣家有很多人，桌子边还坐着一个五十岁左右的男人，十分慈祥。他身边坐着一个胖胖的男青年，脸相长得有点怪，似乎骨头是骨头肉是肉。老人一边装烟给我，一边介绍自己，我才知道他是娣娣的父亲，在区里的食堂当厨师。男青年有些扭捏，几乎没开过口，后来我才醒悟他就是娣娣的男朋友。我发现这个秘密之后，格外难受，坐了大约二十分钟就要告辞。一家人都挽留我，我却坚决要走，比早晨坚决。娣娣的母亲只好让娣娣给我找电筒，并让娣娣把我送过河去。

（七）

我怀念小河与那个晚上有关。

那个晚上有些清冷。虽然小河街上的锣鼓声时断时续，小河的流水声也非常清楚，可是，我感到的是无边的清冷。这是接近农历十月的时候，乡村里没有月光，也看不见灯火，甚至听不到别的声音。我们没有经过小街，而是从几家人户的房子边通过，在很窄很窄的田坎上七弯八拐地往河边走。我们一前一后，两束电筒光在茫茫的山间移动，显得非常微弱。还是没有说话，似乎大家都找不到适合的语言。我感觉得到娣娣喘息的声音，那种声音格外沉重，像是那里面装着一块巨大的岩石，怎么也扛不动。我边走边抽烟，电筒的光芒中烟雾缭绕。我们都可能没有搞清楚这个夜晚的含义，因为我们无法穿越一条什么界线知道对方的心声。多年以后回忆从这个晚上开始的以后的若干个夜晚，我才发现自己或者娣娣错失了最美丽的时光。其实，如果有谁能够大胆地向前走一步，一切都会发生变化。可是，我们都是那样单纯，像河水一般的单纯。

我们来到了河边，不由自主地都停止了脚步，静静地站立。我没有转过身去，娣娣也没有朝前走。河水的声音非常响亮，很欢快，很活泼。多年以后我才发现这河水原来是一首诗，有青春的灿烂。然而，当时，我回想当时，我的心里一定充满了哀伤，一定充满了失落；而娣娣的心中，也一定绝望到了极点，所以河水的歌唱完全被我们忽略了。我想，当时，娣娣一定是哭起来了，她不会不哭，她的眼睛里一定是泪水盈盈。但是，多年后，娣娣否认她当时哭过，她说这一辈子她几乎就没有哭过。她一定是忘记了当时的情形，我们站了那么长的时间，在那宽阔的河滩上，两个相互爱慕又不能倾吐心中秘密的人在一起，立即要分开了，没有谁不会感到难过。我记得当时我的眼里好像就有什么东西要拼命地挤出眼眶，那是泪水吗？

我说：你回去吧，你家里还有客人……

娣娣没有回话，也没有动。

你回去……有机会到学校……

我又说，我想，我该走了。

你……还来吗？不忙的时候，我在街上打衣裳，赶场天也在……

娣娣的声音是颤抖的，还是很轻，很轻，有一种惆怅，一种茫然。

你……不要……再……喝酒了，不要……

我转过身去，真想拉拉她的手，甚至拥抱她。她本能地转过身去，背对着我，我的电筒光中，她的身体明显有些晃动。我伸伸手，又触电一般缩了回来，再次转过身，卷起裤腿，挪动了脚步。娣娣再没有说话，只把电筒光朝我走动的方向射来。我的脚踏进了水里，水十分冰凉，那种冰凉似乎直接浸入骨头中了，每往前边走动一步都十分吃力。娣娣的电筒光依然照着我前边的水，正好重叠在我的电筒光芒之上。河道很宽，水也越来越深，慢慢地就漫过了我的膝头。河面上卷起了微风，那风直往我的身体里面钻进去，我禁不住打起寒战。脚底下有许多小石头，硌得我的脚异常疼痛。娣

- 198 -

娣的电筒光明显地弱了下去，后来就逐步地消失了。风大起来，还夹带着雨丝，像针尖一般扎在我脸上。我很艰难地上了岸，风一吹，我光着的脚和小腿就像是踏进了冰河里，骨头里边也像是突然刮起了寒风。雨渐渐大起来，我的头发很快湿润了。我终于穿上了鞋，放下裤子，吃力地挺起腰杆，转过身，猛然发现，河对岸，娣娣的电筒光仍然还朝着我这边，昏黄的光亮，像是夜空中凝固了的一只萤火虫。真想喊叫一声：你走啊！但是，我们之间的距离太远，河水的声音和风的声音又足以盖过我的声音。情急之中，我举起手中的电筒，朝着河对岸摇起来。那边立即有了响应，娣娣的电筒在空中转成很圆很圆的圈，越转越快；我这边也转起圈来。我的手摇得生疼，速度慢了下来。但是，对面没有停止，好像就要那样的一直转下去。很长时间，那圈终于变成了一点，从高处往下跌落，最后一动不动了。我真想蹚过河去，但是最终还是没有，呆呆地站立很久。

我朝山上走。半山腰上有一条公路，要爬很高很高的坡才能上去。我走几步又回过头去，对岸河滩上的光亮像已经凝固，始终不动。雨水顺着我的脸往下流，风卷开我的衣角往我身体里钻。小河街上响起一阵鞭炮声，接着又是一片声的锣鼓和唢呐响起：那声音十分苍凉，像是从遥远的古代走来。从高处往下面看，那边的山脚下，那一点亮光仍然还在，只是已经若隐若现。来到半山腰，上了公路，再朝下面看去，还是那一点若明若灭的光，红红的，红红的。

我在雨水中立定下来，关灭了电筒光，我想，娣娣看见我的电筒光消失了就该回去了，而我可以目送她走进她们家的坝子，走进她们家的家门。我终于好像看见那点亮光移动了，又似乎还是在原地。风很大，雨水也很大，我全身打战，上下的牙齿紧紧地咬在了一起。那电筒光终于消失了，消失得干干净净。我估计，那是娣娣已经走到了拐弯的地方，或者是电池已经过了。我点燃一支烟，想奋力地找寻娣娣的影子。之后，我突然看见，那一点亮光又出现了，还是在原地出现的。我猛然吸了几口烟，蹲下来，怔怔地注视着那点光亮，后来它慢慢地淡出了我的视线。看样子，娣娣确信我已经走了。等了很久，那光不再出现。我的喉咙发痒了，鼻子堵得很紧，头滚烫起来。我想，我已经感冒，也许娣娣同样会感冒的，说不定还会非常严重。我站起来，有点天旋地转，头更加滚烫。我再次点燃一支烟，可是刚一吸，立即疯狂地咳嗽起来，整个胸腔里边都好像要被震裂了。

　　我病了。

　　后来我和娣娣相逢，准确地说不是相逢，是她主动邀请我到她家里去，我们终于谈起这个晚上，谈起病。娣娣病了半个月，还有半天的昏迷，差点就往县医院送了。实际上，我也病得不轻，睡了三天。然而，我没有吃药，我只是熬了一些生姜水喝，竟然恢复过来，只是饿了三天，感觉心里发慌。不过，我还是很想见到娣娣，我不知道她得没得病。我自己做了一点东西吃了，正犹豫着是否去看看娣娣，家里出事了：有人带信来，说是父亲摔伤了。

父亲摔伤已经不是第一次，在母亲去世之后，他一直沉溺在酒中，离开了酒他是很难过日子的。他摔伤最严重的一次是我刚刚参加工作不久，那一次他的大腿摔骨折，肩膀脱臼，肋骨摔断两条。为了给他治伤，我在学校借的账整整扣一年工资才还清。以后，他又摔过几回，好在问题不是很严重。这一次情况如何是很难说的，我想我应该告诉妻子。

在岳父家，我受到更严厉的训斥，之所以受训斥是因为岳父觉得又要拖累他们了，至少会让他们一家担心。妻子倒是没有说什么，背了孩子随我回家。到家之后，父亲虽然躺在床上，却能够自己站起来，身体无大碍。他说让人去通知我们，完全是因为想我们一家，特别是想孩子。妻子显然是发火了，说父亲做得过分了，我差点和她吵了起来：不管怎么说，这里才是我们真正的家。这一吵，妻子感到伤心，晚上躺在床上悄悄地哭了半夜。

妻子第二天要回娘家，我把孩子留下来。孩子差不多是在我的背上或者怀中长大的，他和我在一起非常开心。事实上，有孩子在身边，我也少了许多烦恼。父亲也因为我在家，还有孙子欢蹦乱跳的，没有喝酒，情绪很正常。

（八）

时间过去了五年之后，一次在一座县城里，我碰到了娣娣。此时，我的岳父已经去世了三年，岳母也随我小姨妹的出嫁来到了这座县城。我此时的境遇好了很多，也许是因为儿子的关系，还有妻

小河记忆

子的迁就，我和妻子的关系也逐渐进入到良性发展时期。这一次，似乎只是因为陪一个老师看病路过这里，附带也看看岳母她老人家。

娣娣早就来这座县城了，最初是在一家饭馆里打工，她的男朋友大概也是在这里。可是，后来我听说娣娣堕胎了，而且是大出血，差点没抢救过来。那年的春节，娣娣曾经到我家，告诉我妻子说她已经和她的那一个办了结婚手续，可能在五一或者五四正式结婚。然而，后来再没听说他们结婚的事情，倒是妹妹告诉我娣娣差点就死在医院这个消息。老实说，这是个让我十分震惊的消息，我无论如何都不会想到这种结局。也就是这之后，她和她的那一个就彻底分手了，大概是她的那一个得到少量的赔偿之后远走广州，但是却一去不复返，有人说，失踪了，或者是被拐卖了。这在当时被我看成是笑话，因为任何人要拐卖也不会拐卖一个男人；直到后来又有一个男人出去在火车上离奇失踪不再回来，我才发现这个世界原来充满了许多无法想象的事情。娣娣和她的那一个分手当然是因为娣娣住院期间，那个人从未到医院看过她，更没买过任何一点东西。妹妹说，他是怀疑娣娣肚子里的胎儿是别人的。

要在一座县城里找一个人是困难的，毕竟不知道地址。可是，我还是拉了那个老师在城里走，并假惺惺地给那个老师介绍这座县城的情况。其实，我对这座县城的了解很不透彻，或者可以干脆说是一无所知，我的热心完全是为了寻找娣娣。转了半天，我终于绝望了，我感觉非常荒唐。然而，吃午饭的时候，小姨妹对我说起了娣娣，还说娣娣让我来了就去找她。小姨妹开玩笑说：是你的老相好唉，应该去找。我对小姨妹的话感到吃惊，一是她们似乎已经怀疑我和娣娣的关系了；二是她们知道娣娣住的地方。

娣娣住在她的叔父家，说是叔父，是认的，可是娣娣说，比亲的还要好。她的叔父一家人对我们的突然到来感到惊奇：她们以为我们其中的一个一定是娣娣新结交的男朋友。娣娣没有给她们做出任何解释，我们没坐多一会她就带着我们出门了，说是好长时间没吃过豆花面了，让我们陪陪她。我懂得她的意思，她是要尽地主之谊。

豆花面很辣口，我没吃多少就放下了。我从来没吃过这种东西，开头的时候我甚至都不知道该怎么动筷子。娣娣看着我笑。她说这座县城也就只有这一家，其他县城可能还没有。娣娣没有说假，因为我在周围的几座县城都没见过这种东西，直到前几年，这东西才在一些县城陆陆续续出现，并且一出现就紧紧地吸引了人们的眼球和食欲。

这一年的娣娣二十二岁或者二十一岁。她穿着非常入时，全身绷得紧紧的，胸膛上耸起两座小山丘。但是，她已经没有了以前那种忧郁，没有了以前的那种朴素，没有了以前的那种很轻很轻的说话声……她已经变成了一个地地道道的城市人，缺少了以前的那种乡音，让人感觉有些造作。城市已经改变了她，她不再是我梦中的那个女孩。

我们来到了一座烈士陵园的边上，这里可以俯瞰整座城市，而且还有非常浓密的树荫。天突然下起雨来，响起很密集的雷声。娣娣拉我躲在一座纪念碑下面，碑上面有盖。我闻到了她身上很浓的香味，那种香味让我感觉很不舒服。她的手抱着我的腰，身体紧紧地靠着我，剧烈的喘息声直往我耳朵扑过来。我本能地躲着，我真怕被那个老师看到这一切。可是，那个老师躲在一棵大树下面，这里在发生什么他似乎浑然不知。好在雨很快停了，雷声也渐渐远去，一抹斜阳穿透树林射到我们身旁。我挣开她的手，踏着石阶往上走，不经意间回过头去，发现娣娣的眼睛中蓄满了泪水。这让我突然有了过去曾经有过的感觉，这种感觉是十分的奇妙的，相信这一生我都不会忘记。

我对娣娣说：你变得好快……

娣娣恢复了从前那种声调：你还能够想起我，我好高兴……

我又说：你没有感觉到我的变化吗？

娣娣突然拉着我的手：你更年轻了。

我说：你看错了，我经历了太多的风雨，现在，我只是变得比较成熟了。你看，我都快满三十了，儿子都要读书了。说真的，我很怀念以前和你在一起的时光，那时我的想法和现在完全不同。我现在很在意我的家庭，特别是很在意我的儿子，这小东西还算可爱，非常聪明。我希望你能找到一个真心对你好的，我希望你幸福……

娣娣似乎要哭起来了，她一直不说话。

山下，刚刚被雨水冲洗过的城市在太阳底下显得金光灿灿。

这座城市非常漂亮。你应该扎根在这座城市。以后，如果信任我，再找男朋友的时候，不妨请我参考一下。——喔，我还要告诉你，我三弟结婚了，已经有了一个女儿……

我似乎是急于要表明什么。其实，我来这里的目的完全不是这样。

我的同行者终于转过身来，他一直走在我们的前边。也就是这同时，我摆脱了娣娣的手。

我们真的不行了吗？

我摇摇头。但是，我摇头的时候，心里很痛。

（九）

那个农忙假之后，我经常去娣娣家。小街上的人已经对我非常熟悉，一些女孩还会隔着老远的看我，并且爆发出一种笑声。也许，街上所有的人都已经知道我来这里的目的了，逐渐地我感觉紧张起来。娣娣就在街道中心一个街面上摆放了缝纫机等东西，我每每要擦着她的门面走过。她的脸永远都是红彤彤的，见着我的时候，她会迅速地埋下头去，或者是将头转向另外一面。我们几乎都不会主动向对方打招呼，我们都努力地想看到对方，努力地想让对方发现，却又都努力地回避着。那种羞，那种害怕，那种紧张，已经成为我心中一道永生难忘的风景。我经常都背着孩子来，因为妻子通常不会回到我这里，她也没有时间带孩子。孩子在逐渐长大，体重也在增加，我背着他走路越来越感觉吃力。但是，我还是很愿意来小街，几乎是每个星期天都要来一趟，而且，都住在娣娣家，吃饭也是。我已经俨然成了娣娣家的一员，小幺妹在我到来之后就要倒在我怀里逗孩子，或者是把孩子背到街上去。她说她真想在孩子的脸上咬一口。

我一般是在星期六下午来到小河街，见我一到，娣娣立即会关了店门，悄悄回到家中，给我和孩子摆满满的一桌饭菜。但是，有的时候也会碰上娣娣的男朋友，他看见我的时候，我感觉他的眼睛里充满着仇恨，甚至有一种杀气。我在很多时候会主动找他说话，可他却从不主动和我打招呼，回应我的口气永远是冰冷的，生硬的。这种时候给我摆饭的不是娣娣，是她的母亲。这个五十多岁的女人特别忙，可却总抽出时间陪我。她永远都称呼我为"老表"，那种亲切，那种关爱，深深地印在我的大脑里边，直到现在还清清楚楚。

回学校一般是在星期天下午，娣娣常常要把我送到河边，走在我的后面，抱着或者背着我的儿子。小河通常情况下都是安静的，我们在分手的时候，它的声音成了我们的一次歌唱：清脆，宛转，温情……河滩上，娣娣把孩子抱在怀里很长时间，然后在他的小脸上亲了一次又一次。不管在什么时候，不管周围有多少人，她都坚持这样做，而且儿子也特别欢迎她的这个动作。如果是晚了一些，或者是亲的次数少了，儿子会喊叫：孃孃，亲我！孃孃，亲我！

妹妹是发现了这一切的，有一次她对我说：哥哥，不要这样了，这样对不起嫂子，真的对不起。还有，我觉得嫂子是个好人，尽管娣娣不错，可是，也有个先来后到啊！

我瞪妹妹一眼：秀秀，你不要胡说八道，我和娣娣关系好，可不是你想的那样。你要是敢乱说话，看我以后怎么收拾你！

我和娣娣的关系确实没有进一步的发展，但是，我相信她是知道我心中的秘密的。我曾经把我写的稿子拿给她，让她给我抄写，说是抄完之后要拿去投稿。但是，娣娣抄写了很多天还是没有抄完，把稿子还给我，说是文化少了，的的确确是无法完成。是不是抄完不要紧，要紧的是她能够通过稿子知道我想什么。多年以后提到这件事情，她又笑了：其实，我没看你的稿子，抄的那些是双双抄的，她倒是看完了，还拿给很多人看过。后来，她把那些抄坏的稿子给我，我才清楚是那回事。

尽管这样，娣娣还是可以通过我的眼神、通过我的一举一动看出一切。但是，当时我们谁都没有向对方说出一个有关这方面的词语，如果那时有谁点穿这其中的一点，哪怕就只是一点，两堆干透了的柴就会熊熊地燃烧起来。

照例，娣娣每年都会去我家里拜年，但是却不会住在我家。不知为什么，妻子突然对她非常友好，甚至说得上亲热，亲姐妹一般的亲热。现在要是提到这件事情，娣娣就会显得非常遗憾也非常无奈：就因为我妻子的这种亲热，她根本不敢也很不愿意存在什么奢望。她说她那时想的就是尽快离开小河街，尽快地忘记我。可是，离开小河街之后，她说她又无法忘记，她经常都要去车站，她想象能在那里突然看见我。我也通过妻子的口知道，她那时已经意识到了我和娣娣之间关系不寻常，但是，她希望通过自己的宽容化解这一切。这真是一个十分周密而且善良的恶毒圈套，我在妻子的圈套里苦苦挣扎，最终回归到了妻子的身旁。

我们走得最近的是又一个秋天的星期天。

那时，我连续遇上了许多困难，或者说是我们的家庭受到了前所未有的迫害。由于方方面面的原因（也许我会在别的文字里专门写到这一部分），校内两三个教师联合校外两三个社会青年，连续几次对我们家进行盗窃，这样一件事也把我和妻子紧紧地联系起来，我们成为一对患难的夫妻，相濡以沫。我们把孩子送到岳母家让岳母照看，因为有人告诉我们，那些人还不甘心，决心用两千块钱请人把我们的孩子偷去卖了。送走孩子，我的心思除了教学生之外，便是要千方百计破案，破案之后调到区中去。

那一回是为什么到娣娣家的，我已经记不清楚了，大概是去告别或者是为了最后再看看娣娣吧。娣娣留在家里专门陪我。我们面对面地坐着，居然坐了一个上午再加一个下午。她常常往自己的房间跑，每次都要回过头来看我一眼，而且每次都要在房间里待很长的时间。天要黑了，娣娣让我去睡一下，并且，把我带进她住的房间里边。那是非常干净的一间房，被盖、枕头、床单等全都是崭新的。我进了屋子，娣娣手里拿了她哥哥的衣服，让我把身上的换下来她给我洗了。我看见了她火辣辣的目光，看见了她跳动不已的胸脯。我站着没有动，娣娣也没有动，但是，她的头后来埋得很低。我的胸口跳得十分厉害，全身都像是要燃烧了。猛然，我紧紧搂住她，她也紧紧地搂住我。我开始拥着她坐在床沿上，可是，她却凶猛地推开了我，有些惊恐：不，不行……

我战战兢兢，终于说：对不起……

她摇摇头，然后把手中的衣服递给我。我接过衣服放在床上，走出房间。天黑下来了，我突然想回学校，不知是因为绝望还是因为尴尬。娣娣的母亲和哥哥、妹妹都陆续从外面回来了，我站在坝子最前边，无法说出一句话。恰好妹妹过来了，我对她说：秀秀，你嫂子今天要回来，我要回去。显然，这句话所有人都听得见，除了娣娣以外，都劝我不走，小幺妹干脆紧紧地拉着我的手不放。我却越发坚决，因为娣娣没有说话，如果她说话，说不定我就要留下了。我盼着她说，她始终没有说，我估计她不希望我留下，我的那个动作已经深深地伤害了她。

小幺妹给我找来电筒。我回过头一一地打过招呼，沉闷地走下坝子坎。大约走了十多步，娣娣突然追上来，说：我送你……

（十）

三年前的一天，只有我自己一个人在家，我正在厨房中忙碌，电话突然响起。我放下手中活路，到客房中拿起电话手柄，听到一个女人的声音，那是一种非常急迫的声音，没有任何一点温柔。

你听出声音来了吗？你晓得我是哪个吗？我是娣娣，我是娣娣。是你吗？是老表吗？

我说：我真没听出来，是你……

那一边似乎在喘气：我费了很多力才查到你的电话。你有手机吗？

我说：我有手机。你发生什么事了？

那边说：我想来找你，我真的想来，你同意吗？可以吗？

我说：当然可以。可是，到底发生了什么事？你为什么吞吞吐吐的？

那边说：你想了解吗？我……现在在医院……我，我被打了，她爸爸打的……我……我真的想见你，真的，绝对是真的……

我说：那你现在……问题不大吧？

我听见一个男人恶狠狠的声音越来越清晰，好像是从什么地方冲过来了。电话里说话的声音也戛然而止。我再想问下去，叫了两声，没有回应：对方已经关机。我放下话柄，食欲消失得干干净净。

应该是在十年前，我和小幺妹一起到了小河街，因为小幺妹告诉我，她姐姐的男朋友来了，希望我能够给她提供意见。那时的小幺妹已经出落得水灵灵的，像是一朵还没有完全绽放的花蕾，在花丛中熠熠生辉。她和她姐姐有很多不同，她比较开放，敢于在男生之间自如往来，在学校的活动里边，她还能登台主持节目，并在一个舞蹈节目里边领舞。她倾倒了很多男生，甚至把社会上的许多男青年都吸引到了学校，吸引到了她们家。她天真而活泼，脸上永远洋溢着灿烂的笑容，似乎世界完全是属于她的。她邀请我去她家里，我当时并没有看出有什么特别的含义，但是我喜欢她的邀请。

直到她初中毕业，直到她很快出嫁，我才终于明白，那时的小幺妹早已经是情窦大开，她在春天刚刚来临的时候就已经成熟。然而，我对她姐姐非常失职：因为，我没有对娣娣带回来的男朋友表示任何异议，甚至夸赞说那是一个非常优秀的男人。

那是夏季，天气一天比一天火热的时候。一个穿着短西裤、光着上身、留着长头发的男人，和娣娣同坐在一条矮板凳上，头倒在娣娣的怀中，有一种不可一世的傲慢。他对我的到来表现出一种不经意，对我始终冷冷清清，连我装烟给他时也没有直起身体来。我看出娣娣对他似乎已经非常满意，她的眼睛里充满了幸福，充满了自信。

小河的夏天是十分热闹的，男男女女都泡在河水中间，琳琅满目，像是河沟里盛开着的鲜花，五彩缤纷。娣娣拉着她的男朋友，小幺妹则挽着我的手，四个人在河滩上走了很长时间。小幺妹的快活使我也充满了朝气，青春的烈火把我全身烧得通红。也许就是这样，我没有对娣娣说什么，只是好几次隔着老远向娣娣颔首，我用眼睛和她对话，表示她的男朋友无可挑剔。并且，我还通过小幺妹转告她，应该尽快结婚，谨防日久生变。

娣娣的婚礼是在秋天举行的，来娣娣家吃酒的人中有两个我熟悉的男青年，他们曾经与娣娣有过一段时间的接触，但是，却因为我的挑剔而告破灭。也许，娣娣是不该征求我的意见的，因为她要征求我的意见，我就会以自己的眼光对这些男人们进行审视，最终挑出他们身上的毛病。我不知道自己那时是否还喜欢娣娣，或者是否对娣娣还有那么一种感情，更说不清楚我的挑剔的眼光里是否藏着几分忌妒。现在算来，这两个男孩还是不错的，但我偏偏看出了他们的破绽：有一个不真诚，是玩弄女孩的那种长相；有一个则是过于老实，在这种年代，老实就意味着以后的日子难过。如果是现在，我会觉得非常荒唐，凭什么就把人家说得一塌糊涂？酒席上，我们曾经坐在一起吃饭、喝酒，两个人居然都对我表示了极大的尊重，他们的热情让我非常感动。我看出，在酒席中间，他们是很惆怅的，他们的眼神里边就藏着伤感。我有些后悔，当初我的判断或许是完全不负责任的，是捕风捉影的无稽之谈。好在两个年轻人没有看出他们的失恋是我一手炮制的，否则，这一天说不定会打起架来。

不知是不是为了纪念已经过去的那些留在心里的回忆，娣娣要我到河边走走。小幺妹想和我们一起，被娣娣阻止了。我们还是和往常一样一前一后，在天快要黑尽的时候来到河滩上。然而，这个黄昏和以前有很大区别，四面的山上烧着很多火，是农民在烧包谷杆或者高粱杆，这些火焰正好与天边的红霞相映生辉。秋风非常凉爽，飘拂在我们的头顶。我们坐在宽阔的河滩上，看着红霞慢慢变黑，又等来了月亮从山那一边爬出来。河水的声音是响亮的，欢快的，像流传在乡间的一首美丽的歌谣，每一个音符都是生命灿烂的乐章。

你和老表嫂不会离婚吧？

我们是患难夫妻，这么多年了，将就吧。

娣娣就笑，那种笑里藏着一种无奈。

你晓不晓得我们家大嫂是如何说我们的吗？

我们？我们没什么呀！

可是，她还是说我们如何如何呢！她说我一个穿胶鞋的成天就想嫁一个穿皮鞋的，想疯了，是不要皮脸。现在好了，她想说也就说吧，反正也习惯了，又终于要走了，彻彻底底地走了……

我感觉娣娣的话闪闪烁烁的，悠悠荡荡的，虽然没有以前那种韵味，但是，有一种让人伤感的东西藏在里面。

其实，他不是个好人，你清楚不？

你这话是什么意思？

也没关系，他喜欢我就行。有些事情呢不晓得也好。你看，明天我就正式和他结婚了，我还说这些，好笑，真的好笑……

娣娣说她听见小幺妹在叫了，也该回去了；况且，都要成为人家老婆了，还这样，闹出去，不好听。她是暗示我，一切都该结束了。我们站起来，娣娣轻轻拍打几下我屁股，那意思自然是怕我身上有灰尘。可也就是这同时，她突然抱住我，说如果我觉得可以，现在一切都还来得及。我抬头看天空，月亮在明亮的星星中间悠然自得地移动，那是一种旁若无人的姿态。小幺妹的声音真的出现了，她在喊我，声音从上面的人户中间传下来。

我取开娣娣的手，在她的肩膀上拍拍，那是一种哥哥爱抚妹妹的动作，好像一切只是关爱。

我们慢慢走出河滩，慢慢走上小路，在月光之下，开始朝娣娣家移动。小幺妹在半路上等着我们，我们和她会合之后，她的唯一一句话是：不像话！

现在，就是那个男人，就是我希望娣娣尽快嫁的那个男人，把娣娣打伤了！

（十一）

我给娣娣打了几次电话，回答都是关机。我无法知道她那边到底发生了什么事情。等了几天，什么信息也没有。之后，我被通知到县教育局开会，走的时候，告诉妻子，如果娣娣打电话来，对她说，我没在家。如果她来了，务必留着她，我确实希望和她见上一面。

我和娣娣之间的故事，我老老实实地告诉了妻子；甚至我后来和小幺妹也曾经有过那么一段交往，我也交代得干干净净。说是交往，真的就没有什么值得大惊小怪的，算不上什么恋情。妻子说，那也许有她的错，但都已经过去了，又没什么越轨的事情，都可以理解。同时，她还强调，她会把她们当成自己的姐妹，有条件还可以继续来往。事实上，妻子就是这么做的，小幺妹离婚就有她的功劳；而且，她们现在还保持着许多联系。小幺妹来我们家，不仅得到了盛情款待，妻子还为小幺妹的不幸掉过眼泪。不过，娣娣却一直没来过我们家，她结婚之后我们就中断了联系。这不是我的错，当然也不能说是娣娣的错，更不能怪罪妻子。妻子有时候喜欢用娣娣或者小幺妹取笑我，但那不过就是一个玩笑，不会伤害到任何人。所以，娣娣打来电话之后，我就把所有内容都告诉了妻子，并且还希望她关注这件事。

我是在开会的时候接到娣娣第二次电话的，但是，会场上，我没有接电话，只给她发了一条短信，希望在中午或者晚上再联系。然而，中午时我被大家劝酒劝醉了，手机被另外一个朋友悄悄拿走了。这个朋友显然是通过我的电话和娣娣有过很长时间的通话，后来还说我原来是一个风流成性的人物。这家伙和我的关系一直很不错，他是个很善于应变很善于模仿的演戏专家。他还我手机的时候，他问我，小河在什么地方，风景是不是特别优美？他说他已经完全感动了，一定要去小河街看看。可是，他的玩笑开得过分了，娣娣后来一直没有来电话；我打过去，又是关机，只好给她发短信。可是，还是无法联系。

回到家，妻子对我显得非常气愤，她责问我，到底在电话中和娣娣说了一些什么。这真是天大的冤枉。妻子说我这个人太过分，竟然背着她和娣娣在电话中吹了个把小时，还要离婚结婚的。我问这些消息都是从哪里来的，妻子说是娣娣的老公打电话说的，娣娣躲在卫生间里打电话，他就在外边听，听得一清二楚。现在，他把娣娣的手机砸了，并且，把娣娣关起来了。

我气疯了，打电话问我朋友到底胡说八道些什么，现在搞得两家人鸡飞狗跳。显然，我的朋友紧张起来，专门骑了摩托来我们家向妻子进行解释，好不容易才化解了我和妻子之间的不愉快。可是，那边的问题却没解决，特别是娣娣被老公软禁起来这事实在非

小河记忆

同小可。妻子说：这样吧，我专门去一趟，也许我去能够解决的，你就好好在家中等吧。

妻子是很尽责任的，就因为这件事，我对她很感激。她第二天就请了假，赶车去了那座县城。她一到就开始寻找，因为娣娣的手机已经被打坏了，而她男人的电话妻子又忘了问。我在电话中听出了她的真诚与焦急。后来，大约是晚上了，她又打来电话，说终于联系上了，是从娣娣的叔父那里打听到的。再过一些时候，妻子去了娣娣家，对娣娣的老公说起我朋友开玩笑的事情；又解释说，我和娣娣不过就是亲戚关系，是师生关系，相互比较信任，从没有一点不守规矩的事情。这是真话，我相信妻子对这一点也是深信不疑。那个可恶的男人最终把娣娣从小屋子里放了出来，娣娣抱着我妻子大哭一场，好像我妻子就是她的最亲最亲的人。妻子也哭了，同时谴责那个男人也太过于头脑简单，那东西不是生在嘴巴上的，就算是生在嘴巴上，隔着那么长一条电话线，也是凑不到一起的。妻子还说，一个男人不愿意自己的女人和别的男人接触，这说明他爱他的女人，但是，也不可能长期守着，更不能打封条。妻子后来解释说，她是有些气愤才说这些话的，有点痛快淋漓的感觉。其实，她平常就没有说过这样的话，她觉得说这种话是没有修养的，粗鲁，俗。可是，她一气愤就说了，有点骂街的味道。那个男人居然被她给说了个心服口服，一直在点头哈腰。大半夜了，他还要请妻子出去吃夜市，并且不断地给娣娣承认错误，表示明天就给娣娣买手机。

那天晚上我失眠了，失眠是因为娣娣，因为妻子。娣娣如果过得非常幸福，我会心安理得的；可是，她的丈夫却是一个粗暴的人。如果妻子和我之间是三天两头都在进行战争，或者我们根本就不能相互关心对方，那么，我现在也许会做出重新选择。既然我和娣娣已经没有了任何可能，那么她几时才能从丈夫的虐待中解脱出来呢？

第二天下午，妻子给我再次打来电话，说现在她和娣娣在一起，娣娣的丈夫已经走了。那个男人原来是黑社会的，偷抢嫖赌的什么都干，最主要的是偷，是个江洋大盗，所以，家里富丽堂皇，很有钱，很气派，房子都买了好几处。娣娣每天晚上都睡不好，她不知什么时候警察就会冲进家里，除了失去丈夫，也许还会失去房子，失去生活的着落。这个男人通常都不在家里，最少也是一个月以上才能回家一次。回家的第一件事情就是查看娣娣的手机；娣娣如果把手机上所有信息删掉，他会去移动公司查，因为，电话是他买的，连密码都只有他才清楚。如果查到可疑的号码，他除了打电话试探对方以外，必定要对娣娣拳打脚踢，甚至把她关起来，水不给喝，饭不给吃。他们的女儿已经六岁多了，小女孩在母亲遭到毒打或者囚禁的时候，就跑到别的伙伴家里，或者是跑到亲戚家里。妻子说，那是一个十分可爱的女孩，但也是一个非常可怜的女孩。娣娣说，如果不是因为女儿，她宁可死掉，或者跑掉。

这是妻子给我传送的一场现场直播，她们那边的情况每隔几分钟我就知道了，虽然解说员只是妻子，也看不到图像，可我还是通过手机短信或者通过电话了解到一个基本情况。有很多东西是出乎意料的，比如说那个男人是江洋大盗的事，虽然以前娣娣曾经似乎暗示过我，但是我现在还是非常震惊。娣娣当时一定是觉得婚姻比一切都重要，或者是那时她太需要安慰了，太需要男人了，因为男人是她的一棵树，一棵遮风挡雨的大树。可是，现在，这棵大树面目狰狞，而且随时都可能倒下。

我又想起那些在河边送别的场景，那些晚上，那些下午。我也想起我们认识之后，在娣娣家或者在河边小路上那些温馨的情形。紫红的山，明澈的水，柔软的风，零星的树林，狭窄的街道，街道上那个小小的门面。当然，还有黑夜，黑夜中的雨水以及冰凉的河道、沙滩、冷风。更令人不能遗忘的是那空旷的夜空下，河边始终不愿消失的微弱的电筒光，那淡黄的圆圈……狗的追逐……我鞋子中的红双喜的鞋垫……那有淡淡香水味的衣裳……那种伤感，那种绝望，那种莫名的恐慌，那种羞……虽然一切都已经过去，但是已经过去的东西现在显得更加的珍贵，那是绝对值得凭吊的风景。

妻子在电话里说，有些事回来之后她会给我讲的，她说娣娣的最好出路也许还是离婚，这是需要痛下决心的。但是，娣娣不愿意，她割舍不下女儿，也许还割舍不下别的什么东西。

妻子是三天后回来的，她说有些秘密要告诉我，那就是娣娣的男人正患着性病，这个男人非常自私，非常凶残。妻子还说了另外一个秘密：娣娣的老公最初开餐馆，娣娣去了之后就在他店里打杂。他是有老婆的，但是却经常打老婆，还经常把来店里打工的女孩强行占有。娣娣堕的第一胎就是他的，她和那个失踪的男孩毫无瓜葛，那个男孩和他打过一架之后就消失了，永远地消失了。娣娣在店里有过非常痛苦的经历，她是因为喝的水里被放了药而失身的，而且这之后就被控制了起来。但是，这个男人并没有珍惜过她，就在她堕胎之后不久，他又对另外一个刚到的女孩进行强奸，而这个女孩才十五岁。事情发了，他被关了很长时间。这是除了娣娣之外很少有人知道的一个秘密，娣娣曾经几次想对我说，但都没有说出口。娣娣最后之所以还是嫁给他，是她觉得再没有好的男人了，没有真心喜欢她的男人了。结婚之前，男人就开始干一些偷盗之类的事情，并且还和一些公安人员结成了兄弟，就是这些人现在依然保护着他。妻子说，娣娣的男人两年前就有了那种病，但他一旦回来，除了虐待老婆以外，还要找回许多女人在家里睡觉，或者跑到外边找小姐。我真不知道是不是妻子在给我编故事，我很希望这一切都能够很快过去，最好就不是真的。

（十二）

之后，我曾经去过娣娣家，是和妻子一起。娣娣已经完全丧失了过去的神采，说话很粗俗，开口就骂人，声音特别大。这当然是在她男人不在身边的时候，也许只有这种时候她才是放开的，她需要这种放开。她的话已经没有了家乡的那种韵味，我感觉她的每个字都别扭而且难听。那条小河曾经养育了她优美的声音，优美的语调，还有那种羞涩、轻柔和甜美，但是这些都没有了。而且，她的身体已经逐渐地臃肿起来，红彤彤的脸不在了，细腻与光润不在了，浓重的脂粉和过分夸张的香水味在尽力掩盖着沧桑和苍白。当着我妻子的面，她敢于说她当年的许多想法。但是，她不承认当年曾经对我有一种什么特殊的企求。可是，当我们有机会单独在一起的时候，她会说起过去，甚至说起在她房间里的那件事，她说其实只要我敢于那样做，她就完全属于我了。她说她紧张，但是却充满渴望，甚至有一种悲壮的感觉（她不是这样表达的，她说的是很害怕很害羞又很想那个，如果那个，她就那个了。这个时候她是结巴的，有一点过去的影子了）。她变得虚伪了，有了城里人的狡黠。她甚至不承认她的丈夫对她有虐待行为，不承认自己的生活陷入到了那种让人很担心的境地，她说她现在过得不错。不知为什么，还居然和我开玩笑，说她其实是老天爷为我准备的，但是，我实在是一个大憨包。她指着自己的身体，说那个时候，什么都是新鲜的，什么都是干净的，就像小河的流水一样，就像小河上吹着的风一样。

以后，我们通过几次电话，我们在电话里相互说说各自的情况之后，就会轻松地说几句笑话，比如，我会问她，当时我应该怎么做才能制服你？她那边会做出反应，会对那些场景进行一一的阐释。后来，我说，你怎么就学了一口城里人的话呢？我怎么总是感觉你的变化很大呢？她也说，我怎么也感觉你变了呢？你好像越来越看不起我，是不是？你说，如果当初我真的嫁给你了，我们现在是什么样子呢？你是不是会嫌弃我？我们都提了一些对方解释不了的问题，只有我们的玩笑会勾起许多回忆，也会留给对方很多遗憾，很多酸楚。其实，现在回过头去破解过去的那些故事，谁也真的很难说清楚，时过境迁，物是人非，那种感觉永远也找不回来。

今年春节，娣娣带着女儿突然回到了小河街，找人给我带信，希望能够见我一面。她一嫁出去就很少回来，即使偶尔回来也不会通知我，现在她要见我，这让我非常疑惑。但是，我已经到县城开政协会，我在电话里说，大会一闭幕我就包车回来，并且会去她们家。我的会开了一个周，闭会那天下起了大雪，公路很快完全冰冻了，许多交警设置了岗亭，所有车辆一律停开。等了两天之后我才得以回到学校，坐了摩托去小河街，在半山腰下车，然后向山脚走下去。

小河依旧水声潺潺，宽阔的河床上没有一个人影。一座小木桥孤独地横跨在河面，人从上面走过感觉是闪悠悠的。十多年前，一旦看见小河街，我就会有一种激动，一种兴奋，一种紧张，但是，现在的情形完全不同。原来我和娣娣经常走的那条路已经不见，也许是改道了。我沿着一条宽阔的坡路往上走，感觉很累。小河街显然已经没有了以前的热闹，街道上人很稀少，所有店铺都关着门，除了冷清之外，还有几分萧条。

娣娣的父母已经老了，见了我差点没有认出来。房子已经是钢混的了，镶着乳白色的瓷砖，房门都是深红色。坝子是水泥的。客厅里铺着金黄色的地板砖，有一套组合音响，有很讲究的沙发。两个六七岁的小女孩坐在沙发上看电视，神情非常活泼，说她们爸爸妈妈都不在，叫我等着。两个老人是听见孩子说话从厨房中出来的，他们已经混浊的眼睛似乎很难看清楚前面的东西了，我叫了他们几声，他们好大半天才突然想起是我。他们知道我是来看娣娣的，告诉我娣娣已经走了两天了，本来都快要离婚了，可她男人好像出了事。这是个令我很震惊的消息，娣娣要离婚，然后她的男人又出了事。两个老人似乎对这一切都不太清楚，或者说还显得非常淡漠。我陪老人说了一会话，谈起了小幺妹，也谈起了她的哥哥们。老人对儿子们还是比较满意的，似乎就只有娣娣和小幺妹让他们非常失望。两个老人后来就问起了我妹妹秀秀，说很想我妹妹，都这么多年了，走了之后就一直没有见过面。我告诉她们，秀秀现在过得不错，已经发财了，可能有三四十万了。听了这话，两个老人都兴奋起来，说她们就知道，秀秀有一天会发财的，这个姑娘就是比别人聪明，会为人。

妹妹是在一九九五年离婚的，她经历了一段非常不幸的婚姻，那无数的磨难造就了妹妹百折不挠的个性。现在，她的丈夫非常疼爱她，而且，她丈夫无论在什么方面都堪称优秀。由于妹妹的故事与本文联系不大，这里就不再赘述。

我去了一趟娣娣所在的县城，通过电话把娣娣约了出来。她现在神情有些呆滞，很不愿意说话，甚至连走路也显得很没有精神。她本来确实准备离婚，或者干脆跑掉，但是，她丈夫却涉嫌强奸被抓起来了。不管怎么说，这么多年都走过来了，现在，丈夫是最需要关心的时候，不管他做了多少错事，她也必须帮助他。她说，她没想到会是这么个样子，为什么会是这个样子呢？她告诉我，现在很多人都在想办法，也许丈夫很快就能放出来了，无非是拿几分钱罢了。后来我要走的时候，她提出是否可以将她的女儿寄拜给我，小女孩现在已经处在最敏感的年龄阶段，如果有机会，她甚至希望小女孩能在我那里读书。我没立即表示同意，但是我说我可以征求一下妻子的意见。其实，我最大的顾虑是娣娣的丈夫，说不定就会因为这件事，以后可能还会带来更多的不利影响。

回到学校，我突然奇怪地去了小河街，但是没有进娣娣父母家门，我不希望很多人看见我。尽管如此，还是有不少以前认识的人热情地邀请我到家里坐坐，还千方百计留我吃饭或者喝酒。他们很多人都说，那时，大家都以为我可能要成为小河街的女婿，如果是那样，娣娣的日子就不一样了。当然，他们现在才明白，像我这样总有一天要做大事的人是不会看上一个农村姑娘的，娣娣没有这种福气。我心里感到酸楚，那种苦涩只有我自己才清楚。

沿着河沟，我孤独地往上游走。河水依然哗啦啦地流淌，声音依然清脆、欢快，河里有时能看见几个握着铁锤的人，他们在击打河里的石头，把藏在石头下边的鱼儿震出来。还有几个花枝招展的姑娘与一个年轻的男人在河滩上走动，其中一个女孩挽着男人的胳膊，小鸟依人的样子。几山都是绿油油的庄稼，其间夹杂着一片一片金黄的油菜花，飘飞着诱人的香气。河边有许多漂亮的房子，有各种不同的造型，在阳光下映照在河面上，放射出迷人的光彩。不知是谁家的高音喇叭里正高唱着"爱着你，就像老鼠爱大米"。我以为是支儿歌，后来才了解是一支情歌。其实，这算什么情歌呀，胡扯，有点"狗爱吃屎"的意思，简直是对爱的污蔑！我当初和娣娣的关系绝对不是老鼠和大米的关系，就像这河里的水，是透明的，纯净的；也像这山，不是紫红的羞涩，便是绿油油的情深。好在这支歌很快唱完了，是"十五的月亮升上天空，为什么旁边没有云彩"。这使我想起，我和娣娣在这条堰沟上，在电筒光的指引下踏着黑夜走路的情形：那时，要是真有一轮月亮，那该是多有诗情画意的故事啊！

　　我看见堰沟前面有一个女人的身影正朝着我这边靠近，有种似曾相识的感觉，待她走近了，我才发现是四妹。她也认出我来，亲热地喊了一声"老表"，很激动。我有些目瞪口呆：四妹看起来很年轻，二十多岁的样子，穿着非常入时，而且，那身体似乎是突然之间发育成熟了：该凸起的绝对凸起，该凹下去的也是自然地凹下去；那脸，红扑扑地，光滑而细腻；眼睛里有一种非常活泼的神韵，一种欢快的笑容就在眼睛里跳跃。很多年前，她是娣娣家的一只丑小鸭，所以几乎没有人注意到她，最后嫁给了一个很不起眼的男人。可是，真是让人不可思议，现在她居然成了一只白天鹅。

　　和四妹打过招呼，我又往上走了。但是，我没有找到原来的那几家养狗的人户，房子都没有了，宅基地变成了菜土，青菜、白菜、萝卜什么的正在蓬蓬勃勃地生长。只有原来过河的地方还是老样子，水很凉，扎骨头。我没有从这里过去，因为不远处就有一座小木桥。过桥之后，我在沙滩上走走，又返回来，往河沟下游走去。我没有再到小河街，而是沿着河边的一条小路走到了一片很大的沙滩上：这里是娣娣经常送别我的地方。我在沙滩上停留了很长时间，之后，我没有走小木桥，而是卷起裤脚走进河水中去。太阳十分明亮，河面上波光粼粼；风很暖和，轻柔地抚摸我的脸和身体。水异常冰凉，脚下的小石头扎着我的脚，有一种隐隐的疼痛。有一些人在远远地看我，好像他们是遇上了疯子，遇上疯子是让人快乐的。但是，我不想去置理别人，我不在乎他们怎么看我，我感觉这样非常好，心里自有一种甜甜的滋味。

回到家里，我病了，但是，我却坚持坐到了电脑前边，用键盘敲打出许多文字，后来居然发表了几首诗和几篇散文。但是，当我收到第一本样刊的时候，有人告诉我，娣娣不见了。我打她的电话，一个女孩颤悠悠的声音响起：对不起，您拨打的电话已停机……

真 相

（一）

　　姚瑶申请去卧虎镇中学支教，很快批下来，组织部为此专门下文，让其挂任卧虎镇中学副校长，加了个括弧：副科级。当她把这个事向老公邝哥讲了之后，没想到却遭到了严厉责难。

　　"为什么不提前和我商量？你去了，雅雅怎么办？"邝哥像是一头暴怒的狮子，吼声如雷，"即便你要下乡支教，你可以走近一点，为什么要选择卧虎镇？"

　　姚瑶有点犯傻了。结婚这么多年来，邝哥是第一次如此狂躁。她解释说支教的目的是为了评副高，选择卧虎镇是因为你在那里，生活、工作都更方便一些。邝哥哪里听得她的解释，摔门而出，叫来司机，气呼呼上了车，她追上去，他连看也不看她一眼，气急败坏地命令司机开车。邝哥走后，她打了很多次电话，不接；发短信，不回；用 QQ 或者微信解释，不予理睬。看来，他是生气到极点了。

姚瑶找到校长，希望改换地方。校长说，文件都下了，改不了。姚瑶又去局里找局长和分管副局长，都说是组织部下的文，要改只有找组织部，难度太大。看到她的可怜相，他们又说，还是找你老公好好商量一下吧，依我们看，你去卧虎镇挂职支教是最恰当不过了。真有点不理解，你怎么这么怕你老公？再说，都什么时代了，你应该有自己的立场、有自己的思想啊！你平常那么要强，现在怎么会是这个样子？

姚瑶觉得领导说得有理，心想，两口子闹点别扭也属正常，也许过不了一周，不愉快都会烟消云散，如果再去找别的领导，就有小题大做之嫌，说不定还会给邝哥抹黑。

校长亲自开车送姚瑶去卧虎镇中学上班，一路上，他都在给邝哥打电话，他希望能够与邝哥见上一面，也劝导劝导，但一直无人接听。他半开玩笑半认真地说，看来，事态有点严重，你要有思想准备。到了学校，分管副镇长早等在那里了，迎上来说嫂子你来卧虎镇中学支教，全镇老百姓都该感谢你啊！镇中学校长是个四十出头的中年人，姓令狐，开玩笑说你一个副科级的领导下来挂一个副股级的副校长，既让我受宠若惊，又让我忐忑不安啦！副镇长笑着说，这一回，你是要被他们两口子彻底统治了。

开了一个中层以上干部参加的简单的欢迎会。之后，几个人给邝哥打电话，邝哥或不接，或说没有时间。姚瑶有点窘迫，没想到邝哥居然会这样对她，她感觉眼睛里酸得厉害，泪水都快出来了。

真相

吃饭的时候，尽管其他人都是神采飞扬，力图让她高兴起来，她却始终郁郁寡欢。饭局快结束了，姚瑶才接到邝哥的电话，说是下乡了，今晚上不回镇里，让她住旅社，住宿费记在他个人头上。她挂了电话，放下筷子和饭碗，第一个离开饭桌。

这一个晚上，姚瑶躺在旅社的一间双人床上，盯着空落落的房间，翻来覆去睡不着。和邝哥结婚这么多年，第一次有了孤独感，而且这孤独一旦到来便不愿退走。过去，虽然和邝哥在一起的时间不多，常常思念在乡下的邝哥，可是上床后，给邝哥打个电话听邝哥在电话里说几句不正经的话，或者发几条有点暧昧的短信，很快就酣然入梦，一觉到天明。仅仅为一件很小很小的事没有提前告知，邝哥居然就这种态度，她百思不得其解，她觉得再怎么错，也不至于错到了不可原谅的地步。她异常愤懑。回想这一段时间邝哥和她的关系，似乎也没什么可以挑剔的地方，虽然回家的时间越来越少，和她温存的时间越来越少，但在她看来，那是因为邝哥的工作压力太大。是啊，在当今形势下，当个基层领导是非常艰难的，特别是在交通、文化、经济等各方面都远远落后于其他地方的卧虎镇，又特别是这个镇长。姚瑶宁可这样想：就因为压力太大，邝哥才有那样激烈的反应，毕竟这件事还是她想得不周到。

后来进入一种迷迷糊糊的状态，似乎是睡着了，又似乎是醒着；似乎邝哥就在身边，又似乎距离遥远。好不容易天亮了，姚瑶起床来，发现还早，便到河边走了一会。卧虎镇有三条小河，在镇子西南面交汇，最后向西流去。水量不大，但很清澈，还能够看到许多蓝色的水塘，甚至还能够看到许多小鱼儿在水中游来游去。时值初秋，又连续下雨，天气比较凉爽，走在河边，总有风在吹，还偶尔夹带细细的雨丝。回到旅社，令狐校长已经等在那里。她简单洗漱一下，提了包就往学校走。令狐说，还是先吃了早餐再去学校。

姚瑶的办公室在四楼，电脑、空调、沙发、饮水机、电话等应有尽有，很干净，也很素雅。她多少有点感激，看来，令狐是个有心之人。

上午，先召开中层以上干部会，讨论分工，她主动承担了留守儿童、女生管理等工作，还分管政教和教学工作。令狐说，这些工作都是比较重的，如果姚校长觉得太多了，随时可以调整。但是，在她看来，既然是来挂职支教，就没有拈轻怕重的道理，所以，她信心满满地说，她会尽心尽力去做的，她相信能够做好。这之前，她在原来那间学校主抓的也是教学工作，卓有成效。不过，政教工作却是第一次分管，以前也没有抓过留守儿童管理和女生管理的工作。然而，她想，只要沉得下去，只要肯下苦功夫，什么工作都能干好。下午的教师会上，她承诺，她会把自己看成是卧虎镇中学的一分子，她愿意和老师们同舟共济，扎扎实实干好自己的工作，希望能得到兄弟姐妹们的理解和支持。老师们给了她很多掌声，她有点热血澎湃。

下午放学了，还是没有邝哥的消息，她拨打了他几次手机，都是忙音状态。她在食堂草草吃了点饭，去了学生寝室。她只是想随

真

相

便走走，看看，顺便捕捉一些有关住校生管理方面的信息，她认为，住校生管理是政教管理的一个重要组成部分，管理好了住校生，能为抓好教学管理打好基础。有些乱，包括学生寝室的卫生、住校生的用品摆放等，上墙的制度也有些不便操作，最紧要的，还是宿管员年龄偏大，几乎都在五十岁以上。从她们做的记录来看，还发现她们都写不起几个字，全靠学生帮忙。问她们工资多少，回答说一千多。她想，应该给令狐说说，工资开高一点，尽力找年轻一些、文化素质高一些的人来承担此项工作。

看完女生寝室，正准备离开，一个女宿管员跑来，说有个叫兰尚兰的女生昨晚又在半夜跳窗、翻墙跑出去了，今天一直没有回学校。姚瑶觉得这个名字好怪，黔地方言里，"兰尚兰"和"难上难"的读音完全一样。不过，她又觉得也就是一个名字，用不着多揣测，一边走，一边认真听宿管员谈这个女生的情况。

"哎哟，姚校长，你不晓得这个兰尚兰有多扯皮，是全校出名啊！"女宿管员用一种有点夸张的语气说，"一个月，起码有十天不在学校！一个月，起码打十天架！一个月，起码有十天和老师做对！"

"这么说，学校是把这个'难上难'奈何不得了？"姚瑶用有点不太相信的语气问。

"是啊，都没办法！说来不怕姚校长笑，我还被她打过、骂过呢！我倒是希望她天天都不要来，眼不见心不烦！"宿管员看来是个心直口快的人。

姚瑶说："我知道了，我想想办法。"

她离开女生宿舍，直接去政教办公室。政教主任姓吴，是个高个子，块头很大，三十多岁。一进门，她就直接问起兰尚兰的情况来。吴主任有点惊讶，他没想到身旁这个看起来非常年轻的女人，支教第一天就这么认真，并且似乎还掌握了他在管理中的硬伤。

略加思考，他开始小心翼翼地介绍兰尚兰的情况：刚刚进入九年级六班，成绩不好，身上毛病很多，比男生还要不好管理，提起她谁都有点害怕。班主任黄老师好多次都提出不要这个学生。不光黄老师，所有班主任都不要，有人还说，干脆让家长领回去算了。不过，令狐校长不同意这样做，说再难也要管下去，并且还要顺顺利利地管下去，决不能出乱子。他找黄老师谈了好几次话，黄老师才勉强答应，却又反复说，反正这个学生出了问题，他不负责任。

姚瑶感觉到了几分压力。她让吴主任提供一份资料，资料上要包括家长姓名、住址、联系方式，还要有家庭成员、家庭主要收入等多方面信息。但是，吴主任对此似乎不太了解，赶忙打电话叫来班主任黄老师。黄老师大概二十五六岁，是体育老师，两年前考的国家级特岗。他嗫嚅了半天，始终没有说出个所以然来。吴主任又打电话联系兰尚兰在八年级时的班主任。姚瑶有点不高兴，说，我去办公室了，你尽快把资料送给我。

进了办公室，打开电脑，登了QQ，才发现很多人都在QQ上给她留了信息，有问候的，也有开玩笑的；有同事的，也有学生的；有朋友的，也有亲戚的。她看了，觉得一一地回信息很麻烦，干脆

真
相

写了一条说说：支教第一天，没有什么感觉，也许要过一段时间才能进入状态，感谢大家的关注和支持！才发上去，她又觉得不恰当，赶忙删掉。这时，吴主任敲门走进来，把一份刚刚打印出来的资料递给她，然后毕恭毕敬站在一旁。她示意他坐下，并且还给他倒了一杯水。他接过水，轻轻坐下去，有点诚惶诚恐。

资料显示，兰尚兰家住河边村，父亲吴果，母亲兰甜。家庭成员有外婆。父亲在国外工作，母亲在省城一家房地产公司当经理，家庭经济状况良好。看完资料，她问吴主任，这个学生有这么多问题，症结在哪里？有没有搞清楚？吴主任支吾了半分钟，没有支吾出什么结果来。姚瑶拿出手机，按资料上提供的电话打出去，都是空号。而且，细细一看，兰尚兰的父亲吴果的手机居然还是本地号码，如果真在国外工作，肯定不是这样的号码。她问吴主任，这些号码是不是都经过了认真核实？

吴主任结结巴巴说了几句，似是而非。不知道是天气原因还是身体原因，他双唇颤抖，汗水从他头发里不断冒出来，顺着额头和脸颊往下流。

她让他去了解一下兰尚兰过去的班主任和科任老师，务必要把相关信息搞清楚，特别是要把兰尚兰父母的电话搞清楚。同时，要求他派人去找一找兰尚兰，要是都找不回来，那她明天就去兰尚兰家。如果找回来了，就把兰尚兰带到她办公室，她要和兰尚兰谈一谈。吴主任像是犯了错误的学生，忙不迭地点着头，"嗯嗯"地答应着。

吴主任一走，她便去了令狐办公室。令狐不在，办公室小王说，令狐校长去镇里开安全工作会了，也许要晚一点才回来。这时，一阵音乐声响起，接着是很优美的童声："同学们，请尽快回到教室，晚自习马上就要开始了！"

没什么事，她便想去看看各间教室的情况。她原来所在的学校是县内重点中学，管理非常严密，教室都实现了班班通。老师是大显神通，学生也是添砖加瓦，教室布置都很有特色。当然，学生都是高中生，全是从各乡镇招去的优生，学习积极性高，很听话。现在，她看到的卧虎镇中学不是这样，感觉学生总是乱哄哄的，教室布置也很乱，更没有班班通。

真
相

她最后去了九年级六班的教室。这是个普通班，学生五十多人，个头都比较大，吵闹声也比其他班嘈杂。男生女生们拥成几堆，或玩手机，或玩扑克，或下象棋。教室最后面，居然还有一个男生一个女生搂抱在一起，头并排埋在桌子上，显得极其暧昧。她走进去，学生们慢慢安静下来，但抱在一起的那两个学生依然还忘乎所以地保持着原有姿势，直到有几个学生大声咳嗽，他们才抬起头，猛然闪开。晚自习正式开始的音乐又响起来，终于有一个年轻教师慢吞吞走进教室，手里没有一样东西。

"马老师没来，我来给她代一节……"他嗫嚅着说。

"教务处安排的？"她声音很轻，似乎并不经意。

"不是，自己调节的……"年轻人继续嗫嚅。

"自己调节？学校允许？"她的声音提高了一点。

"……"年轻人回答不上来。

"你走吧，这个晚自习我上！"她说。

年轻人犹豫了一会，终于走了出去。她想，她已经给他足够的威慑，他应该好好反思一下自己的行为了。而且，等到完全熟悉学校情况之后，她要在教师会上好好剖析剖析这个案例，然后提出自己的管理理念，她相信，她的这些理念能够让卧虎镇中学的管理迅速上一个台阶。

她对学生说："同学们，我是今天刚来的，是上面派来支教的，当然，也是来锻炼的，所以，我想来上这一节课。不过，有两个先决条件：第一个条件是你们同意我上。你们同意吗？如果同意，请你们举手！"

先是几个女生举手，接着，其他人都陆陆续续举起来。她让大家将手放下。

有一个学生问："还有另外一个条件是什么啊？"

她微笑一下，说："你们愿意我上。"

学生有点不解。一个学生问："愿意和同意不一样吗？"

她又微微笑了一下："当然不一样，同意，表示我取得了资格。愿意，表示你们能够接受我。这两个前提条件都很重要，缺了其中一个，我的课就上不好，没效果，你们说是不是？"

她的这个新奇的开场白迅速吸引住了学生，学生的目光都转移到她身上了。她在讲桌上拿起一支粉笔，写下四个字：我的困惑。

她用流畅舒缓的普通话对学生说，每个人在生活中都会碰到很多不如意事，都会有很多困惑，找到自己的困惑，分析清楚困惑的原因，才能找到解决困惑的办法，把困惑解决了，很多事就好办了。她说她现在就有困惑，有的困惑可以告诉同学们，有的却不行，那是隐私，需要自己慢慢解决，别人帮不了忙。她很形象地描述了一番自己在学校看到的现象，然后说，联系一下自己肩上的担子，感觉不知道该怎么办，这就是她要说出来的重大困惑，想让大家出出主意，如果哪个同学有好的点子，她一定采纳，并且表示感谢。她的语言很亲和，很有感染力。她的表情也随着语言在发生变化，极其传神。然而，过了至少两分钟，没人响应，她便让班长回答。学生说，班长不在。她问，班长是谁？为什么不在？大家说，班长是兰尚兰，昨天晚上跑出去的，今天一直都没回来，不知道去什么地方了。她有意沉默了一下，才说关于兰尚兰的问题迟一步再讨论，现在还是继续刚才的话题。

"我真诚希望大家帮助分析一下，我困惑的原因。"

她打手势让一个看起来比较活泼的女生大胆站起来。

那个女生说，依我看，你困惑的原因是太想立功了，就是想一斧头砍一个金娃娃。学生们都笑起来。姚瑶眼前一亮，觉得这个女生很不错，问她叫什么名字，回答说叫向聪。她学着范冰冰们在"多彩中国人"里的样子并着双手向上伸出两个大拇指，说，聪明的聪，好！她让向聪给她出个点子。向聪说，她也没有好点子，老师都想不出来她就更想不出来了。大家又笑。她再给了向聪一个点赞手势，然后顺势让向聪说说自己的困惑。向聪说，我的困惑是考普高肯定没希望，打工年龄太小，读中职又没意思，不晓得该怎么办。一个男生说，混一天算一天！又有一个男生叫道，早点嫁人！一阵哄笑。

就在此时，一个个子修长、长相很水灵的女生站在教室门口，用手拍门板，算是向她喊了"报告"。她觉得女生缺少礼貌，却还是点点头。女生昂首挺胸走进来，再走向教室中间的位置，用手拍打一个男生的肩膀，那个男生赶忙朝另外一个男生挤了一下，给她腾出半个身位来。几乎所有的目光都转移到她身上。

姚瑶走过去。

"你叫什么名字？"

"一定要说吗？"

"一定要说！"

"兰尚兰，兰是两点一个三字，尚是和尚的尚！"

全班学生哄堂大笑。

姚瑶伸手拉住兰尚兰的手，爽朗地说："不对，我想纠正一下，是兰花的兰，高尚的尚！"

教室里响起一阵掌声。

（二）

晚自习结束后，姚瑶让兰尚兰去一趟她办公室。

刚才的晚自习因为兰尚兰的归来，一度时间有些混乱，但是姚瑶在处理课堂突发事故方面是行家，她用甜蜜的微笑、风趣的语言、轻快的手势，生动的表情，很快就扶正了过来，渐渐地，学生开始争相发言，都在说自己的困惑。氛围很活泼，很轻松。离开教室的时候，她的身后一直响着很热烈的掌声。

但是，兰尚兰没有到她办公室。她打电话给宿管员，问兰尚兰到寝室没有，宿管员回答没有到，并肯定地说一定是翻围墙跑了。她又打电话给政教处吴主任，吴主任说他立即和班主任上街找，要她安心休息，有什么情况他会向她汇报。正准备说什么，令狐走进办公室来了，说邝镇长已经回来，答应来街上吃烤鱼，他个人招待，请姚校长赏光。

真相

这邝哥也真是！

姚瑶多少有些不高兴，都这么多年夫妻了，竟然会因为一件小事而这样疏远她。也许，他答应令狐，还是很违心的。但不管怎么说，他回来了就是好事，能到街上吃东西与她见面更是好事。她让令狐先前边走，她随后便到。令狐说，他的车在校门口，他在车上等她。

令狐走了，她拿出手机给邝哥打电话，这一回是通了。邝哥在那边说，他刚刚回来，正准备电话联系她，马上到学校接她。他似乎不是在说假话，她甚至从他的语气里听到了几分温情。果然，当她走到校门口的时候，他已经开着一辆黑色轿车等在那里了，从驾驶室探出头来，正和令狐说话。她上了车，他说此时镇里的车是不能开的，这辆车是办公室小瓦的。

他说过这句话之后就再没了话。半年前，或者说是半个月前，他是极不庄重的，总打电话说，你洗干净一点咯，晚上邝哥要回来哦！这之后，还要说上半天哄老婆开心的话，她嘴上虽然说"你烦不烦啊"，心里却非常受用。一路上，他都沉默着，脸上毫无表情，心事重重的样子。

令狐请来吃烤鱼的还有两个副镇长，有学校两个副校长和几个中层干部。酒是令狐从家里带来的，开玩笑说，他也就受贿了这几瓶酒，是两个老师过年送的，取之于民用之于"官"，今晚上把它喝了。

烤鱼上来了，大家你一杯我一杯地"提议"了，多是欢迎美女校长来卧虎镇中学支教一类的言辞，没有新意。姚瑶不喝酒，用饮料代替。最后"提议"的是邝哥，他说，这杯酒是欢迎老婆来卧虎镇监督邝哥的，相信，有老婆的监督，邝哥绝不会犯半点错误，这杯酒敬老婆，请各位兄弟作陪，作陪也要喝干！再就是屁股一抬，喝了重来云云。

一阵碰杯之后，场面热闹起来。一个副镇长说，卧虎镇什么都不好，就是美女多，所以邝哥一来卧虎镇就乐不思蜀。邝哥接着说，卧虎镇的美女真的很多，不过，老婆你放心，我是拒腐蚀永不沾！另一个副镇长说，你就不怕我当着嫂子的面揭你的短？令狐抢着说，倒也是，每年开学的时候，总有学生不交费，问他们为什么不交，都说他们表叔来交。问他们表叔是谁，他们就说是镇长。两个副校长起哄说，真是这样的，我们可以证明！

好几个人都在笑。姚瑶也是微微笑，为这种司空见惯的玩笑。

气氛异常热烈。但是，邝哥还是很少和姚瑶说话，即便说几句，也是例行公事一般。

姚瑶想走，自己给自己倒了一杯酒，举起来，说，来而不往非礼也，请允许我来提议一杯，而且，为表达诚意，这一杯，我喝酒。很感谢大家这样热情，我感觉我都真的成了卧虎镇的一员，卧虎镇中学的一员。我在这里表个态，我一定会认真向大家学习，一定想办法干好自己分内的工作，为卧虎镇中学的发展添砖加瓦！请大家干一杯！

几乎都同时举起了酒杯。

邝哥突然阴阳怪气地说："算了吧，美女，卧虎镇中学不差你一人！"

姚瑶感觉是受了奇耻大辱，举着酒杯的手定格在空中了。其他人赶忙解围，都说，来，干了，姚校长提议的酒，我们必须干！见很多人都喝了，姚瑶终于移动了酒杯，把酒倒进嘴巴，慢慢咽下去，站起来准备走，被令狐拉着了。几乎所有人都面面相觑，场面显得很尴尬。

姚瑶安静下来，她强迫自己安静。但她不再吃东西，连水也不喝，当然更不说话。男人们相互敬酒，却没有了刚才的那份热烈，每个人都显得非常僵直和拘谨。

很快散场。姚瑶本想再去旅社，邝哥却让她上车，虽然表情仍然显得极其呆滞，但她没有再坚持，她觉得场面上，她起码得维护他，毕竟，他是卧虎镇的第二把手。当着其他人的面，她还非常关切地提醒，喝的酒不少，开车慢一点。

只几分钟时间便到了邝哥的住处。进了门，邝哥似乎是要给她倒水，她却让他坐下来，她说她需要和他谈谈。这样严肃，在邝哥面前她是第一次。

邝哥说："我醉了，明天谈！"

她站起来，说："如果你不谈，我就去旅社！"

邝哥终于坐下来，但显不出半点亲热来，倒是有几分不耐烦。

"你说，我到底有多少错？错到了哪种地步？"

"你没有错，是我错了，行了吧？"

"你当然不会错，你是镇长，你是卧虎镇几万人景仰的镇长，怎么会错！我错了，当初我就不该死皮赖脸地要嫁给你！"

邝哥沉默。她感觉，她的话已经深深刺激了他，他要么低头，要么爆发。当初，他追她，整整三年。要不是父亲反复做她工作，她是不会嫁给他的。在父亲看来，能够三年如一日追一个女人的男人，有超常的毅力，值得期许。可她却当着邝哥说，这样的人是最死皮赖脸的，也许是最不靠谱的。她感觉，这句话是深深印在邝哥的脑海里了，这一辈子都不会忘记。然而，结婚近十年来，她感觉邝哥还是一个非常内敛的人，是一个能够把持住自己、又是把一份感情保存得非常完好的人。只是这几天，他突然变得有些不可理喻了。她需要刺激他，她希望他爆发，然后给她一个理由。

邝哥沉默了半天，没有爆发，却一个劲地猛拍自己的头，似乎是那头晕得厉害或者是痛得厉害。

"我遇上困难了……"邝哥终于说话了，"所以，有些烦躁，对你态度不好，我认错……"

这一回是姚瑶不说话了，她在静静观察邝哥，也在等邝哥把话说下去。

"你应该明白，现在的行政工作有多难！如果书记和镇长关系融洽还好，要是两个人之间无法沟通，甚至你搭台他拆台，那工作起来就困难重重了……"

"你和书记闹僵了？"姚瑶感觉有些吃惊。

"也说不上闹僵，可是意见总不统一，走不到一起。不同意你到卧虎镇，就是你来了，我总得想办法照顾，可别人难免钻空子啊！"

真
相

"你的顾虑可以理解，可是你总应该向我说个明白啊！作为夫妻，应该相互理解相互支持才是啊！再说，我不需要你的照顾，相反，我希望能够帮你作些什么，至少，可以给你洗衣裳啊，可以给你泡茶啊，可以给你揉背啊，按头啊！你这几天这样冷落我，我都感觉我们夫妻的名分是名存实亡了，说真的，我很恐慌，我都想找你离婚了……"

"这样吧，来都来了，我们就约法三章。第一，我们是相互独立的，不管是工作也好生活也罢，大家相互不干涉。第二，吃饭的事，我们相互不管。第三，你必须低调，最好不要管事，上几节课就行……"

还没等邝哥说完，姚瑶接话了："前两条好办，后一条肯定不行，我是来支教的，我有我的职责，我必须干好分内的工作。"

"行，你可以多干一些，不过，有些事做起来必须三思而后行。同时，如果在工作中听到一些对我不利的话，你也要慎重对待，有些人是唯恐天下不乱。我现在很脆弱，真的，近段时间我感觉如坐针毡……"

姚瑶抱住了邝哥："你到底发生什么事了？我是你妻子，你合法的妻子，我理应站在你的背后，有些事我是可以做的……"

"慢慢向你解释，你只要按我说的做就行。我真的很怕因为你的这次支教，让我们这个家庭产生什么意外……"

"不会这么严重吧？"

姚瑶还想把这个话题继续下去，邝哥却不再说，似乎他的胸腔中，装了很多秘密。姚瑶不再问，把邝哥的头放在自己的怀里，轻轻地掐，轻轻地揉。以前，这几乎就是一种习惯，然而自从邝哥当上镇长之后，这个习惯就彻底改变了。现在，邝哥又温顺地将头埋在了她双膝之间，有几分暖意终于再次在大脑中流动起来。

两个人都没有说话，静静地，静静地，不知几时，睡着了。醒来，已经天亮，她身上盖着毛巾被，邝哥却不在了。进里屋看，床上也没有人。她走出来，拿出手机，才发现手机里有一条信息：老婆，我又下乡了，对不起，不能陪你。这一段时间我的确做得有些不对，请谅解。另外，昨晚上我喝多了，当着众人的面说了不该说的话，我致歉！今晚上回来，你可要洗干净！

"洗干净"三个字以前是打电话才说的，现在，居然出现在了短信中，这让姚瑶兴奋不已，几天来的不快都一扫而光。她马上回了一条信息：你坏得很，老公！——下乡顺利！

洗漱完毕，令狐已经开着车过来了，把她拉到街上吃早餐。她觉得有些难为情，说总是这样不好，以后你就别管我了。令狐说，过几天你这里的情况都熟悉了，我就不再管你。姚瑶提起了兰尚兰，说这个学生身上肯定隐藏着许多秘密，研究这个学生也许可以打开问题学生管理的突破口。令狐说，这个学生的确很让人头疼，如果不是他坚持，早就被老师们推出去了。不过，这个学生身上的问题太多，她对谁也不会说真话，甚至也不会相信任何一个人。就因为这样，可能在她的眼里，这个世界完全不属于她，她才会那样消极，对这个世界还充满了恨。

真
相

姚瑶说，不管怎样，她都要想办法转化这个学生，她觉得这个学生不是那种智商低的学生，也不应该是不懂感情的学生，她有信心把她扶正过来。

令狐说，还有一件紧要的事可能要开个校务会讨论一下，就是控辍保学问题，都已经正式上课了，却还有五六十个学生没到，他是焦头烂额。这些学生如果辍学，辍学率超标，巩固率不达标，中职任务无法完成，"教育初步均衡"、"普十五"等工作就推进不走，会拉全县后腿。姚瑶从来没做过这方面的工作，甚至对这些词语还是云里雾里的。她虚心地说，反正你安排怎么做就怎么做。令狐说，主要是要引起镇领导的重视，要教育行政两条线都动起来才行，单兵作战，难上加难。所以，想研究一下，班子成员找时间集体向镇党委、政府领导汇报，你无论从哪个方面说都是最有分量的，你说话比我管用，想请你帮忙，请你在汇报会上多说些话。

姚瑶说，不必太客气，还是那句话，服从你的安排。

吃了早餐，很快到了学校，不少学生还在操场里打篮球或者追打，只有几个学生在花园里读书。没有发现校园里有老师。之前，姚瑶的那间学校，很早就能看见大量学生在校园里读书，还有很多老师和学生们在一起，很难看见有追逐打闹或者打篮球一类的学生。她没有说什么，直接到了办公室，拿出手机给女生宿舍的一个宿管员打电话。宿管员告诉她，那个叫兰尚兰的学生昨晚上依然没有回寝室。她想给政教主任打电话，又觉得离上课时间还早，政教主任说不定还没有到学校，暂时作罢。

她来到九年级六班教室，只有几个学生，拥在一起不知在讨论什么。她直接走了过去。学生们立即安静下来，有点紧张。显然，刚才他们的话题应该是一个很特别的话题，她真希望知道那是个什么话题，她甚至还希望他们继续讨论下去。但是，都沉默着，有两个女生还想离开。她笑了一笑，就像是很随意的，在教室里走了一圈，然后又回到学生中间，拉着一个女生的手，问女生能不能陪她出去走走。那个女生是向聪，昨天晚上曾回答过她的问题，印象很深刻。

向聪跟在她后面，来到花园边一座六角亭，坐下，她对向聪说，她想了解了解同学们对兰尚兰的看法，希望向聪能够老老实实回答她。

向聪说，兰尚兰之所以当班长，是班主任怕她和他做对。但是，同学们并不买她的账，甚至还有点瞧不起她。她总喜欢吹，说她爸爸在国外工作，说她妈妈是什么房产公司经理。其实，和她一起小学毕业的同学都没有见过她妈妈，更不要说她爸爸。大家都只晓得她有一个快七十岁的外婆，是个瞎子，大门不出一步，家里好像是经常穷得揭不开锅。她说的那些，鬼才信！不过，她很凶，谁要是敢说她半句不是，她会打人，会骂人，甚至还有社会上的人替她出头，所以，表面上，大家都会让着她，背地里却很讨厌她。在学校，她没有一个朋友。

姚瑶想不到兰尚兰在同学心目中的印象也是如此糟糕，更想不到，兰尚兰的家庭会是那样一回事。那么，她爸爸、她妈妈到底是谁呢？她问，兰尚兰平常都喜欢接触什么人，有没有男朋友？女生说，兰尚兰平常很少和社会上的人来往，看起来也没有男朋友。她平常逃课，没人晓得她到底去了什么地方，她是来无影去无踪，神龙见首不见尾。没人见她哭过，也没人见她笑过。同学们背地里都说，要和她交朋友，难上难；要她不和老师做对，难上难；要她不逃课，难上难；要她做一个好人，更是难上难。

姚瑶听得心里沉甸甸的，很难受。她想，她必须尽快找到兰尚兰，她必须走进她内心，甚至走进她生活。她教书有些年头了，她碰到过很多性格怪异的学生，可像兰尚兰这样的学生，还是第一次碰到。但她的词典里就没有坏学生三个字，她想，不管有多难，她都要转化这个学生。

真
相

看看老师们都纷纷到学校了，姚瑶去了九年级办公室，黄老师已经在那里了。看见她，显得有点局促不安，不等她发话，便解释说，他已经找了兰尚兰很多次，确实没有找到，电话也无法联系，他决定今天上完课再去兰尚兰家。顿了一顿，又说，其实，兰尚兰不管逃几天课，决不会辍学，这是她的一种习惯。待黄老师没有话说了，她才让黄老师把兰尚兰的作业本找出来她看看。黄老师摇摇头，说，她根本就不会做作业，甚至也看不到她带一本书一支笔到学校。

姚瑶沉默了大约两分钟，然后问黄老师，怎么看这个兰尚兰？黄老师有点孩子气地说，还能怎么看啊，把她送毕业，只要不出事，就万事大吉了。

姚瑶不再说话，也不再逗留，慢慢走回寝室，在沙发上坐下，轻轻闭上眼睛。

（三）

兰尚兰那一天又没到学校，总联系不上。班主任黄老师骑摩托车去了她家，她外婆说她没有回家，邻居说没看见。她留的电话要么停机，要么是空号。吴主任带着几个老师去街上很多地方找寻，也是不见影子。他们最后去了车站，依旧是没找到一点线索。迫不得已，吴主任报了派出所。派出所说他们尽力排查，一有消息就通知学校。

就是这天下午，令狐带着班子几个人去了镇里，专题汇报学校控辍保学工作，希望能够引起镇领导重视，落实包保干部和村组责任，让各方面都迅速行动起来。令狐汇报完毕，书记没发话，邝镇长先说：在我看，这么多学生辍学，责任还是在学校！你们把学生教跑了，现在反过来要我们去给你们追，你们不觉得有点荒唐？姚瑶想不到邝哥会是这种态度，心里有点急，她真怕令狐接受不了。然而，邝哥似乎没有这种顾虑，只管噼噼啪啪一通批评，搞得令狐十分狼狈，半天说不出话来。

"我看，你的观点有些偏颇吧？"姚瑶开口了，"《义务教育法》明确规定，乡镇人民政府要组织学生入学……"

"你没资格说话！"姚瑶才说了半句，邝哥气急败坏地叫开了，"你是谁？你有什么资格在这里大放厥词？你必须明白自己的角色！令狐健才是法人代表，他才有资格说话！你给我闭嘴！"

真
相

姚瑶很窘迫，差一点哭起来。在座的人都面面相觑，不知道该怎么圆场。分管副镇长想插话，还没开口，被镇长瞪了一眼，只好安静下来。

书记正襟危坐，似乎这场面与他毫无相干。

邝镇长发完火，再没人说话，书记终于开口做总结。他说，的确，教师才是主力军，校长是参谋，是指挥员，控辍保学，还是学校的责任最重。当然，要靠学校单方面实现达标，困难重重。党政这一条线自然不能袖手旁观，不过该怎么抓，还得要学校拿主意。干脆就在下周开一个全体干部会议，具体落实责任，你学校要准备好一手资料，你们就回去准备吧！

的确是老奸巨猾！

会议草草结束了，姚瑶没和邝哥打招呼，坐令狐的车回了学校，倒在沙发上，竟然有很多泪水止不住从眼眶里涌出来。这时，手机响起来，一看，是邝哥打来的。她不接，挂了。再打来，再挂。邝哥便发来一条信息：亲，你今天真的不该说话，特别是那个人在的时候，你还看不出来那个人的阴险吗？刚才话说得重，主要是因为爱之切，我向你郑重致歉，希望你好心情！

姚瑶感觉心情突然好了不少。以前，她都爱说自己是个没心没肺的人，简单到了极点，看来今天也是这样。只是，令狐刚才也受了一番批评，不知道心情可否好起来？

有人敲门。她轻轻拉开门，站在门口的，竟然是兰尚兰。

她拉一下兰尚兰，很热情地说："进来坐，正找你呢，来得正好！"

兰尚兰不动，眼睛里显然喷着怒火，就像借了她大米还了她包谷一样。

姚瑶拿起杯子准备倒水，见兰尚兰这表情，放下杯子，走过去，再拉兰尚兰的手。兰尚兰甩了甩手，姚瑶没拉着。

"怎么了？"姚瑶非常疑惑。

"你是新来的？"兰尚兰用很凶恶的语气问。

"是啊，新来的。"姚瑶很认真地回答。

"那个姓邝的什么镇长是你老公？"兰尚兰的问话里是怒火熊熊。

"是啊！怎么了？"姚瑶更疑惑了。

"告诉他，让他离本姑娘远一点！"兰尚兰的火焰越燃越烈。

"……"姚瑶不知道该怎么说。

"你看他那色迷迷的样子，好让人恶心！我就不知道你为什么要嫁给他，嫁给那个流氓！"兰尚兰的烈火已经直冲云霄。

姚瑶还没有反应过来，兰尚兰已经转身走了，脚步声哼嗒哼嗒地响成一串。她喊了几声，兰尚兰始终不回头，像一团火消失在了走廊尽头。

姚瑶刚刚好起来的心情瞬间又变得沉重起来。

她被兰尚兰的表情和语言彻底搞懵了。这么些年来，在她的心中，邝哥一直是一个在生活作风方面洁身自好的人，决不会跨越雷池半步。如果按兰尚兰的说法，那她所看到的都是表象？是伪装？但是，她怎么也不会相信，他会对一个十多岁的小女孩下手！他是镇长，是公众人物，他必须顾及自己的政治生命！

她决定无论如何也要找兰尚兰好好谈一次，很深入地谈一次。

然而，兰尚兰仍旧是行踪不定。连续很多天，她似乎都会来学校，可是等你发现她在，去找她的时候，却没了踪影。

老公依然很忙，下乡，开会，跑项目，应酬，很少见到他的影子。偶尔回到宿舍，总是似乎疲惫到了极点，有时候干脆是不洗脸不洗脚就上床，然后酣然入梦。躺在床上，她的脑海中始终都是兰尚兰的形象，那个被怒火灼烧得迅速变形的形象。她想从兰尚兰和老公之间找到一种关联，却越想越糊涂。

真
相

双休天，雅雅也在，一家人去爬山。林荫小道，石板路，凉风，夕阳，还有雅雅叽叽喳喳的喊叫和欢快的脚步，这在以前，是一幅多么温馨的画面啊！可是，姚瑶却又想起了兰尚兰，想起了那个站在她门口怒火中烧的女孩。她的家庭、她的生活，对于姚瑶来说充满了神秘感，而她所说的话，对姚瑶来说，更是一道谜，这道谜，姚瑶必须解开！

"看到雅雅，我想起了一个学生。"她说，似乎是很不经意。

老公正跟在蹦蹦跳跳的雅雅身后，气喘吁吁爬着石板路，听到妻子的话，只是"哦"了一声。

"她身上好多坏毛病，我看，都要怪这个社会！"她还是很随意的样子。

"你们学校，不，是卧虎镇中学，坏学生不少，不知道你们是怎么管的。"老公说，似乎对学校很有意见。

"但那个学生是问题最多的一个。"姚瑶继续刚才的那种语态。

"谁？是哪个学生？"老公突然问。

"怎么？你知道？"姚瑶这一句问也很突然。

"哦，不，我是随便说的。"老公显然有点紧张。

"知道你是随便说的，你一个镇长，怎么会去关心一个问题学生呢？"姚瑶说，"是个女生，个子不小，长得很水灵，实实在在说，很可爱。可是，她为什么会有那么多毛病呢？"

老公问："今天是什么日子？哎，对了，那个，那个王局长明天儿子结婚，一定要去捧个场，你去吗？"

老公似乎在回避她的话题。她没有被老公绕进去，还是按照刚才的思路说自己的："对了，邝哥，你认得那个叫兰尚兰的女孩吗？很出名的那个女孩？"

老公顿了一顿，转过身来，嚷道："你鬼扯什么呢？我怎么会认得那个女孩？"

姚瑶有点咄咄逼人了："真认不得？不会吧？她说她认得你的！"

老公有点忍无可忍了，吼道："你是什么意思？我是什么人？我是镇长，是党的干部！你怀疑我？你怀疑我什么？"

真相

姚瑶说："哎哟，你怎么会发这么大的火？你看，雅雅在，吓着她了！今天不说这个话题，今天我们一家人到山庄去，好好吃一顿。对了，雅雅，你喜欢吃什么？"

姚瑶终于觉得自己不是一个简单的女人，她这一试探，发现老公的身上果然藏着秘密。一方面，她被自己的睿智所折服；另一方面，她还是被实实在在吓了一跳：老公真有问题！

现在，不是姚瑶怕老公冷落的时候，而是她在冷落老公。

她很希望老公向她解释点什么，但老公就是不做任何解释，也许，他是真解释不清楚。如果他真是做出了什么解释不清楚的事，那他的灵魂绝对是污浊的，这对于她来说，等于是世界末日来临了。

她毕业于一所很出名的师范大学，要不是父母坚持要她回来，一切都会不一样。她有个孪生的妹妹，叫小姚，考了上海一所不错的大学，毕业后就留在了那里。父亲那时在藏龙乡任书记，邝哥是乡政府办公室的一名工作人员。有一次，他被父亲带到了家里，一起吃了饭。姚瑶是那种相对比较文静的女孩，很少说话，却也很温顺，所以，每一次他到家来，她都会把他当成客人。没想到，此后，她成了他追求的对象。更想不到的是，不管她怎么拒绝，他始终保持着高度的热情，硬是有"将爱情进行到底"的那种意志。三年的马拉松，他首先感动了父亲，接下来感动了母亲，随后，连在上海的妹妹也被感动了，他们联合向她发起了进攻，她最后只有缴械投降。还好，婚后，两个人很默契，并且长期保持着一种恒温。可是，看来，这个婚姻现在要风云突变了。她感觉，老公不要她来卧虎镇支教，最重要的原因还是怕她来知道了他的秘密，而他，竟然找别的理由来搪塞！

她决定去一趟兰尚兰的家。

可是准备动身的前一天晚上，老公喝得烂醉，被人送回了宿舍。她本不想管他，可其他人一走，他就哭起来。他一边哭一边说，这是什么世道，人与人之间为什么就有这么多嫉恨，这么多险恶？都当镇长五年了，可是，前边还是有个书记横在那里！这五年，他是尽心尽力的，他付出了汗水、血水，付出了青春，该付出的都付出了，可是，得到了什么？现在，还要遭人陷害！如果还有选择，他宁可选择当一个普通的工作人员，或者去教书也好！说到最后，他抱住了姚瑶的双腿，几乎就是在号啕，混合着泪水和哭声：老婆，你可要相信我，你要支持我！你说的那个事，肯定是有人要陷害我，真的，不骗你！你说，一个才十五岁的小女孩，我会打她什么主意？我敢吗？我他妈是镇长，我他妈敢吗？再说，这么多年，老婆，你看见我乱来过吗？我和所有的女人都保持着距离，政治生命很脆弱，我什么都不敢！而且，我对你的感情是那样真，那样深，你对我也是那样好，我为什么要乱来？再说，天下还有比你好的女人吗？关于那个女孩，你不要听她乱说，你最好不要再接触她！这些人真是厉害，居然让一个小女孩来陷害我！老婆，你知道我的感受吗？此刻，我想杀人！老婆，我真的很怕，我们这个家，如果散了，雅雅怎么办？雅雅那么可爱！雅雅身上流着我们的血，我们必须对她负责啊，我们必须给她一个幸福的未来啊！……

真
相

老公放开嗓子号啕一阵，居然慢慢睡着了，脸上留下横七竖八的泪痕。

姚瑶是第一次发现老公醉成这个样子。酒醉吐真言，也许他说的都是真的。可是，别人为什么要害他？是谁那么缺德居然要牺牲一个女孩的名声来害他？女孩要害他为什么不是跑到纪委或者派出所，偏偏是找她说？对了，他说那个女孩只有十五岁，他怎么会那么清楚？……

真相到底是什么？

姚瑶感觉头都大了。

第二天早晨，她没有急于去兰尚兰家，而是跑到派出所，她要查一查兰尚兰的家庭成员都有哪些。派出所的资料显示，兰尚兰刚刚满十五岁，她的母亲兰甜比她刚好长二十岁，高中学历。兰尚兰还有一个外婆，六十九岁。再没有别的成员，更没有那个所谓的"吴果"半个字。

老公居然能够准确说出兰尚兰的年龄，这绝对不是巧合。能知道这个学生，已经值得怀疑；能够准确知道年龄，更可以断定是有问题了。而且，他反对她来卧虎镇，不准她接触兰尚兰，都说明问题不简单。那么，不简单到了哪一步？

兰尚兰是个谜，老公是个谜，他们之间的关系更是一个谜。这个谜，果真藏着老公猥琐的灵魂？

她又打电话让政教处吴主任来她办公室。吴主任很快来了，手里还拿了厚厚的一本资料。显然，他是经过精心准备的，这些天，他一定下了很多功夫。他一进门就将资料递给她，并且还非常顺畅地向她介绍与兰尚兰相关的情况。

他说，兰尚兰的母亲的确叫兰甜，河边村的，曾在卧虎镇中学读初中，成绩很好，最后考到了县一中。当时，大家都以为她一定能够考上一所名牌大学，却不料名落孙山。就在她高中毕业后不到一年，居然生下了一个孩子，就是兰尚兰。她没有再读书。兰尚兰快一岁的时候，她离开了河边村，之后再没有回来，谁也不知道她去了哪里。她母亲在她走后不久大病一场，身体恢复之后眼睛却瞎了。

兰尚兰能够活下来本身就是奇迹。相当长一段时间，兰尚兰靠邻居们轮流代养。兰尚兰很懂事，只有四五岁就开始照顾外婆了，到了八九岁，居然能够种庄稼了。小学时，她成绩很好，基本上都是班级前三名，大概是学校就在她家房子旁边，不会因为家里的事影响学习。进入初中之后，完全变了，她不但成绩严重下滑，还经常逃课，之后是和老师对着干，并且经常撒谎，经常打骂别的同学。她外婆渐渐学会了自理，她回去，她外婆还得反过来照顾她。对了，资料里有很多照片，都是她小学时候的，我翻拍的，那个时候她可是学校的明星啊！

姚瑶找到了那些照片，几乎都是兰尚兰上台领奖或者是在台上主持活动的照片。一二三年级时候的兰尚兰是花枝招展的，大一些的兰尚兰看起来很活泼、很开朗、很可爱。无法想象，是什么原因让兰尚兰变成了今天这个样子？她是怎么认识邝哥的？他们之间到底发生过什么？邝哥对兰尚兰的变化应该负责任吗？

真

相

吴主任说，学校在兰尚兰身上下的功夫其实是很多的，但是，她和老师之间的对抗情绪太严重了，她根本不相信任何一个老师，甚至也不相信任何一个同学，就好像所有人都是她的敌人。黄老师让她当班长，本意是要让她树立信心，和老师、和同学能够走近一些，却适得其反。到了今天这种地步，大家对兰尚兰真的是束手无策。

姚瑶问："平常她都会接触什么人？"

吴主任说："她接触的人不多，和社会上那些小混混很少来往。"

姚瑶又问："她有早恋迹象吗？"

吴主任摇头："我看没有，在这方面，我觉得兰尚兰还算是个不错的女孩。"

姚瑶沉思了一下，又问："那她逃课，会躲到什么地方？都在做什么呢？"

吴主任沉吟着说："我们想搞清楚，却一直没有搞清楚。问她，她会说，在寝室里睡觉，或者说去了网吧，要不就说去了街上那家旱冰场，甚至说在车站候车室，可是一核查，都不是。"

姚瑶继续提问："那有关她父亲的信息、她父母的电话一类的，都是她杜撰的？"

吴主任说："我想是吧！她经常说假话，她可能说她父亲是个商人，是个医生或者大学教师，也可能说她父亲是个企业家，甚至作家、画家或者编辑、记者。有一回，她居然说，她没有父亲……"

"没有父亲？"姚瑶打断了吴主任的话。

"是啊，她当时是这样说的，可后来她否认了，最近一段时间，她总说，她父亲就叫吴果，在国外工作，大概是维和部队一类的，要不，就是在非洲，专门抢救埃博拉病人。"

姚瑶摇摇头，沉吟半晌，再问："你怎么看兰尚兰？你觉得这个女孩的品行到底是怎样的？"

吴主任摇摇头，揣测着说："看不出她品行有特别那个的地方，不过，不说无可救药，也是很难掰回来了。反正那个，真的很难说。"

姚瑶觉得吴主任的"那个"有点滑稽，不再说话。

吴主任战战兢兢地退走了。

那么，兰尚兰不上课的时候，会在什么地方？姚瑶百思不得其解。

（四）

姚瑶终于去了河边村。

兰尚兰的家在河边村中心小学旁边，一座木架子的瓦房，三间屋子，看起来有些古旧。它的周围，有不少混凝土楼房，闪着灿烂的光芒。有几座楼房还装上了琉璃瓦，看起来非常豪华。兰尚兰家房子正前面是三县湖，远远的，能看见湖面上很多船只穿梭往来。湖的四周是密集的房屋，能听到狗吠声。

姚瑶走进兰尚兰家的屋子，一个老人，坐在一条木凳子上，闭着眼睛，似乎在屏气凝神倾听什么。姚瑶叫了一声"大娘"，又叫了一声"大——娘"，老人才微微挪动一下身体，皱巴巴的眼皮颤动了几下。姚瑶靠过去，明显嗅到了老人身上的尿臭味和汗臭味。她没有退开，蹲在老人身旁，拉着老人瘦骨嶙峋的手。

"我是兰尚兰的老师，大娘，我是兰尚兰的老师！"姚瑶尽力把声音放大，"大娘，我是兰尚兰的老师，你能听到吗？"

老人点了点头。

"大娘，想问你几个问题，你能回答我吗？"

半天，老人才似乎反应了过来，用很轻的声音说："你……也

真相

是来找……找兰兰她……她……妈……的电话？哦，没有……老了，不用……不用电话……"

老人的断断续续的回答极像是提前编好的台词，甚至还像是专门演练过的。

"莫……问我……不……晓得……"

很显然，老人什么都不想讲。姚瑶站起来，转过身去，看见灶台边，一张木桌子上有一台红色的座机电话。她走过去，拿起话筒，按了回拨键，很快，一个女人的声音传来："你是哪个？"

姚瑶挂断了电话，并迅速记下那个号码，她想，也许那个女人正是兰甜。就在此时，电话铃声响了。老人站起来，摸索着走到电话机旁边，很利索地将手柄贴到耳朵边，然后"啊"了几声，又说了一句"一个女的"，再抖索着放下手柄，坐回木板凳上，一动不动了。姚瑶不管怎么喊她，都没有任何反应。

姚瑶知道再在这里逗留下去毫无意义，便去了村办公楼，她想找村干部了解一下相关情况。

三县湖以前是一条河，桐梓河，从大娄山腹地逶迤而来，朝西奔腾而去，最后注入赤水河。数年前，下游筑坝修电站，这里就形成了一座二十多公里长的人工湖，最宽达五六百米，最深处有一百多米。一座铁索桥就架在三县湖东面的两壁悬崖上，河边村办公楼离铁索桥也就一百米左右，只有两楼，不大，黔北民居式样，显得很古朴。姚瑶从大门走进去，找到了主任室。正好，主任在。主任五十来岁，白色 T 恤，白色休闲裤，白色休闲皮鞋，头发明显染过，并且梳得很伸展。姚瑶有点吃惊，一个村干部如此装束，绝对算得上奇葩。她向主任介绍说是卧虎镇中学老师，想打听一下兰尚兰家的情况，希望主任配合一下。

也许是他知道姚瑶的情况，要不，一定是姚瑶的美艳刺激了他，他两眼放光，显得异常激动。

"这家人吗？"他的声音分贝特别高，与他的那身装束有点不协调，"一家奇怪的人！本来，那个兰甜，我看着长大的，漂亮，真正的漂亮！说来你不相信，那个时候，她迷倒过好多男人，有的还因为她发了疯，跳了河！可是，你说怎么回事，一个高中读了，肚皮就大了，不久有了那个姑娘。光这样不说，她后来又出去了，出去再不回来！真的，不好理解！最不好理解的是，她居然不嫁人！我们都不晓得那个姑娘的爹是哪个！邝镇长下乡来，去看望那个老人，才一说姓邝，你说，好奇怪，老人举起一根棍子就打过去，喊了好几声'滚'。邝镇长说那家人困难，应该解决低保，可是，老人偏偏不要，说她家有的是钱，她女儿有的是钱。其他人争低保是可以争一个头破血流，可她家偏偏不要，真是奇了怪了！"

真相

主任一口气说了这么多，"奇怪"两个字始终挂在口头上。姚瑶听着也觉得奇怪，联系到兰尚兰的很多表现，她感觉那一家三口都是很难让人理解的，也许，三辈人都传承着"撒谎"这一习惯。

主任还要说话，手机却响了，拿起来才放到耳朵边上，不知里面说了什么，他惊愕地瞪大了眼睛，一边扫视姚瑶，一边"哦哦哦"地答应着什么。挂了电话，他才一连说了几声"对不起"，接着告诉姚瑶，邝镇长已经快到村里了，让姚瑶在这里等他。

姚瑶的心里已经充满愤懑。主任的话，她听进了心里：老人才听见老公说姓邝就那样怒火冲天，说明他一定对那个女孩做过什么，而他还要千方百计安排低保什么的，也许他是做贼心虚，是良心不安。她想不到，她相濡以沫近十年的老公，竟是这样一种人！

现在，他居然尾追而来，他发现了什么？他准备干什么？

姚瑶强迫自己安静一些。在她看来，揭开谜底的时机已经到来。也许，揭开谜底，她会更加痛苦，但她宁可痛苦，甚至比痛苦还要痛苦十分。

一阵汽车的喇叭声响起，主任走了出去，很快，带着两个人走进来，是老公和他的司机。

"我的媳妇呐，你要下乡，怎么不说一声？我应该让小刘送送你啊！"

老公的语气显得极其亲热，表情看起来也很轻松，但在姚瑶眼里，全是伪装。

"我是准备来河边村了解工作开展情况的，不想你在这里。好，现在一起回去吧！"

老公的亲热劲没有减退。

姚瑶没有回答，却也没有过激的反应，她想看她的老公还会有什么样的表演。

然而，一路上，老公居然像是什么事也没有一般，有时候和司机说说话，有时候讨好般地找姚瑶开几句玩笑，有时候干脆哼几句歌曲。姚瑶心想，你越是这样，说明你越是想遮掩什么。可是，纸是包不住火的，就不相信，你还能够继续表演下去。

果然，吃了下午饭，回到宿舍，老公说，两个人应该坐下来谈谈，很显然，他们之间已经出现了信任危机。

姚瑶说，是该谈谈。

老公说，你这一段时间都在背后调查我，说说吧，到底抓住了我什么把柄？你如果真觉得我做了什么对不住你的事，说出来吧，然后，你想怎么办，你就怎么办。一句话，该伸出脑壳，决不拿屁股冲抵。

此时的老公显得出奇的冷静。官场，已经把他训练成一个真正的政客了。

真
相

姚瑶说，那就说说那个女孩吧，你和她到底是什么关系？她为什么那么反感你？她外婆为什么见了你就是又骂又打？而你，为什么会对那个女孩和那个女孩的外婆关怀备至？

老公给自己泡了一杯茶，慢慢啜饮，似乎今天晚上完全是风平浪静的，两个人只是坐在月光下乘凉，只是在闲聊一件与己无关的趣事。

他终于说，我可以解释，但有一个前提，那就是你必须保持理智，我不想争吵。

姚瑶心想，是啊，你总该说实话了！她默认了老公提出的条件。

"我说过，我目前面临很多困难。"老公饮了一口茶，很平静地说，"本来不想让你担心的，但是，不让你担心看来是不行了。我现在，已经遭人嫉恨。你知道，我个人能力太强了，功高盖主。功高盖主，就意味着别人会弹压你。没把柄怎么办？很简单，陷害！陷害，你知道吗？欲加之罪，何患无辞！要陷害你，那是防不胜防！好几年前，你爹当组织部副部长，我当了副乡长。很多人背后议论，那个邝某某啊，靠的就是他岳父，屁的能力都没有！所以，之后我不想借助任何人的帮助。你爹后来不是当过组织部长吗？可是，我没找他！再后来，他又当了政协主席，我还是没找他！当然，他也没帮过我！我当这个镇长是你爹退了之后，对吧？你说，我凭什么？我凭的是实力，是能力！可是，没想到，有人想整死我，真的，想整死我！还好，我没有把柄落在他们手里！你知道，我各方面都是清清白白的，我甚至都没有收过别人一个红包！是，我手下有女人，卧虎镇有很多女人，我如果没有把持，我还有今天？你怀疑我对那个女孩怎么样，我能对那个女孩怎么样呢？她就是个小女孩！我的灵魂再怎么卑污，也不至于吧？我的老婆，我至于吗？"

姚瑶居然又疑惑起来。是啊，再怎么说，他也没有理由对一个小女孩下手，他身边有的是女人，那种风情万种的女人。可是，种种迹象表明，他和那个女孩之间，的确有一种不同寻常的关系，为什么啊？

难道真相就是他们之间一点关系都没有？

就在这个时候，老公的电话响了。姚瑶感觉，那是一个不同寻常的电话。果然，当老公把电话举到耳朵边，很快就兴奋异常。

"好，雅雅，爸爸祝贺你，也代表你妈妈祝贺你！你等着，你妈妈就在身边，我让她接电话！"

老公把电话递给了她。

"妈妈，我，雅雅，我评为了，评为了全县'最美红领巾'，老师说，还要，还要推向全省，推向全国！外公说，双休天，等你们回来，一起，一起庆贺！"

姚瑶的泪水出来了，这么多天都充满了酸涩和委屈，女儿的这个喜讯让她无法抑制心中的激动。

真相

把电话还给老公，她立即给父亲打电话，说这一段时间辛苦两位老人了，而两位老人又能够把雅雅带得这么好，她一方面心里有愧，一方面又非常感激。她说，这个周的双休天，要把双老和雅雅带着，一起去泸州或者重庆走走，好好庆贺庆贺！她带着哭声，泪水在脸上肆意奔流。老公站在旁边，不停给她递上纸巾。

这一夜，两个人都似乎沉浸在雅雅带来的喜悦里，刚才的话题再没有继续。但是，上床后，过去的那种温热全然没有，背对着背，最后渐渐睡去，连对方的鼻息也没感觉到。

第二天，又有一件事打破了姚瑶内心在渐渐恢复的宁静。

姚瑶才上课出来，还没有走进办公室，一个电话打来了。这个电话是她昨天从兰尚兰外婆那里发现的，本已经打消了打过去的念头，不想对方却打过来了。

"我叫兰甜，我是兰尚兰的妈妈。请问，昨天，是你，是你在我家，用我家的座机拨打了我的电话吗？"

姚瑶感觉奇怪。对方怎么会知道是她打了那个电话？

"你是兰甜？兰尚兰的妈妈？请问，你怎么就断定是我用了你家座机打了你的电话？"

"我猜的。这一段时间，你都在了解我孩子的情况，是不是？"

姚瑶说："是啊，作为学校领导，作为老师，我有义务帮助任何一个学生。我找了很长时间你的电话，兰尚兰都不说真话。今天，你终于打电话来了！"

那边说："感谢你！我孩子身上的毛病的确不少，我清楚。我这就赶回去！对了，我这孩子问题太多，又特别喜欢撒谎，她不管对你说了什么，你都绝对不能相信！"

姚瑶说："这个，我知道。"

挂了电话，姚瑶觉得不对，对方似乎知道兰尚兰对她说了什么，对方是怎么知道的？

姚瑶才轻松一点的心情突然又紧起来。

她必须找到兰尚兰，无论如何，她还是想从兰尚兰的身上捕捉到什么信息。

她去九年级六班找到了那个叫向聪的女生，让她留意一下兰尚兰，特别是留意一下兰尚兰会到什么地方去。向聪说，我找几个人跟踪她。姚瑶表示默认。她感觉这种方法很不恰当，但是，除了这种办法，再没有更好的办法了。

那天下午，向聪告诉姚瑶，兰尚兰独自去了学校后边那座山上，进了那片很深的树林。这是一个很重要的信息。她找到令狐校长，让令狐校长安排两个有经验的女老师陪她一起去那片树林，另外，派几个男老师远远跟着，以防有什么意外。她还对令狐校长说，这个事必须保密，不能走漏半点风声。

学校后面那座山比学校高出大约两百米，要从东面的一条小路绕上去。整座山都长满了浓密的树林。爬到山顶上，树林里荆棘密布，杂草丛生，很难找到路。两个女老师很有经验，循着被杂草或者荆棘覆盖的毛狗小路一直往森林深处走去。越往里走，姚瑶越是疑窦丛生，这么偏僻还带着几分恐怖的地方，兰尚兰会来干什么呢？

真相

一个女老师说，这里原来有一条人行大道，后来四面八方都修了公路，人们进出都坐摩托车，这条人行大道就再没人走了。

不久，她们看见了一座小小的茅草房，土墙，木门。茅草已经完全腐烂，长出了很浓密的杂草。她们悄无声息地从侧面摸过去，然后突然推开了虚掩的房门。兰尚兰果然在里面，是跪着的，嘴巴里念念有词。她的前边，是一尊石头雕刻的山神，不高，也就五六十厘米。兰尚兰的左侧，居然铺着厚厚的干茅草，干茅草上面是床单、被子，还有几件折叠整齐的衣裳。她的右侧，有一张用木板拼接的小桌子，小桌子上，有一盏充电的台灯，另有不少方便面、面包、蛋糕、水果、矿泉水。

所有人都大吃一惊。这么长时间来，兰尚兰竟然一个人长期待在这里。

兰尚兰同样被几个突然闯进来的不速之客吓了一跳。

"你在做什么？"姚瑶力图把兰尚兰从地上拉起来。

"我在干什么与你何干？"兰尚兰用充满愤怒的眼睛盯着姚瑶。

姚瑶知道，此时，只要语言上稍有不慎，兰尚兰会突然爆发，就像是一只被激怒的野兽，后果也许不堪设想。

"你们跟踪我？"兰尚兰咬牙切齿。

姚瑶和另外两个女老师都没说话。

"告诉你们，我在和我爸爸说话！我和我爸爸说话，有错吗？"兰尚兰眼眶里泪水突然像山洪暴发一般奔涌出来，手指石头雕刻的山神喊道，"它，它就是我爸爸！它，它能保护我！"

姚瑶和另外两个老师都感觉手足无措。

"我，我是什么？一个没老子的孩子！我生下来就没老子！我问外婆，我父亲在什么地方？外婆说，在很远的地方。我问远方的母亲，母亲说，他叫吴果，在国外，还说，我父亲是个非常优秀非常伟大的人物！可是，他究竟在什么地方啊？他为什么就不能和我见上一面？好，我找到他了，也就是它！它说了，它会给我幸福，它会永远做我的保护神！你们，你们跟踪我，你们为什么要这样？你们……"

兰尚兰晕厥了过去。一个女老师有办法，赶忙掐住她的人中穴，她很快苏醒了过来。姚瑶把她搂在怀里，泪水也像是雨水一样在脸上奔流。任由兰尚兰怎么吼叫怎么挣扎，姚瑶始终没有放开她。

（五）

那个双休天，姚瑶和她老公、女儿、父母去了重庆境内的一个景区，看起来，一家人似乎是其乐融融，而且邝哥也尽力讨好姚瑶，但在姚瑶，总是如鲠在喉，怎么也快活不起来，有时候，看见雅雅天真的模样，眼睛竟然会是酸酸的，仿佛那里面的泪水随时都可能夺眶而出。

那一天，姚瑶是坐卧虎镇的专线班车走的。走之前，她去父母那里看雅雅。雅雅在画画，她退出了雅雅的房间。父亲说，这两天，他看出了姚瑶有心事，肯定是和小邝闹别扭了。她突然抱住父亲，哭了，说你老人家当初为什么就断定他是个好人呢？父亲有点意外，末了，说，你必须想想雅雅，你这一步走出去，雅雅也许就不再是个优秀的孩子了。

回到卧虎镇中学，她一直在想父亲的话，一度时间，她曾经想放弃了解真相的权利，她怕揭开谜底。她想，有时候，浑浑噩噩地过，倒显得比较轻松一些，比如之前的日子。她把主要精力都放在了工作上，拟写了一份上万字的支教方案交给令狐，又带着教务处的几个人，把老师编写的计划、教案和批改的作业查了一个底朝天，还查班主任的相关工作，特别查班主任的住校生管理工作和问题学生转化工作。三天下来，真真切切是累得"腰酸背痛腿抽

真
相

筋"，曾经的那些烦恼居然在渐渐隐退。

然而，星期四那天，第二节课，一个女人走进了她的办公室，自称叫兰甜，是兰尚兰的母亲。看起来，她比姚瑶略大一点，尽管经过了精心化妆，她还是从她的眼角看到了细细的鱼尾纹。逼近中年的女人，没有养尊处优的条件，想装嫩是不容易的。不过，整体上看，还是风韵犹存。

"叫你姐姐吧！"相互通报了自身一些信息之后，姚瑶很真诚地说。

兰甜有些感动。她赞赏姚瑶，包括能力，学识，乃至外貌和气质，最后自然是家庭。她羡慕姚瑶有一个那样美满、那样和谐的家庭。

怎么介绍我呢？说起来惭愧。母亲是小儿麻痹症患者，尽管最后嫁给了父亲，但还是被父亲抛弃了，因为父亲死得太早。我继承了母亲的命运。那时我的成绩的确很不错，可最后却没有考取大学，大概是我喜欢上那个人，疯狂地喜欢，不停约会，不停分心，最后当然是一事无成。最难堪的一件事是，我怀孕了，那是我正准备着复读的时候，也是那个人要跨入大学校门的时候。他对我说，把孩子生下来，为了我们的爱情！我问他，生下孩子就是爱情吗？他说，别声张，我大学毕业后就娶你，那样我们可以有第二个孩子，神不知鬼不觉。最后，他又说，这是他家人的意思，他们家已经是八代单传，他们家人希望他有两个儿子。这是个荒唐的要求，可我却答应了，因为我太爱他了，他让我怎么做我就会怎么做，也许让我跳河跳崖我都愿意。我去过他家，很穷，为了他读高中，他父亲和母亲天天给别人背石头、背泥巴、背水泥、背砖，他们干的都是最重的活，累得只剩下了一架骨头。他们父母对我特别好，他们说能够有我这个儿媳妇，他们心满意足了。我很同情他们，不到五十岁的人，看起来已经苍老得像是六七十岁的老人了，我暗自下决心，一定要为他们分担忧愁。我在家里生下了兰尚兰。前后一年半时间，我虽然努力种高粱、养猪、养羊，但是收入不高，除了家里要用的，结余不了多少。不过，我还是尽力多给他汇去一些钱。孩子快满一岁的时候，我离开了河边村，离开了母亲，我要找更多的钱给他汇去，我希望他能够安心读好书。那两三年的时间，我什么苦活累活都干，什么工作能找钱我就干什么工作。他毕业了，进了一家公司，最后被派到一家驻外机构。我哭了三天，他说没事，最多三年他就回来娶我。可是，没想到，直到今天，仍然没有他的消息。孩子天天问我她父亲在哪里，我只好对她说，在国外，叫吴果。吴果就是无果。我等了很多年，我意识到，那个人不会回来了，我只能拼命找钱，我要给女儿最好的生活，我要给她买房子，买车，我要让她骄傲地活在这个世上。但是，我很失败，我没有在家里陪过她一天，只是她大姨每年将她带到城里我住的那个地方，住上一个周或者两个周。那是很隐秘的。她大姨说，如果别人知道你有个孩子，这一辈子你别想找到一个好男人。其实，我压根就没想再找男人，可是，心理上，我却还是不愿公开孩子的事，我前后进过很多公司，很多同事甚至都认为我是老处女，即便这种叫法有

真

相

贬损的意思，我还是觉得很受用。现在，我悔，真的。如果我不那么盲目，也不那么自私，那么就没有兰尚兰这个孩子，或者是没有兰尚兰这个孩子的今天！

兰甜一边说，一边哭。在姚瑶的生活中，还没有见过流这么多泪的女人，所以，她也陪着流泪，她在憎恨着那个到了国外就不再回来的男人，她觉得那个男人就该千刀万剐。她还有点佩服眼前这个女人，十几年，还在默默等待，等待一个不可能实现的梦的到来。

兰甜说完了，哭完了，才告诉姚瑶，她要把孩子接走，她要公开向同事们宣布，十几年前，她就有了孩子。虽然现在接走有点迟，但是，她相信，孩子的人生才刚刚开始，她有能力让她走上正确的道路。

姚瑶紧紧地抱住了身旁这个女人，这个不简单的女人。无法想象，当初她要是考上了名牌大学，说不定她已经成了国家的宝贝。姚瑶庆幸，自己生活在一个丰衣足食、和睦的家庭里，也庆幸自己在高中、大学甚至参加工作后对待感情的那种慎重态度。那么，就只有一个问题需要好好研究了：老公到底是一个什么样的人？

兰甜对姚瑶说，孩子喜欢撒谎，十句话当中有九句是真的已经实属难得。如果她在你面前说了什么不得体的话，或者是撒了谎，请你一定谅解她，我会教育她的，她迟早会来向你道歉。

姚瑶的心颤动了一下：这是随意说的还是有意要掩饰什么？

姚瑶送兰甜离开后，她还是强迫自己，不要太过计较细节，有时候往往是自己吓住了自己，比如鬼神，你心中有鬼神，那么，你身边就有鬼神，你的梦中全是鬼神。

姚瑶给老公打电话，老公很快接了，说现在有领导视察工作，正忙，迟一会他打过来。她不知道为什么要给老公打电话，打电话要说什么，可又感觉这电话非打不可，有些话也非说不可。遗憾的是，老公正忙。他忙也好，至少，她现在还没有想好该说什么。

她走出办公室。今天的天气不错，阳光灿烂。没有课的老师，三三两两的，正在操场里走动，或者是扎堆讨论什么。她朝操场走去，她想加入进去。可是，看见她走来，老师们竟然逃也似的散掉了，操场瞬间就只有她孤零零的一个人。她知道，这一段时间，她把她原来那间学校的很多做法搬到了这里，使得这里的管理紧了很多，严了很多，在老师们看来，算是风声鹤唳了，即便口头不说，心里却还是有些不舒服。可是，她不后悔，至少，她在卧虎镇中学的时候，她必须谨记两个字：支教。她必须对得起这两个字。

真
相

老公终于打电话来了，她这才想起，还没有想好和老公说的话。

"什么事啊，老婆？"老公在电话那一头显得很亲热。

"没事，只是——哦，对了，有个学生家长来了，我觉得很投缘，我想以个人名义请她吃顿饭，你能参加吗？"姚瑶终于找到了一个话题。

"学生家长？我就不陪了吧？"老公说，"当然，如果你觉得很紧要，我服从命令。哦，对了，今晚上要洗干净一点哦！"

老公又恢复了在她面前一贯的油嘴滑舌，她甚至有一种直觉：老公还真没什么问题。不过，放下电话，她想，一定得把兰尚兰带去，她要当面看看，他们两个人在那种场景会有怎样的表现，如果老公有问题，怎么藏都是藏不住的。她有点佩服自己了，灵机一动的一个决定，居然还透着大智慧！

然而，当兰甜接到姚瑶的电话，姚瑶还没有把请她吃饭的理由完全说清楚，她就断然拒绝了。她说，这客真该是她请，她要感谢学校老师们对她孩子的照顾，但她确实很忙，留待下一步她专程回来。她已经联系好车子了，马上就走，所以只能表示感谢了！

姚瑶万想不到兰甜这么快就要走，而且还要带走兰尚兰。自然，她带走兰尚兰，几乎所有的人都是求之不得。不过，姚瑶始终感觉，这中间总有什么东西没有揭开，或者就是一层膜没有捅穿。同时，她还感觉欠着兰尚兰一点什么。

她去了令狐办公室，不在，打电话，说是在资料室。到资料室，有好几个人在那里，包括令狐和一个副校长、教导主任、办公室主任、资料员。他们在讨论怎么建资料的事。令狐告诉姚瑶，每年，就是这个资料不好做，实实在在地做，控辍保学不达标，可要报假数字，印证材料又不好找，而且，多报了人头数，上面就要多拨公用经费、营养改善计划的午餐费等，干得不好，要被认为是套购国家资源，轻则被批评，重则被处理。这一个，姚瑶不懂，她原来那间学校，都是成绩比较好的学生招进去的，每个人都想考一所好大学，很少有辍学；即便几个人辍学，仍然不影响达标。姚瑶问这个事镇里分管领导知不知道，令狐摇摇头，说知道了又怎么样？不怕你多心，镇里根本不会管这些事。

后边这句话明显针对的是邝哥。姚瑶也感觉到了，在老公的心目中，教育不在他的考虑之列，他曾经说过，那是教育局的事。本想和令狐说说兰尚兰与她母亲要走的事，最后却没有说，在那里站了几分钟，告辞走了。

才在办公室的沙发上坐下来，有人敲门，而且很急迫。她开了门，站在门口的竟然是兰尚兰，她身后还有一个女生，就是替姚瑶跟踪兰尚兰的那个向聪。

真
相

"快，快进来坐！"姚瑶很意外。

兰尚兰面色凝重，没有说话，扫视了姚瑶一眼，终于走到沙发旁，坐下了。

向聪却有些紧张，没有坐，头埋得很低，好像是做错了什么事一样。

"找我有事？"姚瑶问，递给兰尚兰一杯水，然后又递给站着的向聪一杯。

"对不起，老师，我说漏嘴了……"站着的向聪战战兢兢地说。

"你说漏什么嘴了？"姚瑶感觉很奇怪。

"我说兰尚兰像一个人……"

"像一个人？像谁？"

"我说她像，像……邝镇长……"

姚瑶僵住了。

是啊，第一次她看见兰尚兰，她就觉得很有点面熟。现在，她扭过头去，只扫了一眼，就感觉向聪没有说假话。

天啦！像，真的很像！

姚瑶瞠目结舌。她想起了这段时间来发生的所有事，想起了很多怪异的现象，现在，都可以解释通了。

"你说，像还是不像？"兰尚兰用咄咄逼人的语气问姚瑶，而且眼睛里在喷火。

姚瑶没有说话。她还处在极度震惊之中。

兰尚兰把目光对准那个很张皇的向聪："你说，到底有几分像？"

向聪扬了一下头，扫了一眼姚瑶，又低下头去，不说话。

姚瑶终于回过神来，拍拍向聪的肩膀，让向聪坐下。这晴天霹雳虽然差一点就震坏了她，但她还是努力保持镇静，并且反复用目光扫视兰尚兰，本能反应是，她真不希望兰尚兰像老公。然而，额头、眉眼、鼻子、嘴巴、身材甚至神态等，没一样不像老公，越看越像。她没办法否定。

兰尚兰连续逼问两个人，两个人都没有做出回答。兰尚兰的情绪越来越激动，似乎是一头暴怒的小狮子，直想把身旁的两个人扯得粉碎。

"不像……"姚瑶终于说，"真的不像，一点都不像……"

姚瑶保持了足够的理智，她不想让向聪看出什么端倪。她语言上做出上述判断之后，她要向聪先走，并且叮嘱向聪不能乱说话，特别是今天这个事，不管对任何人都不能说。

向聪一走，兰尚兰就站起来了，右手食指指向了姚瑶的脸。

"你说，你就是第三者，是不是？当年，就是因为你，我妈才被抛弃，是不是？你说，是不是？"

姚瑶让兰尚兰冷静下来，她说这个事她也觉得奇怪，可能是个巧合，是个误会，不能够妄加揣测。但是，兰尚兰的情绪已经激动到了极点，一边是声嘶力竭地吼叫，一边是泪水盈盈。

"怪不得，他总是找我，总对我说，要好好读书，他拿钱我读书，读高中，读大学，读研究生！怪不得，他总给我买东西，给我钱，我不要，他就追，强行往我怀里揣！怪不得，他总是要我去他住的地方，还老是要请我吃饭！怪不得，他老是警告那几个小混混，谁要是欺负我，他就废了他，灭了他……"

姚瑶全身在颤抖。

现在，一切都已经明了，她必须找到她的那个老公，他必须给她一个交代！

然而，兰尚兰却缠住了她，她要她回答，当初是不是她充当了第三者？

是啊，当初，是不是她充当了第三者呢？

她要兰尚兰冷静，她说，你已经是个中学生，对是非对错应该有一个判断标准，不能够这样胡搅蛮缠。如果真是你说的那样，那我，我也是受害者，你懂吗？我也是受害者！这样吧，我的意见，

真相

你必须留住你妈妈，也只有你妈妈，才能够说清楚这一切！对，你现在就给你妈妈打电话！

她把电话递给兰尚兰。

兰尚兰颤抖着双手接过了电话，然后，抖抖索索地按出一串数字，放到了耳朵边。

"我是兰尚兰，妈，你不能走，我也不走了……你就是个骗子，你一直在撒谎！我恨你！……你必须到，你必须解释清楚！……对……她也觉得你不能走……我不管她是不是受害者，我只要你留下！……你必须留下！你不留下，我不认你这个妈！反正，十几年了，你也没陪我几天！十几年了，我都没有爸爸……你不要逼我，我什么事都做得出来，别看我小……好，我等着你……对，在她的办公室，当面锣对面鼓地说……"

兰尚兰打完电话，把手机还给了姚瑶。姚瑶立即拨通了老公的电话。

"邝镇长，我知道你忙，这十几年来，你都在忙！……你先听我说，我不是个喜欢无理取闹的人！……对，我是当了十几年的傻子……好，我在办公室等你……也行，你找地方，正好，四个人，说个明白……你别紧张，目前为止，还没有别的人知道，不过，如果你不到，我会做什么，兰尚兰会做什么，谁都不知道……行，行，就在卧虎山庄……行，我们，马上到！"

（六）

卧虎山庄建在三条小河交汇处东北角，占地面积有六七百平方米，被几棵黄桷树严严实实地覆盖住，其中一棵黄桷树直径近三米，专家考证，树龄大约二百八十岁。一座纯木料、盖着黑瓦的房子，三层；一块硬化的水泥坝子，能停数十辆小汽车；坝子边上还有花池，有一座长约二十米的转角亭。以前，这里经常是车水马龙，近年冷清了很多。

姚瑶带着兰尚兰来到这里，老公和兰尚兰的母亲都还没到。她们走进一间很僻静的小屋子，各自找了个地方坐下。都没有说话。兰尚兰对姚瑶充满着仇恨，姚瑶对兰尚兰，既有几分歉意，也有那么一点敌意。但更主要的，她还是没有从被证实了的事实中走出来，她万万想不到，她的人生，在这里遇上了真正的一道坎，而这道坎，她不知道该怎么跨过去。

老公来了，穿着一双军用塑料鞋和一身运动装，身上还沾有一些泥浆，想必是刚刚从乡下回来。这装扮看起来比他的实际年龄要大了很多，还似乎充满了沧桑和憔悴。他只朝她们点点头，然后在一张塑料凳上坐下，摸出烟，抽出一支，点燃。姚瑶知道，他一般不抽烟，而一旦他点烟的时候，正是他心中有很多结打不开的时候。他的加入没有引起什么波动，姚瑶和兰尚兰还在等兰甜，也许，只有兰甜到了，淤积在她们心中的愤怒才会喷发，像火山一样。

然而，兰甜始终没有到。她打电话给姚瑶，她说，事情都已经过去了很长时间，没必要再提起，她希望姚瑶能做做兰尚兰的工作，希望兰尚兰能够和她一起离开卧虎镇，然后不再回来。转了一个话题，她说，她希望姚瑶能够冷静一些，现在，已经给她的女儿造成了很大的伤害，她不希望这种伤害再延伸到另外一个孩子的身上。再转了一个弯，她说，这些年，她和姚瑶的老公是有些电话联系，但是她不愿意与他见面，所以她究竟在什么地方，他不清楚，她永远不想让他清楚，这一回，她不会见他的面。她不恨他，也不会接受他的帮助，她希望保持平静，她不想这平静的生活又起波澜。末了，她很诚恳地说，不管姚瑶做出什么决定，她都希望姚瑶能够更理智一些。

兰甜挂了电话。兰尚兰已经感觉到了母亲的态度，她显得很愤怒，但那种愤怒是隐藏在无助之下的，她开始变得绝望起来，最后是破门而出，然后奔向河边，跑着跳着跨过了黄桷树前面的石墩，朝南岸那座很高的山快步走去。

邝哥没有动。也许，他是怕这一冲出去，一切就都曝光了，而他多年来的梦想，他的大好前程，都会毁于一旦。

姚瑶犹豫了那么一瞬，最后还是冲出了房门，用尽吃奶的力气，跨过小河的石墩，追了上去。

一条很陡的路，很长，一直斜斜地朝上延伸，最后隐没在树林深处。兰尚兰在拼命往上爬，姚瑶紧紧跟在后面。长时间没有运动，姚瑶感觉心脏有一种被烈火灼烧一般的疼痛，快节奏的喘气让她感觉马上就要昏厥过去，而且，汗水已经像是从头顶倾倒下来的水，奔涌在她全身。兰尚兰毕竟是孩子，她走得很快，姚瑶感觉再这样下去，她非累死不可。不过，她没有慢下来，她现在是凭着一种意志在爬。

大约一个小时后，她们已经顺着斜斜的小路爬到了山顶。树林很深，哗啦啦的流水声就像是藏在树林中的精灵，一直在响，给静寂的大山平添了几分恐怖。兰尚兰冲上了一处山嘴，那是人们叫作"老鹰崖"的一处山嘴，看起来的确与老鹰的嘴巴极其相似。那里有一块很小的草地，能够容纳几个人站立。拨开草丛，越过山嘴边的荆棘林，人便会跌落深渊。传说，每隔三五年，总会有人从那里纵身跳下，有的连尸骨都没有找到。

累得快要趴下的兰尚兰弯着腰、颤抖着双腿，站在那块草地里，转过被汗水完全包裹起来的头，一双充血的眼睛奋力张开，瞪着几乎就要晕厥过去的姚瑶。

好一会，姚瑶终于缓过一口气来，说："孩子，你……听我说……你不要、不要乱来……听话，孩子……你妈妈……有她的道理，先听我说……"

姚瑶因为太累，说话是结结巴巴的。

"你……你就是个第三者……是你，是你破坏了我们家……我恨你！"兰尚兰同样是上气不接下气，"你不要……猫哭耗子假慈悲……现在，我还有什么？没有了！都是你！我恨死你了！你不要劝我，你不要过来，我从这里一跳，好，一了百了……"

姚瑶终于能够站直身体了。兰尚兰更是恢复了体力，拨开草

真
相

- 279 -

丛，在朝外面的树林走，也许，就三步，或者五步，她就会从那山嘴上掉落下去。姚瑶朝前面挪了一步，她恨不得扑上去，将兰尚兰一把抓回来。

"你不要过来，你再走一步，我就跳！"兰尚兰警告姚瑶。

这是一片人迹罕至的树林，没有别的人，静得异常可怕。姚瑶有点手足无措。她很希望此时那个过去被她称为"邝哥"或者"老公"的人能够及时赶到，可总不见他的影子。

她对兰尚兰叫道："孩子，你要冷静，你妈妈今天没到，她其实也很痛苦，她此时不知道正躲在什么地方痛哭流涕。我承认，我是对不起你们，可是，真相是，我也是受害者。你过来，每个人都要珍惜好好活下去的权利，你不能放弃这个权利。老实说，当我知道真相的那一刻，我不只是痛苦，我甚至也有点恨你妈妈，因为她是我情敌。当然，我也有点讨厌你。但是，这都不是你的错。我当然也没错，不过，我还是要向你道歉，对不起，孩子，真的对不起！"

兰尚兰显然不愿意听下去："你道歉有屁用！你能还我一个完整的家？你能够还我一个慈爱的爸爸？你能够让我重新找回尊严？找回青春？我怎么都感觉你们每个人都是鬼话连篇啊？我现在的确该走了，我要让生了我的人、害了我的人这一辈子都活在后悔当中，我要让你们一辈子良心不安！"

姚瑶试着再朝前边挪了一步。

兰尚兰叫起来："你是不是要过来？你要过来，我就抱住你一起跳下去！不信，你过来试试！"

姚瑶说："行，如果你的确是恨透了我，如果你真的要放弃生命，好，今天我以老师的名义告诉你，我愿意陪着你，陪着你走向生命尽头！"

姚瑶毅然决然朝山嘴走了过去，并且伸出了双手。她知道，此时，只要兰尚兰用力伸手一拉，两个人都可能从崖嘴上跌落下去。但，她不愿意放弃兰尚兰，只要她接触了兰尚兰的身体，她就有机会将兰尚兰拉回到正路上来。

兰尚兰果然伸出了双手，很快，她抱住了姚瑶，她在奋力抓住姚瑶的身体朝崖嘴上的荆棘林移动。姚瑶一手抱住兰尚兰的腰，一手抓住一棵树，并且双脚紧紧地蹬在地上，整个身体与兰尚兰形成一种反作用力。她凭着本能判断，即便她们的身体都挂在了悬崖上，只要她手里还抓住那棵树，就还有一线生存的希望。

真
相

两个人相互搂抱得越来越紧，朝着相反的方向拼命拉对方，两个人的力气都在快速地消耗。姚瑶感觉那棵树正发出一种奇特的声音，那是要脱离地表的声音，是一种拼命挣扎的声音。

但是，姚瑶却始终在说话，尽管那样会让她的体力消耗更严重。她讲苦难，讲亲情，讲人生，甚至还讲哲理，讲圣人。不管对方是听还是不听，她都觉得她必须说出来，她期待能打动对方，或者削弱对方意志，或者让对方放松警惕。

兰尚兰也在说，她阻止姚瑶说话，她说你说得再多都改变不了我的决定，我只想着如何与你一起同归于尽，我要让你知道，当第三者会是什么下场！

"听我说，孩子，我真不想死……"姚瑶在哭，"我当然也不想你死，否则，我不会让自己置身在危险当中……我必须对你说，你还有一个妹妹，她身上的血液有一半和你完全一样！她很可爱。她是个小天使。我看过你的照片，你小时候就那个样子，特别可爱！如果她没有妈妈，你说，会是什么样？你没有爸爸，你痛苦，而你妹妹呢？孩子，不管这个事怎么处理，我都希望你接受你那个妹妹，血浓于水啊！……"

姚瑶感觉，兰尚兰的身体慢慢松了下来。

"你为什么会这样对我？"兰尚兰瘫在姚瑶的怀里。

半个月后，姚瑶搬进了学校公租房，她对令狐说，这样有利于工作。事实上，她也是把所有精力都投入到了工作中，她希望用这样的方式来修补心中的累累伤痕。兰尚兰已经去了省城，之后加了姚瑶的QQ和微信。她告诉姚瑶，她现在已经完全安宁下来了，她想好好读书。她外婆被大姨接走了，她一时间回不到卧虎镇，回不到河边村。她说，她很依恋那座山里的小庙，那座被人们遗忘的小庙，那座庙、那尊石像，给了她太多的支持和安慰，有朝一日，她回卧虎镇的第一件事就是去祭拜那尊石像，第二件事是去看你，看受伤很深的你，别的，没有了。看着兰尚兰的留言，泪水止不住地流。那个她不再叫邝哥也不想叫老公的男人，总是一次又一次地打电话，她不接；发短信，她不看。好几次，他来敲他的门，她没有开。

当然，回到县城，她还必须和那个人走进同一套房子。但是，两个人已经形同陌路，或者说，她已经像是认不得他一样。如果雅雅在，她会尽力和她玩，但却要千方百计回避三个人同时做事，包括去爬山，去街上买东西，去山庄吃饭。即便如此，三个人很多时候还必须在一起，比如去父母家。两个老人不知道他们之间的故事，对他们的女婿，依然保留着很高的热情。那种情形下，她感觉非常痛苦，她恨不得长了翅膀飞走。

现在，姚瑶觉得，还是该把这个情况向父亲说一说，向妹妹说一说，她希望他们能给她拿个主意。

真
相

那天晚上，她先给妹妹打了电话。妹妹说，离啊！按妹妹的说法，要善于快刀斩乱麻，犹豫不决只能害了自己，甚至还会让孩子受到更多的伤害。讨论了大半天，妹妹依然是那种态度，并且说，天下好男人多的是，不过，必须趁早。

和妹妹通过电话之后，她又给父亲打电话，结结巴巴说了大半天，才终于把意思说明白。

父亲沉吟了很长时间，说："想想雅雅吧，万一要离，也要等雅雅考上大学后。"

她沉默了，毕竟，父亲的分量比妹妹的重，而雅雅的份量，比父亲更重。

兰尚兰！雅雅！

雅雅！兰尚兰！

两个孩子，今后的命运会怎样？

姚瑶反复问自己，但始终得不出一个她觉得满意的答案。

不久后的一天，姚瑶接到邝哥的微信："我没有资格再担任镇长了，我已向组织提出辞职，打算平静一段时间好好反思自己。希望你能给我悔过的机会。"

桂花鸟